CB010628

VAMPIROS EM
NOVA YORK

OS PRIMEIROS DIAS

SCOTT WESTERFELD

VAMPIROS EM NOVA YORK
OS PRIMEIROS DIAS

Tradução de
RODRIGO CHIA

Rio de Janeiro | 2008

CIP-Brasil. Catalogação-na-fonte
Sindicato Nacional dos Editores de Livros, RJ.

W539v Westerfeld, Scott
v.1   Vampiros em Nova York: os primeiros dias / Scott Westerfeld;
tradução de Rodrigo Chia. – Rio de Janeiro: Galera Record, 2008.

    (Vampiros em Nova York; v.1)

    Tradução de: Peeps
    Continua com: Vampiros em Nova York: os últimos dias
    ISBN 978-85-01-07693-9

    1. Vampiros – Ficção. 2. Parasito – Ficção. 3. Romance americano.
I. Chia, Rodrigo. II. Título. III. Título: Os primeiros dias. IV. Série.

                                                                               CDD – 813
08-0402   CDU – 821.111(73)-3

Título original em inglês:
PEEPS

Copyright 2005 © Scott Westerfeld

Todos os direitos reservados. Proibida a reprodução, no todo ou em parte,
através de quaisquer meios. Os direitos morais do autor foram assegurados.

Direitos exclusivos de publicação em língua portuguesa somente para o Brasil
adquiridos pela
EDITORA RECORD LTDA.
Rua Argentina 171 – Rio de Janeiro, RJ – 20921-380 – Tel.: 2585-2000
que se reserva a propriedade literária desta tradução

Impresso no Brasil

ISBN 978-85-01-07693-9

PEDIDOS PELO REEMBOLSO POSTAL
Caixa Postal 23.052
Rio de Janeiro, RJ – 20922-970

EDITORA AFILIADA

SUMÁRIO

1. *Joe é muito vivo*   7
2. Trematódeos   23
3. Anátema   27
4. Toxoplasma   49
5. Bahamalama-dingdong   53
6. Bolas de lama   75
7. Virulência ideal   79
8. Idade do piolho   103
9. Submundo   107
10. Macacos e larvas de mosca... ou parasitas pela paz   133
11. Incidente grave de revelação   137
12. O mestre dos parasitas   165
13. Monstros promissores   169
14. Bolas de lama salvam o mundo   191
15. O caminho inferior   193
16. A doença próspera   215
17. Problemas no Brooklyn   219

18. Plasmódio   247

19. Vetor   251

20. O parasita do meu parasita é meu amigo   271

21. Ex   275

22. Matando a cobra   297

23. Verme   301

24. Nós somos os parasitas   309

25. O exército de Morgan   311

Epílogo: inflamação   319

Palavra final: como evitar parasitas   329

Bibliografia   333

1. *Joe é muito vivo*

Depois de um ano de caçada, finalmente encontrei Sarah.

Descobri que tinha se escondido em Nova Jersey, o que me partiu o coração. Caramba, *Hoboken*? Sarah era completamente apaixonada por Manhattan. Para ela, Nova York era como outro Elvis: o Rei reconstruído em tijolos, aço e granito. O resto do mundo não passava de uma vasta extensão do porão da casa de seus pais — o último lugar em que ela gostaria de estar.

Não causava espanto que ela tivesse de ir embora quando a doença tomou conta da sua mente. Os peeps sempre fogem das coisas que amam.

Mesmo assim, não pude acreditar quando descobri onde ela estava. A velha Sarah não acabaria encontrada morta em Hoboken. Mas lá estava eu, tomando meu décimo copo de café no estacionamento empoeirado do antigo terminal das barcas, armado apenas com minha inteligência e uma mochila cheia de objetos relacionados a Elvis. No reflexo negro da superfície do café, o céu cinzento tremeluzia, ao ritmo do meu coração batendo.

Era fim de tarde. Eu havia passado o dia num restaurante próximo, explorando o cardápio e esperando que as nuvens se dispersassem. Torcia para que a garçonete, entediada e muito bonita, não começasse a conversar comigo. Se aquilo acontecesse, eu teria de ir embora e vagar pelo cais o dia inteiro.

Eu estava nervoso: a tensão normal de encontrar uma ex, com o adicional de incluir encarar um canibal maníaco. As horas passavam numa lentidão torturante. Mas, finalmente, alguns raios de sol atravessaram as nuvens. A luminosidade era suficiente para encurralar Sarah no interior do terminal. Peeps não suportam a luz do sol.

Havia chovido muito naquela semana, e o mato começou a abrir caminho pelo asfalto, quebrando o piso do antigo estacionamento como se fosse lama seca. Gatos ferozes me observavam de todos os cantos escuros, sem dúvida atraídos pela população crescente de ratos. Predadores, presas e ruínas: é impressionante como a natureza consome os espaços criados pelo ser humano depois que lhes damos as costas. A vida é voraz.

De acordo com os registros da Patrulha Noturna, aquele lugar não tinha qualquer dos sinais típicos da presença de um predador. Nenhum funcionário de trânsito desaparecido, nenhum morador de rua com acessos psicóticos de violência. Mas sempre que o Controle de Pestes de Nova Jersey promovia uma ação de desratização, as hordas de ratos reapareciam, embora não houvesse muito para se comer naquela parte abandonada da cidade. A única explicação seria a existência de um peep residente. Ao realizar testes em um dos ratos, a Patrulha Noturna descobriu que era da minha linhagem, uma geração acima.

Aquilo só podia significar uma coisa: Sarah. À exceção dela e de Morgan, todas as outras garotas que eu já havia beijado na vida estavam trancafiadas. (E eu tinha certeza de que Morgan não estava se escondendo num antigo terminal de barcas em Hoboken.)

Havia grandes adesivos amarelos — alertando para a presença de raticida — nas portas fechadas com cadeados. Mas parecia que os caras do controle de pestes estavam começando a ficar assustados. Eles tinham largado os pacotes mortais, colado alguns avisos e saído correndo do lugar.

Melhor assim. Eles não ganham o suficiente para ter de lidar com peeps.

Na verdade, também não ganho, apesar da excelente assistência médica. A questão é que eu tinha uma responsabilidade. Sarah não era apenas a primeira da minha linhagem. Também era minha primeira namorada para valer.

Minha *única* namorada para valer — é bom que se saiba.

Nós nos conhecemos no primeiro dia de aula — calouros na turma de introdução à filosofia — e logo estávamos metidos numa discussão sobre livre-arbítrio e predestinação. O debate continuou fora de sala: primeiro num café e depois em seu quarto, à noite. Sarah adorava a idéia do livre-arbítrio. Eu adorava Sarah.

A discussão durou o semestre inteiro. Graduado em biologia, eu encarava o "livre-arbítrio" como substâncias químicas no cérebro dizendo a alguém o que fazer, moléculas pulando para lá e para cá de uma forma que *sugeria* escolha, mas na verdade não passava de uma dança de engrenagens — neurônios e hormônios formando decisões como uma máquina. Não é você que usa seu corpo; é ele que usa você.

Acho que ganhei aquela.

Havia sinais de Sarah por todo lado. As janelas próximas estavam estilhaçadas, e os pedaços de metal reflexivo, manchados com sujeira ou algo pior.

E, claro, havia ratos. Montes de ratos. Eu podia ouvir do lado de fora.

Passei por um espaço apertado entre as portas trancadas e parei por um instante para que minha visão se adaptasse à escuridão. Ouvi o som das patinhas se arrastando pelos cantos sombrios da vastidão interna do lugar. Minha entrada tinha provocado o efeito de uma pedra jogada num lago parado. As ondas de ratos precisaram de um tempo para se acalmar.

Tentei ouvir algum sinal da minha namorada, mas só identifiquei o vento passando pelas janelas quebradas e um monte de narinas farejando ao meu redor.

Os roedores permaneceram nas sombras, reconhecendo meu cheiro familiar, imaginando se eu seria um membro da família. Como se pode perceber, os ratos alcançaram um acordo com a doença; simplesmente não são infectados.

Os seres humanos não têm a mesma sorte. Mesmo pessoas como eu — que não se tornam monstros vorazes e não precisam abandonar tudo que amam — também sofrem. Com requinte.

Larguei a mochila no chão e peguei o pôster. Depois de desenrolá-lo, prendi-o atrás de uma das portas.

Dei um passo para trás e pude ver o Rei sorrindo para mim, em meio à escuridão, resplandecente sobre o veludo negro. Não haveria como Sarah passar por aqueles penetrantes olhos verdes e aquele sorriso radiante.

Mais seguro sob aquele olhar, avancei na escuridão. Bancos compridos, como os de igreja, espalhavam-se pelo lugar. Senti o cheiro vago das multidões humanas que um dia tinham estado ali — passageiros à espera da barca para Manhattan. Notei algumas folhas de jornal que haviam servido de cama para moradores de rua, mas meu nariz informou que estavam vazias havia semanas.

Desde a chegada do predador.

As hordas de patinhas me seguiam cautelosamente, ainda sem saberem o que eu era.

Prendi pôsteres de Elvis, sobre veludo negro, em cada saída do terminal. As cores vivas contrastavam com o amarelo desbotado dos avisos de veneno. Em seguida, também cobri as janelas quebradas, bloqueando todas as possíveis rotas de fuga com o rosto do Rei.

Encontrei pedaços do tecido de uma camisa na parede. Manchados de sangue fresco, pareciam embalagens descartadas de bombom. Tive de me lembrar que aquela criatura não era a verdadeira Sarah, cheia de livre-arbítrio e histórias curiosas sobre Elvis. Era uma assassina de sangue-frio.

Antes de fechar a mochila, peguei um boneco de 15 centímetros, com as roupas do especial de volta aos palcos, de 1968, e enfiei no bolso. Eu esperava que meu rosto familiar me protegesse, mas não custava nada manter um anátema confiável à mão.

Ouvi um ruído vindo de cima, onde se localizavam os antigos escritórios administrativos das barcas, junto à parede, projetando-se sobre a sala de espera. Os peeps preferem se abrigar em lugares pequenos e altos.

Só havia uma escada, com os degraus afundados no meio. Ao pisar no primeiro, ouvi um rangido lamentoso como reação ao meu peso.

O barulho não importava: Sarah certamente já sabia da minha presença. Mesmo assim, segui com cuidado, deixando que os degraus voltassem ao estado normal a cada passo que dava. Os caras do Registro tinham me alertado que o lugar estava condenado havia uma década.

Aproveitei a lenta subida para deixar alguns objetos na escada. Um manto coberto de lantejoulas, uma árvore azul de Natal em miniatura, um exemplar do disco *Elvis Sings Gospel*.

Do alto da escada, uma fileira de caveiras olhava para mim.

Eu já tinha visto esconderijos demarcados daquela forma. Em parte, era uma questão de territorialismo — um aviso para que outros predadores mantivessem distância — e, em parte, o tipo de coisa de que os peeps... gostavam. Nada de livre-arbítrio, e sim as substâncias químicas controlando a mente, determinando respostas estéticas, tão previsíveis quanto um sujeito de meia-idade decidindo comprar um carro esportivo vermelho.

As pequenas patinhas se agitaram novamente quando chutei uma das caveiras para a escuridão. O crânio rolou pelo chão com um barulho irregular. Quando o eco perdeu intensidade, passei a ouvir a respiração de algo do tamanho de um ser humano. Mas ela não apareceu. Não atacou. Perguntei-me se estaria reconhecendo meu cheiro.

— Sou eu — avisei, em voz baixa, sem esperar uma resposta.

— Cal?

Fiquei paralisado. Não podia acreditar nos meus ouvidos. Nenhuma das outras garotas que eu havia namorado tinha falado ao ser encontrada — e muito menos pronunciado meu nome.

Mas reconheci a voz de Sarah. Mesmo rouca, seca e quebradiça como uma lente de contato perdida, era a voz dela. Ouvi-a engolir em seco.

— Estou aqui para ajudar você — expliquei.

Não houve resposta, nem patas de ratos se mexendo. O som de sua respiração tinha sumido. Peeps são capazes de sobreviver de bolsões de oxigênio armazenado nos cistos do parasita.

O balcão estendia-se diante de mim, exibindo portas que levavam a escritórios abandonados. Avancei alguns passos e espiei o interior do primeiro. Não havia móveis, mas pude distinguir as marcas dos minúsculos cubículos no carpete cinza. Não chegava a ser um lugar horrível para se trabalhar. Janelas de ferro davam para uma vista magnífica do porto, apesar dos vidros quebrados e sujos.

Manhattan estava do outro lado do rio. Os espigões do centro começavam a se acender, à medida que o sol se punha, tingindo as torres de vidro de laranja. Era estranho que Sarah permanecesse ali, com a ilha que amava à vista. Como conseguia suportar?

Talvez ela fosse diferente.

Havia roupas velhas e frascos de crack espalhados pelo chão, ao lado de mais ossos humanos. Imaginei onde ela havia caçado e como a Patrulha não tinha registrado as mortes. É isso que marca os predadores: eles deixam um imenso rastro estatístico em qualquer ecossistema. Junte uma dezena deles na maior das cidades e os homicídios aparecem como uma casa em chamas. A doença passou os últimos mil anos num processo de evolução para se esconder, mas é cada vez mais difícil para os devoradores de seres humanos passarem despercebidos. Afinal, as pessoas são capturas que carregam *celulares*.

Retornei ao hall e fechei os olhos para escutar melhor. Não ouvi nada.

Quando abri os olhos, Sarah estava diante de mim.

Respirei fundo e um pensamento dos mais triviais me veio à mente: *Ela emagreceu*. Seu corpo franzino praticamente desaparecia sob os farrapos roubados que vestia; parecia uma criança enfiada em roupas emprestadas por um adulto. Como sempre acontecia ao encontrar uma ex depois de muito tempo, senti a estranheza de ver um rosto antes familiar totalmente transformado.

Eu podia entender por que as lendas as descreviam como lindas: a estrutura óssea bem ali na superfície, num estilo heroína chique, porém sem a pele maltratada. E o olhar de um peep é incrivelmente intenso. Adaptadas à escuridão, as íris e as pupilas são enormes; a pele ao redor das órbitas oculares esticadas numa expressão predatória, revelando detalhes dos globos. Como estrelas de cinema cheias de Botox, elas sempre parecem surpresas e nunca piscam.

Por um breve e terrível momento, achei que estivesse apaixonado por ela novamente. Mas era apenas o parasita insaciável dentro de mim.

— Sarah — murmurei.

Ela sibilou. Peeps odeiam o som dos próprios nomes, que penetram no emaranhado de canais de seus cérebros como se fossem anátemas. Eu lembrava de sua reação inicial: "Cal..."

— Vá embora — disse a voz rouca.

Eu via o apetite em seus olhos — peeps estão sempre com fome —, mas ela não me queria. Eu era muito familiar.

Os ratos começaram a cercar meus pés, certos de que uma morte estava próxima. Bati uma das minhas botas à prova de roedores no chão, com força, e os bichos saíram correndo em disparada. Ao ouvir o barulho, Sarah mostrou os dentes, o que me provocou um aperto no estômago. Precisei me lembrar de que ela não me comeria. Não *podia* me comer.

— Tenho de tirá-la daqui — avisei, segurando o boneco no meu bolso.

Eles nunca se entregavam sem luta. Sarah, porém, era meu primeiro amor verdadeiro. Achei que...

Então ela me atingiu como um raio. Sua mão aberta acertou minha cabeça, num golpe que deixou a sensação de ter estourado meu tímpano.

Cambaleei para trás, com o mundo inteiro zumbindo, e novos golpes acertaram meu estômago, arrancando o fôlego de mim. Acabei me vendo deitado no chão, sentindo o peso de

Sarah no meu peito, numa pressão vigorosa como de um saco cheio de cobras irritadas. Seu cheiro invadia minhas narinas.

Ela empurrou minha cabeça para trás, deixando meu pescoço exposto, mas logo depois parou. Havia uma resistência em seus olhos cheios de Botox. Seria seu amor por mim? Ou apenas o anátema do meu rosto familiar?

— Ray's Original. Na Primeira Avenida com a Rua Oito — eu disse rapidamente, numa referência à nossa pizzaria favorita. — Vodca de baunilha *on the rocks*. *Viva Las Vegas*. — A citação ao filme de Elvis funcionou. Então acrescentei: — O nome do meio da mãe dele era Love.

Diante da segunda referência a Elvis, Sarah sibilou como uma cobra, fechando uma das mãos como se fosse uma garra. As unhas de um cadáver continuam crescendo enquanto o resto apodrece; as de Sarah estavam negras e retorcidas como uma casca de besouro seca.

Consegui detê-la usando a senha da nossa conta na locadora de vídeo. Depois apelei para o número de seu antigo celular e os nomes dos peixinhos dourados que tinha abandonado. Sarah vacilou, tocada pela familiaridade daqueles significados. Então, soltou um uivo, abrindo a boca para mostrar os terríveis dentes novamente. A garra negra voltou a se erguer.

Tirei o boneco do bolso e esfreguei no rosto dela.

Era o Rei, obviamente, com a roupa preta do show que havia marcado sua volta, incluindo a munhequeira de couro e a guitarra de dez centímetros. Era minha única lembrança da antiga vida de Sarah. Tinha sido roubado debaixo do nariz de sua colega de quarto, uma semana depois do desaparecimento, que eu instintivamente suspeitava ser definitivo. Apenas queria algo dela.

Sarah uivou novamente. Em seguida, cerrou o punho e me acertou no peito. O golpe me fez tossir; meus olhos encheram-se de lágrimas. Mas, de repente, parei de sentir seu peso sobre mim.

Rolei para o lado, buscando ar e tentando ficar de pé. Quando consegui enxergar melhor, percebi bolas de pêlo em todas as direções. Os ratos estavam em pânico diante do sofrimento de sua mestra.

Ela havia começado a descer as escadas, mas agora o anátema assumia o controle de sua mente. As lembranças de Elvis que eu tinha espalhado pelos degraus funcionaram. Sarah contorceu-se no meio do caminho, ao se deparar com o manto de lantejoulas, como um cavalo que vê uma cascavel. E então caiu sobre o corrimão em péssimo estado.

Corri até a extremidade do balcão e olhei para baixo. Ela se apoiou num dos bancos, olhando para mim.

— Você está bem, Sarah?

O som do seu próprio nome a fez se mexer. Ela deslizou pela sala de espera, pisando nos bancos com os pés descalços. Logo, porém, tropeçou e parou ao ficar cara a cara com o pôster de Elvis no veludo negro. Um lamento terrível tomou conta do terminal. Foi uma daquelas transformações que dão um arrepio na espinha, como quando um gato abandonado faz o mesmo som de uma criança. Sarah emitia o grito de alguma outra espécie.

Ratos vieram na minha direção de todos os lados. Por um momento, achei que fosse um ataque. Mas os bichos estavam apenas assustados, correndo sem rumo em torno das minhas botas e, então, sumindo através de buracos na parede e portas.

Enquanto eu descia a escada, correndo, pude ouvir os pinos de metal que a prendiam à parede se soltarem, num rangido tremendo. Sarah ia de uma saída à outra, gemendo sempre que avistava a imagem do rosto do Rei. Finalmente parou e sibilou mais uma vez para mim.

Ela sabia que eu a havia encurralado. Ficou me observando com desconfiança enquanto eu guardava o boneco no bolso.

— Fique aí. Não vou machucar você.

Desci lentamente os frágeis degraus que faltavam. A sensação era igual à de ficar de pé numa canoa.

No instante em que um dos meus pés tocou o chão, Sarah correu direto para a parede oposta. Ela pulou bem alto e usou as garras negras para se segurar a um dos vários canos de vapor que alimentavam um grande radiador. Suas unhas pretas produziam um som oco nos tubos à medida que ela escalava a parede, na direção de uma janela alta, que eu não tinha me dado ao trabalho de proteger. Movia-se como uma aranha — em movimentos rápidos e repentinos.

Nenhum Elvis a separaria da liberdade. Eu estava prestes a perdê-la.

Gritando palavrões, dei a volta e subi a escada depressa. Ouvi uma série de estalos: eram os pinos se soltando. Assim que cheguei ao topo, toda a estrutura se desprendeu da parede. Mas não houve desmoronamento. A escada ainda se prendia preguiçosamente ao andar de cima por uns poucos pinos que se assemelhavam a unhas gastas.

Sarah alcançou a janela alta e deu-lhe um soco; o vidro manchado se partiu, abrindo caminho para um recorte de céu nublado. Quando ela passava pelo buraco, um feixe de sol atravessou as nuvens e a atingiu bem no rosto.

A luz rosada tomou conta do terminal. Sarah gritou de novo, pendurada num só braço, enquanto o outro se agitava. Ela tentou passar pela janela quebrada mais duas vezes, mas o sol impiedoso a forçava a retornar. Depois de um tempo, decidiu fugir; agarrando-se aos canos, pulou de volta ao balcão e entrou na sala mais distante de mim.

Não perdi um segundo.

A última sala era a mais escura, mas eu podia sentir os ratos pelo cheiro. Era o refúgio principal de sua ninhada. Quando cheguei à porta, todos se viraram, num ruído terrível, com os olhos vermelhos iluminados pelo feixe de luz empoeirada que vinha de trás de mim. Num canto, havia uma cama; um lençol repugnante cobria as molas enferrujadas. A maioria dos peeps não se importava com camas. Teria sido deixada ali por algum sem-teto? Ou Sarah teria recolhido aquilo de um monte de lixo?

Ela tinha um sono muito agitado e, na faculdade, usava um travesseiro que trouxera do Tennessee. Talvez ainda se preocupasse com o lugar em que dormia.

Na cama, Sarah me observava, de olhos entreabertos. Era por causa do sol, mas, de qualquer maneira, aquilo a deixava mais humana.

Aproximei-me com cuidado, mantendo a mão no boneco que permanecia no meu bolso. Mas não o puxei. Eu esperava ser capaz de dominá-la sem novos confrontos. Afinal, ela havia dito meu nome.

Os ratos parados me deixavam nervoso. Tirei um saco plástico do bolso e o esvaziei em volta das minhas botas. A ninhada se espalhou ao sentir o cheiro da descamação de Cornélio. Embora meu velho gato não caçasse havia anos, os ratos não sabiam daquilo. De repente, eu tinha o cheiro de um predador.

Sarah se agarrou à estrutura frágil da cama, que passou a tremer. Pus uma luva de Kevlar e joguei dois tranqüilizantes na palma da minha mão esquerda.

— Tome isso. Você se sentirá melhor.

Sarah olhou para mim, ainda desconfiada, mas prestando atenção. Ela sempre se esquecia de tomar os comprimidos e era minha função lembrá-la daquilo. Talvez o ritual a acalmasse — algo de que se lembrasse, porém sem o afeto que poderia transformá-lo num anátema. Eu conseguia ouvir sua respiração e seu coração batendo tão rápido quanto durante a perseguição.

Ela podia pular sobre mim a qualquer momento.

Dei mais um passo, lentamente, e sentei-me ao seu lado. As molas enferrujadas da cama soltaram um rangido de insatisfação.

— Tome isso. É bom para você.

Sarah olhou para os pequenos comprimidos brancos na palma da minha mão. Percebi um instante de relaxamento. Talvez ela estivesse se lembrando de como era ficar doente — *normalmente* doente — e receber os cuidados de um namorado.

Não sou tão rápido quanto um peep pleno, nem tão forte, mas sou bastante ágil. Botei minha mão sobre a boca de Sarah e ouvi os comprimidos descerem pela sua garganta seca. Senti seus dedos segurarem meus ombros, mas forcei sua cabeça ao máximo, deixando que seus dentes se cravassem na minha luva grossa. As garras de Sarah não buscaram meu rosto. E, assim, acompanhei os movimentos de ingestão em seu pescoço pálido.

As pílulas derrubaram-na em poucos segundos. Em metabolismos acelerados como os nossos, as drogas têm efeito imediato. Fico tonto um minuto depois de sentir o gosto de álcool na boca e praticamente preciso de uma intravenosa para manter o efeito do café.

— Muito bem, Sarah. — Depois de soltá-la, percebi que seus olhos continuavam abertos. — Você vai ficar bem agora. Prometo.

Tirei a luva. O revestimento impermeável externo estava destruído, mas seus dentes não haviam perfurado o Kevlar. (É verdade, no entanto, que *já* aconteceu.)

Apesar de o sinal do meu celular resumir-se a uma barrinha solitária, a ligação foi feita de primeira.

— Era ela — informei. — Venha nos pegar.

Depois de desligar, fiquei pensando se devia ter menciona-do a escada destruída. Bem, eles dariam um jeito de subir.

— Cal?

Fiquei alerta ao ouvir o som. Seus olhos semicerrados, po-rém, não indicavam ameaça.

— O que foi, Sarah?

— Mostre de novo.

— Mostrar o quê?

Ela tentou falar, mas uma expressão de dor tomou conta de seu rosto.

— Você está falando do... — mencionar o nome a faria sofrer mais. — Do Rei?

Ela fez que sim.

— É melhor não. Você vai se queimar. Como aconteceu com o sol.

— Mas eu sinto falta dele — disse ela, com a voz sumindo, à medida que adormecia.

Engoli em seco. Um peso enorme caiu sobre mim.

— Sei que você sente.

O conhecimento de Sarah sobre Elvis era vasto. Ela tinha especial predileção por fatos inusitados. Adorava, por exemplo, saber que o nome do meio da mãe dele era Love. Na internet, procurava MP3s de lados B de *singles* raros dos anos 1970. Seu filme favorito era um de que a maioria das pessoas provavelmente nunca ouviu falar: *Joe é muito vivo*.

Nessa produção, Elvis é um caubói com sangue navajo, numa reserva indígena. Segundo Sarah, ele tinha nascido para interpretar aquele papel, porque realmente possuía sangue de índios. Sim, claro. Uma de suas tetravós era cherokee. E, como a maioria das pessoas, ele tinha *dezesseis* tetravós. Uma herança genética pouco significativa. Sarah não ligava. Ela alegava que as influências obscuras eram as mais importantes.

Isso vale uma especialização em filosofia.

No filme, Elvis vende peças do seu carro sempre que precisa de dinheiro. Primeiro, vão as portas, depois a capota e os bancos, um por um. No fim, ele está andando numa carcaça: Elvis ao volante sobre quatro rodas e um motor barulhento numa estrada vazia.

Depois que a doença tomou conta dela, foi a Elvis que Sarah se prendeu por mais tempo. Ela havia jogado fora os livros e as roupas, apagado todas as fotos do disco rígido do computador e quebrado todos os espelhos do banheiro, mas os pôsteres do Rei permaneciam na parede. Amassados e rasgados por golpes raivosos, porém ainda pendurados. Com a transformação de sua mente, Sarah havia gritado mais de uma vez que não suportava me ver, mas nunca dizia uma palavra contra Elvis.

Finalmente, ela fugiu, preferindo desaparecer na noite a arrancar os rostos de expressão maliciosa que não conseguia mais encarar.

Enquanto aguardava o esquadrão de transporte, observei Sarah tremendo na cama e pensei em Elvis segurando firme o volante de sua carcaça de carro.

Sarah tinha perdido tudo. Tinha destruído todos os pedaços de sua vida, um por um, para aplacar o anátema, até se ver sozinha naquele lugar escuro, agarrada a uma cama que balançava em sua fragilidade.

2. Trematódeos

O mundo natural é assustadoramente terrível. Apavorante, cruel, abjeto.

Veja o caso dos trematódeos.

Os trematódeos são peixes minúsculos que vivem no estômago de um pássaro. (Como isso aconteceu? De um modo horrível. Continue lendo.) Eles botam seus ovos no estômago do pássaro. Um dia, o pássaro defeca num lago, e os ovos seguem seu rumo. Eles eclodem e nadam pelo lago atrás de um caracol. Esses trematódeos são microscópicos. Pequenos o bastante para botar ovos no olho de um caracol, como costumávamos dizer no Texas.

Tudo bem. Nunca dissemos algo parecido no Texas. Mas os trematódeos fazem isso *mesmo*. E, por alguma razão, sempre escolhem o olho esquerdo. Quando os bebês saem da casca, devoram o olho esquerdo do caracol e se espalham pelo resto do corpo. (Nao disse que era horrível?) Mas eles não matam o caracol. Não imediatamente.

Primeiro, o caracol cego de um olho sente uma coisa intensa no fundo do estômago e pensa estar com fome. Então, começa a comer; porém, por alguma razão, nada parece ser suficiente. Quando a comida chega ao lugar do estômago do caracol, só restam trematódeos, prontos para receber seu alimento. O caracol não pode se acasalar, dormir ou aproveitar sua vida caracolesca de qualquer outra maneira; tornou-se um robô faminto destinado a fornecer comida aos seus pequenos e terríveis passageiros.

Depois de um tempo, os trematódeos enjoam disso e resolvem abandonar o hospedeiro. Invadem as antenas do caracol e fazem-na se contorcer. Em seguida, tingem seu olho esquerdo de cores vivas. Um pássaro que sobrevoa o lugar avista o caracol colorido se contorcendo e pensa: "Hum..."

O caracol é devorado, e os trematódeos estão mais uma vez no estômago de um pássaro, prontos para se lançar sobre o próximo lago.

Bem-vindo ao maravilhoso mundo dos parasitas.

É aqui que eu moro.

Só mais uma coisa, e prometo não contar mais histórias biológicas horríveis (por algumas páginas).

Depois de ler sobre os trematódeos pela primeira vez, fiquei pensando por que o pássaro se interessaria em comer um caracol de cor estranha, todo retorcido. Com o tempo, os pássaros não evoluiriam para evitar caracóis com um olho esquerdo brilhante? Afinal, são caracóis asquerosos infectados por trematódeos. Por que *comer* algo assim?

A verdade é que os trematódeos não provocam incômodo a seus hospedeiros voadores. São convidados educados, que vivem comportadamente no estômago do pássaro, sem mexer em sua comida, em seu olho esquerdo ou em qualquer outra coisa. A ave mal percebe a presença deles; apenas os defeca num lago, como uma pequena bomba de parasitas.

É quase como se o pássaro e os trematódeos tivessem um acordo: você nos dá uma carona em seu estômago e nós arranjamos alguns caracóis cegos de um olho para você comer.

A cooperação não é uma coisa linda?

Exceto, é claro, quando você é o caracol...

3. Anátema

Certo. Vamos esclarecer alguns mitos a respeito de vampiros.

Em primeiro lugar, você não vai me ver usando essa palavra com muita freqüência. Na Patrulha Noturna, preferimos o termo *parasita positivos*, ou *peeps*, para simplificar.

O ponto mais importante a ser lembrado é que não existe mágica envolvida. Nada de voar. Os seres humanos não têm ossos ocos ou asas — e a doença não muda isso. Também nada de transformação em morcegos ou ratos. É impossível se transformar em algo muito menor do que você — qual seria o destino da massa excedente?

Por outro lado, entendo por que as pessoas de séculos passados acabaram se confundindo. Hordas de ratos, e às vezes morcegos, acompanham os peeps. Esses animais são infectados quando se esbaldam nas sobras deixadas pelos peeps. Roedores dão bons "reservatórios", ou seja, funcionam bem como estoques da doença. Os ratos oferecem um esconderijo ao parasita para o caso de o peep ser capturado.

Os ratos infectados dedicam-se aos seus peeps, acompanhando-os pelo cheiro. A ninhada dos roedores também serve como uma fonte conveniente de alimento quando não há seres humanos para virar presas. (Nojento, eu sei, mas a natureza é assim.)

Voltemos aos mitos.

Os parasita positivos *são* refletidos no espelho. Vamos pensar: como o espelho saberia o que está *por trás* do peep?

No entanto, essa lenda também se baseia num fato. À medida que o parasita assume o controle, os peeps começam a desprezar seus próprios reflexos. Destroem todos os seus espelhos. Contudo, se eles são tão bonitos, por que odeiam seus rostos?

Bem, a questão toda está no anátema.

O exemplo mais notório de doença que controla a mente é a raiva. Quando um cachorro fica raivoso, passa a sentir uma necessidade incontrolável de morder qualquer coisa que se mexa: esquilos, outros cachorros, você. É assim que a raiva se dissemina: as mordidas transmitem o vírus de hospedeiro a hospedeiro.

Muito tempo atrás, o parasita devia ser como a raiva. Ao serem infectadas, as pessoas passavam a ter um desejo irresistível de morder outros seres humanos. E assim o faziam. Sucesso!

Entretanto, os seres humanos acabaram se organizando de um modo que foge à capacidade de cachorros e esquilos. Inventamos destacamentos policiais e multidões enfurecidas, criamos leis e designamos autoridades. Como resultado, viciados em morder tendem a ter carreiras relativamente curtas. Os únicos peeps que sobreviveram foram aqueles que fugiram e se esconderam, aparecendo furtivamente, à noite, para alimentar sua mania.

O parasita seguiu essa estratégia de sobrevivência ao extremo. Evoluiu ao longo de gerações para transformar as mentes de suas vítimas, encontrando uma chave química nos meandros do cérebro humano. Quando a chave é virada, passamos a desprezar tudo o que um dia amamos. Os peeps recuam ao serem colocados diante de suas antigas obsessões. Desprezam as pessoas amadas e fogem de qualquer coisa que lembre suas casas.

Na verdade, o amor transforma-se facilmente em ódio. A expressão que descreve esse fenômeno é *efeito anátema*.

O efeito anátema expulsou os peeps de seus vilarejos medievais para que pudessem escapar de linchamentos por multidões enfurecidas. E, assim, provocou a disseminação geográfica da doença. Os peeps seguiram até o vilarejo seguinte e depois até o país seguinte — sempre empurrados para mais longe por seu ódio de tudo que fosse familiar.

À medida que as cidades cresceram, passando a ter mais policiais e mais multidões enfurecidas, os peeps adotaram novas estratégias para se esconderem. Aprenderam a amar a noite e a enxergar no escuro, até que o próprio sol se tornou um anátema.

Mas, atenção: eles não se incendeiam quando expostos à luz do dia. Apenas odeiam-na profundamente.

O anátema criou outras lendas conhecidas sobre vampiros. Uma pessoa que tenha nascido na Europa, durante a Idade Média, provavelmente era cristã. Ia à igreja pelo menos duas vezes por semana, rezava três vezes por dia e mantinha um crucifixo pendurado em todos os recintos da casa. Fazia o sinal-da-cruz sempre que comia ou pedia sorte. Portanto, não é nenhuma surpresa que a maioria dos peeps, naquela época, tivesse aversão a crucifixos. Eles, realmente, podiam ser afastados por uma cruz, exatamente como nos filmes.

Na Idade Média, o crucifixo era o grande anátema: Elvis, Manhattan e um namorado, unidos numa única coisa.

Era tudo muito mais simples naqueles tempos.

Atualmente, nós caçadores temos de fazer nossa lição de casa antes de ir atrás de um peep. Quais eram suas comidas preferidas? De que tipo de música gostavam? Por quais estrelas ou astros do cinema eram apaixonados? É verdade que ainda existem casos de aversão a crucifixos, principalmente na região do Cinturão Bíblico, mas é bem mais provável que você detenha um peep com um iPod cheio de suas músicas favoritas. (Ouvi dizer que, com alguns peeps mais *nerds*, basta o logotipo da Apple.)

É por isso que caçadores iniciantes de peeps, como eu, começam com pessoas conhecidas. Assim não precisam descobrir quais são seus anátemas. Caçar pessoas que um dia nos amaram é a tarefa mais fácil. Nossos próprios rostos funcionam como uma lembrança de sua vida anterior. *Nós* somos o anátema.

Você pode estar se perguntando o que sou *eu*.

Sou um parasita positivo. Tecnicamente, um peep, mas ainda posso ouvir Kill Fee e Deathmatch, assistir ao pôr-do-sol ou botar molho de pimenta num ovo mexido sem gemer. Por alguma razão evolutiva, sou parcialmente imune, um dos sortudos ganhadores da loteria genética. Peeps como eu são mais raros que galinhas com dentes. Apenas uma em cada centena de vítimas torna-se mais forte e mais rápida, dotada de audição incrível e faro excelente, sem acabar enlouquecida pelo anátema.

Somos conhecidos como *portadores*, porque temos a doença sem desenvolver todos os sintomas. Temos, porém, um sintoma extra. A doença nos deixa excitados. O tempo todo.

Afinal de contas, o parasita não quer que nós portadores acabemos no lixo. Ainda podemos espalhar a doença a outros seres humanos. Como a dos maníacos, nossa saliva carrega os esporos do parasita. Mas não mordemos. Beijamos. E, quanto mais longo e intenso o beijo, melhor.

O parasita assegura-se de que eu seja como o caracol permanentemente faminto. Porém, no meu caso, faminto por sexo. Estou sempre excitado, atento a todas as mulheres próximas. Minhas células gritam: "Vá lá e fature alguém!"

Creio que nada disso me torna muito diferente da maioria dos jovens de 19 anos. Exceto por um fato: se eu sigo meus instintos, minhas amantes azaradas transformam-se em monstros, como Sarah. E isso não é nada agradável de se assistir.

A Dra. Rato apareceu primeiro, como se estivesse esperando ao lado do telefone.

Seus passos ecoaram pelo terminal das barcas, fazendo um barulho alto. Saí do lado de Sarah e fui até a extremidade do balcão. A Dra. Rato tinha uma dezena de jaulas dobráveis penduradas nas costas, como se fosse um inseto gigante com cabelo de velhinha e asas de metal trêmulas — pronta para capturar algumas amostras da ninhada de Sarah.

— Não conseguiu esperar, não é mesmo? — gritei.

— Não — respondeu ela. — É uma das grandes, não é?

— Parece que sim.

A ninhada permanecia atrás de mim, observando sua mestra em silêncio. A doutora olhou para a escadaria semidestruída, meio contrariada.

— Você fez isso?

— Hum, mais ou menos.

— E como espera que eu suba aí, Garoto?

Dei de ombros. Não gosto muito do apelido "Garoto". Todos me chamam assim na Patrulha Noturna, só porque sou um caçador de peeps de 19 anos, numa função em que a idade média é de 175. Todos os caçadores de peeps são portadores.

Só portadores têm rapidez e força suficientes para ir atrás de nossos loucos e violentos primos.

Mas, a Dra. Rato é legal. Ela não se incomoda com o próprio apelido, até porque, na verdade, *gosta* de ratos. Embora tenha uns 60 anos e use spray de cabelo numa quantidade capaz de prender um urso ao teto, toca um rock alternativo de respeito e me deixa copiar seus CDs — Kill Fee não ganha um centavo de mim desde que conheci a Dra. Rato. E, por sorte, ela fica bem distante do meu interesse sexual, o que permite que eu preste atenção a suas aulas na Patrulha Noturna (Introdução aos Ratos, Introdução à Caça de Peeps e Pragas e Pestilências Antigas).

Como a maioria das pessoas que trabalha na Patrulha Noturna, ela não é um parasita positivo. É apenas uma viciada em trabalho que ama o que faz. Isso é indispensável na Patrulha. O salário não é dos melhores.

Depois de olhar novamente para a escada destruída, a Dra. Rato começou a armar as arapucas e a espalhar os montinhos de veneno.

— Já não há muito desse negócio espalhado por aí? — perguntei.

— Não desse tipo. É um produto novo que estou testando. Está marcado com Essência de Cal Thompson. Umas poucas gotas de seu suor em cada monte, e eles comerão com voracidade.

— Meu o quê? Onde conseguiu meu suor?

— De um lápis que peguei emprestado de você na aula de Introdução aos Ratos, depois do teste-surpresa da semana passada. Sabia que os testes-surpresa fazem você suar, Cal?

— Não *tanto* assim.

— Só preciso de um pouco, além de manteiga de amendoim.

Enxuguei as palmas das mãos na jaqueta, sem saber se devia ficar muito irritado.

Os ratos têm ótimo faro; são verdadeiros gourmets do lixo. Ao comer, conseguem detectar uma parte de raticida em um milhão. E conseguem sentir o cheiro de seus peeps a um quilômetro de distância. Como eu era o progenitor de Sarah, meu cheiro familiar cobriria os sinais de veneno.

Concluí que valia a pena ter meu suor roubado. Precisávamos matar a ninhada de Sarah antes que se separasse e se espalhasse pelo resto de Hoboken. Uma ninhada faminta, sem seu peep original, pode ser perigosa. E, ocasionalmente, o parasita passa de volta dos ratos para os seres humanos. A última coisa de que Nova Jersey precisava era outro peep.

Isso é o mais interessante na Dra. Rato: ela adora os ratos, mas também adora inventar novas e empolgantes maneiras de matá-los. Como disse antes, o amor e o ódio não são tão distantes.

O esquadrão de transporte chegou dez minutos depois. Eles não esperaram o pôr-do-sol. Arrebentaram os cadeados da porta principal e encostaram a traseira do caminhão de lixo. O barulho da caçamba em movimento ecoou pelo terminal, acordando os mortos. Caminhões de lixo são perfeitos para o esquadrão de transporte. São uma espécie de sistema digestivo do mundo moderno: ninguém pensa neles. Embora construídos como tanques, passam despercebidos pelas pessoas normais que estão cuidando de seus problemas normais. E quanto aos caras usando roupas protetoras pesadas e luvas de borracha, bem, não há nada de estranho nisso, há? O lixo é perigoso.

Em vez de se arriscarem na escadaria desmoronada, os caras do transporte resolveram usar uma escada de corda, com ganchos nas pontas. Eles subiram e trouxeram Sarah para baixo numa maca. Sempre carregam equipamento de resgate.

Assisti à operação inteira enquanto preenchia a papelada. Depois perguntei ao chefe do transporte se poderia acompanhar Sarah no caminhão. Ele balançou a cabeça e respondeu:

— Nada de caronas, Garoto. Além disso, a Analista quer falar com você.

— Ah.

Quando a Analista chama, você atende.

Quando cheguei a Manhattan, já estava escuro.

Em Nova York, costumam triturar vidro, misturá-lo ao concreto e usar o resultado para fazer calçadas. O asfalto de vidro tem uma bela aparência, principalmente para quem possui visão de peep. O chão cintilava sob meus pés enquanto eu caminhava, refletindo o brilho alaranjado da iluminação pública.

O que importava mesmo era que o asfalto de vidro me dava algo para prestar atenção, no lugar das mulheres que passavam — moradoras antenadas do Village usando sapatos altos e acessórios da moda; turistas maravilhados olhando ao redor e querendo pedir informações; estudantes de dança da Universidade de Nova York vestindo roupas que realçavam as formas de seus corpos. A pior característica de Nova York é ser cheia de mulheres bonitas. Uma quantidade suficiente para fazer minha cabeça girar com pensamentos inimagináveis.

Meus sentidos permaneciam na zona sombria provocada pelas caçadas. Sentia o tremor causado por composições distantes do metrô sob meus pés e ouvia os sensores de acionamento de postes dentro de suas caixas metálicas. Captava os perfumes, as loções corporais, os xampus com essências florais.

E não parava de olhar para a calçada brilhante.

Na verdade, eu estava mais deprimido do que excitado. Não conseguia tirar da cabeça a imagem de Sarah naquela cama frágil e vazia, pedindo uma última exibição do Rei, por mais dolorosa que fosse.

Sempre tinha acreditado que, depois de encontrá-la, as coisas voltariam um pouco aos seus lugares. A vida nunca seria totalmente normal outra vez, mas pelo menos algumas dívidas estavam resolvidas. Com Sarah em recuperação, minha cadeia de infecção havia sido quebrada.

Mesmo assim eu continuava me sentindo péssimo.

A Analista sempre alertava que os portadores passam a vida inteira atormentados pela culpa. Não é nada animador transformar namoradas em monstros. Sentimo-nos mal por nós mesmos não nos transformarmos em monstros — chama-se *síndrome do sobrevivente*. E nos sentimos um pouco idiotas por não notarmos os sintomas antes. Quer dizer, eu sempre me perguntei por que a dieta de Atkins havia me dado uma visão noturna, mas nunca pareceu ser motivo de *preocupação...*

E havia a pergunta que não queria calar: Por que eu não tinha me preocupado mais ao saber que minha única namorada de verdade, duas garotas com quem eu tinha saído algumas vezes e outra com quem eu tinha transado na noite de ano-novo ficaram *todas* malucas?

Eu pensava que fosse apenas uma característica de Nova York.

Visitar a Analista deixa meus ouvidos entupidos.

Ela vive numa casa colonial, o primeiro quartel-general da Patrulha Noturna. Seu escritório fica no fim de um corredor longo e estreito. Uma brisa leve, porém contínua, empurra o visitante em sua direção, como uma mão fantasma bem no meio das costas. Mas não se trata de mágica: é algo chamado *profilaxia por pressão negativa.* Em essência, um grande preservativo feito de ar. Por toda a casa, um vento sopra na direção da Analista, vindo de todos os cantos. Nenhum micróbio perdido escapa para o resto da cidade porque todo o ar da casa se move na direção dela. Depois que ela o respira, esse ar é microfiltrado, submetido a gás de cloro e aquecido a cerca de 200 graus Celsius, antes de ser liberado pela chaminé em atividade permanente. É o mesmo esquema usado nas fábricas de armas biológicas e no laboratório de Atlanta em que os cientistas mantêm vírus da varíola trancados num refrigerador.

A Analista me contou uma vez que *tem* varíola. Ela é uma portadora, como nós caçadores, porém está viva há muito mais tempo, mais tempo até do que o Prefeito da Noite. Vivia antes mesmo da invenção das vacinas, numa época em que o sarampo e a varíola matavam mais gente do que as guerras. Obviamente, o parasita a torna imune a todas essas doenças, mas ela ainda se contamina, carregando pedacinhos de diversos flagelos humanos até os dias de hoje. Por isso, é mantida numa bolha.

E, sim, nós peeps podemos viver por muito tempo.

A administração da cidade de Nova York data de 350 anos atrás, um século e meio antes da criação dos Estados Unidos da América. Embora a Autoridade Patrulha Noturna tenha se separado da Prefeitura oficial há algum tempo — como os peeps que caçamos, somos obrigados a nos esconder —, o Prefeito da Noite foi escolhido para um mandato vitalício em 1687. E o fato é que ele continua vivo. Isso faz de nós a autoridade mais antiga do Novo Mundo, ganhando dos maçons por 46 anos. Nada mal.

O Prefeito da Noite acompanhou pessoalmente os julgamentos das bruxas nos anos 1690. Estava por perto na Guerra da Independência Americana, quando os ratos pretos que governavam a cidade foram expulsos pelos cinzas, de origem norueguesa, que permanecem no poder. E também testemunhou a tentativa de golpe dos Illuminati, em 1794. Nós *conhecemos* esta cidade.

As prateleiras atrás da mesa da Analista eram ocupadas por uma coleção de bonecas antigas, com cabeças castigadas das quais brotava cabelo feito de crina de cavalo e linho trançado à mão. Elas ficavam sentadas, no escuro, exibindo seus rígidos sorrisos pintados. Eu imaginava o fedor produzido por séculos de dedos de crianças acariciando aquelas cabeças. E a Analista não tinha comprado as bonecas como antiguidades; ela tinha tirado cada uma das mãos de uma criança adormecida, na época em que era nova.

Essa, sim, é uma mania esquisita. Mas deve ser melhor do que outros fetiches que acabariam disseminando a doença. Às vezes penso se toda a história de viver numa bolha não passa de uma maneira de manter os antigos e irrealizados desejos da Analista sob controle. No verão de Manhattan, quando todas as mulheres usam tops ou vestidos curtos, eu mesmo desejo que me prendam dentro de uma bolha.

— Ei, Garoto — disse ela, erguendo os olhos dos papéis sobre sua mesa.

Apesar de franzir a testa, eu não podia reclamar. Quando se está na terra há cerca de cinco séculos, você pode chamar qualquer um de "Garoto".

Sentei-me tomando cuidado para permanecer bem atrás da linha vermelha pintada no chão. Quando você ultrapassa a faixa, os zeladores da Analista levam todas as suas roupas e as queimam. E você é obrigado a voltar para casa com roupas apertadas, como o paletó e a gravata que os restaurantes chiques obrigam os clientes a usar quando estes aparecem fora do figurino exigido. Todo mundo na Patrulha lembra de uma peep portadora chamada Mary Tifóide, que vagava num estado de confusão tamanho, causado pelo parasita, que não percebia que estava infectando todos os seus parceiros com tifo.

— Boa noite, Dra. Prolixa — disse, tomando cuidado para não erguer a voz.

É sempre estranho conversar com outros portadores. A linha vermelha mantinha-me a uns seis metros da Analista, mas nós dois tínhamos audição de peep, portanto era descortês gritar. Os reflexos sociais levam um tempo para se adequar aos superpoderes.

Fechei os olhos para me ajustar à estranha sensação da total ausência de cheiros. Isso não acontece com muita freqüência em Nova York. E, particularmente, *nunca* acontece comigo, exceto quando estou no escritório superlimpo da Analista. Como um quase-predador, posso sentir o cheiro do sal quando alguém chora, o cheiro ácido de pilhas AA usadas e o cheiro do mofo que vive entre as páginas de um livro antigo.

A luz de leitura da Analista zumbia, numa intensidade tão baixa que o filamento mal brilhava, suavizando suas feições. À medida que envelhecem, os portadores ficam mais parecidos com peeps plenos — vigorosos, de olhos arregalados e uma beleza esquelética. Não têm carne suficiente para apresentar rugas; os parasitas queimam calorias equivalentes às de uma maratona. Mesmo depois de passar a tarde no restaurante, eu já sentia um pouco de fome.

Pouco tempo se passou até que ela afastasse os papéis, fizesse um gesto meditativo e olhasse para mim.

— Então, deixe-me adivinhar...

Era desse jeito que a Dra. Prolixa iniciava todas as sessões: contando-me o que eu tinha na cabeça. Ela não seguia muito o estilo como-isso-o-faz-sentir de psicanálise. Percebi que sua voz era marcada pelo mesmo tom seco da de Sarah, com um toque de folhas mortas e farfalhantes por entre as palavras.

— Finalmente alcançou seu objetivo — continuou ela. — Apesar disso, sua redenção perseguida há tanto tempo não corresponde ao que tinha imaginado.

Soltei um suspiro. A pior parte de visitar a Analista é ser lido como um livro. Mas decidi não tornar as coisas fáceis *demais* para ela e apenas mexi a cabeça.

— Não sei. Tive um longo dia, bebendo café e esperando que o céu se abrisse. E depois Sarah provocou um confronto feio.

— Contudo, a dificuldade de um desafio geralmente torna a conquista mais satisfatória, e não menos.

— É fácil falar. — As feridas no meu peito ainda latejavam. Minhas costelas recuperavam-se num processo incômodo. — Mas a questão não foi a luta. O grande problema foi o fato de Sarah ter me reconhecido. Ela disse meu nome.

Os olhos cheios de Botox da Dra. Prolixa abriram-se mais ainda.

— Quando você capturou suas outras namoradas, elas não falaram com você, falaram?

— Não, só gritaram ao ver meu rosto.

— Isso significa que o amavam — disse a Analista, sorrindo de leve.

— Duvido. Nenhuma delas me conhecia muito bem.

À exceção de Sarah, que eu havia conhecido antes de me tornar contagioso, todas as mulheres com quem eu tinha iniciado um relacionamento haviam começado a mudar numa questão de semanas.

— Mas elas devem ter sentido alguma coisa por você. Do contrário, o anátema não teria dado conta. — Ela sorriu. — Você é um menino muito atraente, Cal.

Pigarreei. Um elogio de uma mulher de 500 anos equivale à sua tia dizer que você é bonito. Não ajuda em nada.

— Aliás, como tem sido para você? — perguntou a doutora.

— O quê? O celibato forçado? Ótimo. Adoro isso.

— Você tentou o negócio com o elástico?

Mostrei o pulso para ela. A Analista havia sugerido que eu usasse um elástico e me punisse sempre que tivesse um pensamento sexual. Reforço negativo. Exatamente como bater no cachorro com um jornal enrolado.

— Hum. Um pouco rústico, não é mesmo? — perguntou ela.

Olhei para meu pulso. Parecia que eu estava usando uma pulseira de arame farpado.

— A evolução contra um elástico. Em qual dos dois você apostaria? — comentei.

Ela fez um gesto de compreensão.

— Vamos voltar ao assunto Sarah?

— Por favor. Pelo menos, sei que ela realmente me amava. Ela quase me matou. — Estiquei o corpo na cadeira, sentindo minhas costelas ainda doloridas. — Mas há um detalhe curioso. Ela estava aninhada no balcão superior, com janelas enormes voltadas para o rio. Dava para ver Manhattan perfeitamente.

— O que há de tão estranho nisso, Cal?

Desviei o olhar da doutora, mas as expressões frias das bonecas não eram muito melhores. Acabei virando o rosto para o chão, onde um grão minúsculo de poeira era sugado na direção dela. Sem escapatória.

— Sarah era *apaixonada* por Manhattan. As ruas, os parques, tudo. Ela tinha um monte de livros de fotos de Nova York, conhecia as histórias dos prédios. Como poderia agüentar olhar para a paisagem? — Voltei a encarar a Dra. Prolixa. — É possível que o anátema dela tenha sido *quebrado* de alguma forma?

A Analista uniu os dedos novamente e balançou a cabeça.

— Não exatamente quebrado. O anátema pode funcionar de modos misteriosos. Tanto meus pacientes quanto as lendas relatam obsessões similares. Creio que sua geração as chama de perseguições.

— Hum, talvez. Como acha que acontece? — perguntei.

— O anátema cria um grande ódio pelas coisas amadas. Mas isso não significa que o amor propriamente dito tenha se acabado.

Franzi a testa.

— Eu pensava que o objetivo fosse exatamente esse. Levar a pessoa a rejeitar sua antiga vida.

— Sim, mas o coração humano é um barco estranho. O amor e o ódio podem existir lado a lado. — A Dra. Prolixa recostou-se na cadeira. — Você tem 19 anos, Cal. Nunca conheceu alguém rejeitado que, tomado pela raiva e pelo ciúme, não consegue esquecer a pessoa amada? Fica acompanhando, a distância, oculto, porém fervendo por dentro. O sentimento parece nunca ceder. O ódio misturado a uma obsessão intensa; talvez até a uma espécie de amor distorcido.

— Ah, sei. Isso seria tipicamente perseguição. Um tipo de atração fatal.

— Sim, *fatal* é uma palavra adequada. Acontece entre os não-mortos também.

Senti um arrepio. Apenas os caçadores muito velhos usavam a palavra *não-morto*. Não havia como negar que causava um certo impacto.

— Existem lendas e estudos de casos modernos nos meus arquivos — disse ela. — Alguns não-mortos encontram um ponto de equilíbrio entre a atração exercida por suas antigas obsessões e a repulsa causada pelo anátema. Eles vivem nesse fio de navalha, jogados para lá e para cá.

— Hoboken — mencionei, em voz baixa.

Ou minha vida sexual, por falar nisso.

Ficamos em silêncio por um tempo. Lembrei da expressão de Sarah depois de as pílulas começarem a fazer efeito. Ela tinha olhado para mim sem medo. Imaginei se Sarah já havia me perseguido, observando da escuridão antes de sumir da minha vida, em busca de uma última imagem antes que o anátema a expulsasse para o outro lado do rio.

— Isso não pode significar que Sarah é mais humana que a maioria dos peeps? — perguntei. — Depois que lhe dei as pílulas, ela pediu para ver o boneco do Elvis... o anátema que eu tinha levado. Ela *pediu* para vê-lo.

A Dra. Prolixa mostrou-se preocupada.

— Cal, você não está alimentando a fantasia de que Sarah possa, um dia, recuperar-se totalmente, está?

— É... não?

— Que vocês um dia possam ficar juntos de novo? Que você possa voltar a ter uma parceira? Uma da sua idade, que você não possa infectar, pelo fato de ela já ter a doença?

Engoli em seco e movi a cabeça negativamente. Eu não queria ouvir o sermão da aula de Introdução aos Peeps mais uma vez: peeps plenos nunca se recuperam.

É possível botar o parasita num estado de submissão com drogas, mas destruí-lo completamente é outra história. Como uma solitária, ele começa microscópico, porém se torna muito maior, espalhando diferentes partes pelo corpo da vítima. Envolve a coluna, cria cistos no cérebro e modifica todos os órgãos para adequá-los ao seu propósito. Mesmo que se pudesse realizar uma remoção cirúrgica, os ovos conseguem se esconder na medula ou no cérebro. Os sintomas podem ser controlados, mas basta se esquecer de um comprimido ou de uma injeção ou, ainda, ter um dia daqueles com os cabelos, para que se acabe descontrolado novamente. Sarah nunca poderia ser posta em liberdade numa comunidade humana normal.

Pior ainda: as mudanças mentais provocadas pelo parasita são permanentes. Assim que um desses acionadores de anátemas penetra o cérebro de um peep, torna-se bem difícil convencê-lo de que ele realmente costumava *amar* chocolate. Ou um cara do Texas chamado Cal.

— Mas não é verdade que alguns peeps chegam mais perto do que foram um dia?

— A triste verdade é que, na maioria dos casos semelhantes ao de Sarah, a luta nunca termina. Ela pode perfeitamente permanecer nessa situação pelo resto da vida, no limite entre o anátema e a obsessão. Um destino desagradável.

— Eu posso ajudar de alguma maneira?

Fiquei surpreso com minhas próprias palavras. Nunca havia pisado no hospital de recuperação. Tudo o que sabia a respeito era que ficava na região selvagem de Montana, a uma distância segura de qualquer cidade. Geralmente, peeps em recuperação não gostam de ver antigos namorados, mas talvez fosse diferente com Sarah.

— Um rosto familiar pode ajudar no tratamento. No momento certo. Mas não antes de você lidar com sua própria inquietação, Cal.

Deixei meu corpo afundar na cadeira.

— Nem sei qual é minha inquietação. A questão é que Sarah me deixou apavorado. Acho que... — Joguei as mãos para cima. — Simplesmente não sinto que isso esteja... *acabado* ainda.

A Analista assentiu com uma expressão de sabedoria.

— Talvez isso aconteça porque não esteja acabado, Cal. Afinal, ainda existe um assunto a ser resolvido. Sua progenitora.

Dei um suspiro. Já havia tratado daquilo antes, com a Dra. Prolixa e os antigos caçadores. E na minha própria mente por cem mil vezes. Nunca tinha adiantado nada.

Você pode estar pensando: se Sarah foi minha primeira namorada, onde *eu* peguei a doença?

Gostaria de saber.

Certo. Eu, obviamente, sabia *como* tinha acontecido. E a data exata e algo bem próximo do momento exato. Ninguém esquece de como perdeu a virgindade.

Mas eu não sabia exatamente *quem* era. Quer dizer, consegui até o nome: Morgan. O primeiro nome, pelo menos.

O grande problema era que eu não lembrava *onde*. Não tinha sequer uma pista.

Bem, eu tinha uma pista: "Bahamalama-Dingdong".

Fazia apenas dois dias que eu estava em Nova York, pela primeira vez, recém-saído de um avião vindo do Texas e pronto para meu primeiro ano na faculdade. Eu tinha vontade de estudar biologia, embora soubesse que era uma graduação difícil.

E eu nem sabia de tudo.

Naquela época, mal conseguia andar pela cidade. Entendi a divisão geral numa parte de cima e outra de baixo, embora estas não correspondessem exatamente ao norte e ao sul, segundo minha bússola. (Não ria; elas são úteis.) Tenho quase certeza de que tudo aconteceu em algum lugar na parte de baixo da cidade porque os prédios eram altos e as ruas permaneciam movimentadas à noite. Lembro-me de luzes refletindo na água num ponto qualquer; portanto, talvez estivesse perto do Hudson. Ou do East River.

E me lembro do Bahamalama-Dingdong. De vários, na verdade. É um tipo de drinque. Embora não possuísse faro superaguçado naquela época, tenho quase certeza de que continha rum. O que quer que fosse, era *muito*. E também havia algo doce. Talvez suco de abacaxi, o que tornaria o Bahamalama-Dingdong parecido com o Bahama Mama.

O Bahama Mama pode ser encontrado no Google e em livros sobre bebidas. É feito com rum, suco de abacaxi e um licor chamado Nassau Royale. Vem das Bahamas. A origem do Bahamalama-Dingdong, porém, é muito mais obscura. Depois de descobrir com que havia sido infectado e quem devia ser a responsável, vasculhei todos os bares do Village. Mas não encontrei um único barman que soubesse preparar um. Ou que ao menos tivesse *ouvido falar* do drinque.

A exemplo de uma certa Morgan Sei-lá-do-quê, o Bahamalama-Dingdong havia saído da escuridão, me seduzido e desaparecido.

A procura não trouxe consigo qualquer lembrança. Nenhuma imagem nebulosa de fliperamas, nenhum lampejo do cabelo negro e comprido ou da pele clara de Morgan. Não, ser um portador não torna sua pele clara ou lhe dá uma aparência gótica. Acorda, cara. Morgan apenas devia ser uma garota de estilo gótico que não sabia que estava prestes a se transformar numa maníaca sedenta por sangue.

A não ser, é claro, que ela fosse alguém como eu: um portador. Contudo, um portador que gostava de transformar amantes em peeps. De qualquer maneira, eu nunca mais a tinha visto.

E isso é tudo de que me lembro:

Eu estava lá, sentado num bar de Nova York, pensando: *Caramba, estou sentado num bar de Nova York.* É bem provável que esse pensamento passe pelas cabeças de muitos calouros recém-chegados à cidade que conseguem ser servidos. Eu tomava um Bahamalama-Dingdong porque o bar em que estava era "A Casa do Bahamalama-Dingdong". Era o que dizia uma placa do lado de fora.

Uma mulher de pele clara e longos cabelos escuros sentou-se ao meu lado e perguntou:

— Que porcaria é essa?

Talvez tenha sido a banana gelada boiando no meu drinque que provocou a pergunta. De repente, me senti meio idiota.

— Bem, é o drinque que mora aqui. Está escrito na placa do lado de fora.

— E é bom?

Embora fosse bom, fiz um gesto de indiferença.

— É. Um pouco doce demais.

— Parece para garotas, você não acha?

Eu achava. A bebida tinha sido uma leve causa de embaraço para mim desde que eu havia chegado — uma banana boiando ao ritmo da música. Mas nenhum dos outros caras no bar parecia ter notado. E eles tinham um jeito bem durão, apesar das calças de couro.

Afundei a banana no drinque; ela pulou de volta. Não quis ser chato, mas a conclusão era de que bananas geladas tinham uma densidade específica menor do que a do rum e a do suco de abacaxi.

— Não acho, não — respondi. — Acho que é para homens.

Ela riu do meu sotaque.

— Cê não é daqui não, né?

— Não. Sou do Texas — respondi, antes de dar um gole no drinque.

— Texas. Muito bacana — disse ela, batendo nas minhas costas.

Eu já tinha percebido, naqueles dois dias, que o Texas era um dos estados típicos. Ser do Texas é muito mais legal do que ser de um estado apenas conhecido, como Connecticut ou Flórida, ou de um estado *ahm?*, como Dakota do Sul. O Texas garante que você será notado.

— Vou querer um desse — pediu ela ao barman, apontando para meu Bahamalama-Dingdong, que lhe apontou de volta.

E então ela disse que se chamava Morgan. Tomamos nossos drinques e pedimos mais alguns. Minha memória dos eventos subseqüentes fica cada vez pior. Lembro que ela tinha um gato, uma TV de tela plana, lençóis de cetim preto e um impulso de dizer o que pensava. É praticamente tudo de que me lembro. Sei que, no dia seguinte, acordei sendo expulso de um apartamento desconhecido, porque ela precisava ir a algum lugar. Eu estava envergonhado e tive de voltar para casa numa ressaca que tornava a orientação complicada. Ao chegar ao dormitório, não lembrava mais por onde havia começado.

Tudo que tinha restado do evento eram uma confiança recém-descoberta com as mulheres, superpoderes que se manifestavam gradualmente e uma predileção por carne malpassada.

— Já falamos de tudo isso — disse à Dra. Prolixa. — Continuo sem poder ajudá-la.

— Não é questão de me ajudar — reagiu ela, duramente. — Você não vai se entender com a doença até encontrar sua progenitora.

— Bem, nós tentamos. Mas, como você já disse, ela deve ter se mudado, morrido ou qualquer coisa parecida. — Aquele era o grande mistério. Se Morgan continuasse por perto, teríamos visto seu trabalho por toda parte. Peeps aparecendo por toda a cidade, um banho de sangue sempre que pegasse um garoto bobo do Texas num bar. Ou, pelo menos, alguns cadáveres, de vez em quando. — O que estou dizendo é que já se passou um ano e não temos uma única pista.

— Não *tínhamos* uma única pista — corrigiu ela, antes de tocar um sino pequeno e barulhento que estava sobre sua mesa.

Em algum lugar fora do meu campo de visão, mas num volume que eu conseguia ouvir, um empregado começou a digitar no computador. Momentos depois, a impressora do meu lado da linha vermelha entrou em funcionamento, com o cartucho correndo por baixo da tampa de plástico.

— Isso foi trazido à minha atenção recentemente, Cal. Agora que você já cuidou de Sarah, achei que pudesse querer ver.

Levantei da cadeira, fui até a impressora e, com a mão tremendo, peguei a folha de papel quente que caiu na bandeja. Era um folheto escaneado, daqueles entregues na rua:

```
O Bar do Dick voltou à atividade!
-Sete dias por semana-
A vigilância sanitária não conseguiu nos derrubar!
*A única casa do Bahamalama-Dingdong*
```

A Dra. Prolixa me observou lendo o papel, novamente com os dedos unidos.

— Está sentindo sede? — perguntou.

4. Toxoplasma

Jogue uma moeda.

Coroa? Relaxe.

Cara? Você tem parasitas no cérebro.

Isso mesmo. Metade de nós carrega o parasita *Toxoplasma gondii*. Mas não vá atrás da furadeira ainda.

O toxoplasma é microscópico. O sistema imunológico humano geralmente acaba com ele. Portanto, se você o carrega, provavelmente nunca ficará sabendo. Na verdade, o toxoplasma nem mesmo *quer* estar no seu cérebro. Preso no interior do seu crânio grosso, sob ataque das defesas imunológicas, ele não pode botar ovos, o que corresponde a um grande Fim de Jogo evolucionário.

O toxoplasma preferiria viver no sistema digestivo do seu gato, alimentando-se de ração felina e botando ovos. Então, quando o bichano fizesse cocô, os ovos acabariam no chão, à espera de criaturas rastejantes. Ratos, por exemplo.

Um comentário rápido sobre os ratos. Basicamente, funcionam como trens de parasitas, levando-os de um lugar a outro. Na minha área, chamamos isso de *vetor*. Os ratos vão a todas as partes do mundo e se reproduzem como loucos. Pegar uma carona no Expresso dos Ratos é uma das principais evoluções das doenças com intuito de se disseminarem.

Quando o toxoplasma contamina um rato, o parasita começa a provocar mudanças no cérebro do hospedeiro. Se um rato normal esbarra em algo com cheiro de gato, entra em pânico e sai correndo. Ratos infectados por toxoplasma, porém, *gostam* de cheiro de gato. O xixi de gato os deixa curiosos. São capazes de passar horas à procura de sua origem.

Que, no fim, é um gato. Que os come.

E tudo isso deixa o toxoplasma satisfeito, porque o toxoplasma quer muito, muito mesmo, viver no estômago de um gato.

Maníacos por parasitas têm uma expressão para o que os gatos representam para o toxoplasma: "hospedeiro final".

Um hospedeiro final é onde o parasita pode viver feliz para sempre, recebendo alimento de graça e reproduzindo em larga escala. A maioria dos parasitas vive em mais de um tipo de animal, mas todos estão à procura do hospedeiro final, o vetor definitivo... o paraíso dos parasitas.

O toxoplasma utiliza-se do controle da mente para alcançar seu paraíso. Obriga o rato a *querer* ir atrás de gatos, para serem devorados. Assustador, não?

Mas nada disso funcionaria em nós, seres humanos, não é mesmo?

Bem, talvez. Ninguém tem certeza do que o toxoplasma causa aos seres humanos. Quando pesquisadores reuniram um grupo de pessoas com e sem toxoplasma, submeteram-nas a testes de personalidade, observaram seus hábitos e entrevistaram seus amigos, essas foram as conclusões:

Homens infectados pelo toxoplasma não se barbeiam todos os dias, não costumam usar gravatas e não gostam de seguir regras sociais. Mulheres infectadas pelo toxoplasma gostam de gastar dinheiro em roupas e tendem a ter mais amigos. Os outros acham que elas são mais atraentes do que as não-infectadas. Em geral, os pesquisadores descobriram que pessoas infectadas são mais interessantes.

Por outro lado, pessoas *sem* o toxoplasma no cérebro *gostam* de seguir regras. Se você lhes empresta dinheiro, a chance de que devolvam é maior. Elas comparecem ao trabalho com pontualidade. Os homens envolvem-se em menos brigas. As mulheres têm menos namorados.

Isso poderia ser resultado do controle da mente pelo toxoplasma?

É estranho *demais*, não é mesmo? Deve haver outra explicação.

Talvez algumas pessoas sempre tenham odiado chegar pontualmente ao trabalho e apreciem ter felinos por perto porque os gatos não gostariam de chegar pontualmente ao trabalho, se tivessem de trabalhar. Essas pessoas adotaram gatos e *depois* adquiriram o toxoplasma.

Talvez a outra metade da humanidade, a que gosta de seguir regras, geralmente escolha cachorros. Pega. Senta. Parado. Assim, seus cérebros permanecem livres do toxoplasma.

Talvez sejam dois tipos de pessoas que *já fossem* diferentes. Ou talvez não.

Esse é o problema em relação aos parasitas: é difícil saber se são a galinha ou o ovo. Talvez sejamos todos robôs, andando por aí cumprindo as ordens dos nossos parasitas. Como aqueles caracóis famintos e contorcidos...

Você realmente ama seu gato? Ou é o toxoplasma na sua cabeça que o obriga a cuidar do bichano, o hospedeiro final, para que um dia também possa chegar ao paraíso dos parasitas?

5. Bahamalama-dingdong

O Bar do Dick não havia mudado nada. Eu sim.

Não eram só meus superpoderes. Eu também estava mais velho, mais esperto e vivia em Nova York havia mais de um ano. Tinha olhos de adulto.

O Bar do Dick não recebia muitas mulheres. Eram poucas mesmo. Havia um monte de caras jogando sinuca, enfiados em suas calças de couro, tomando cerveja e virando uma porção ocasional de sobremesa pronta, ouvindo uma mistura de música country e disco clássico. Um típico bar do West Village.

Foi um alívio. Eu podia dar um tempo ali sem ter de fixar os olhos na bebida, na esperança de evitar contato com qualquer garota mais atraente. Melhor ainda: qualquer mulher que freqüentasse o local se destacaria como uma banana num copo de uísque. Certamente, *alguém* se lembraria de uma criatura alta, de pele clara, usando um vestido longo preto e agarrando texanos teimosos.

— Bebida? — perguntou o barman.

Respondi que sim. Um pequeno estímulo à minha memória em fuga não atrapalharia.

— Um Bahamalama-Dingdong, por favor.

O barman franziu a testa e, em seguida, virou-se e tocou uma sineta. Uns caras que jogavam sinuca na parte de trás riram. E, então, alguma coisa saiu do céu nebuloso de memórias na minha cabeça.

Ding!, disse meu cérebro, quando lembrei que, sempre que alguém pedia um Bahamalama-Dingdong, eles tocavam uma sineta especial. Por isso o "dingdong" do nome.

Em parte, pelo menos. Observei o barman tirar uma banana da geladeira. Ele a pôs num copo alto, jogou rum, depois um suco misterioso de um recipiente plástico com a inscrição B/D e finalmente, com todo o cuidado, uma cobertura de licor vermelho. Senti um cheiro semelhante ao de xarope para tosse.

— Nassau Royale? — perguntei.

O barman confirmou.

— Sim. Eu conheço você?

— Você quer dizer de antes da Vigilância Sanitária fechar o lugar?

— Isso. Mas você não me parece muito familiar.

— Só estive aqui uma vez — expliquei. — Eu tinha uma amiga que costumava vir sempre. Morgan.

— Morgan?

— Isso. Alta, cabelo preto, pele clara. Sempre usava vestido preto. Meio gótica.

Uma pausa.

— Uma mulher?

— É.

— Não estou me lembrando de ninguém. Tem certeza de que era aqui?

Olhei para o Bahamalama-Dingdong. A banana manchada pelo Nassau Royale parecia me encarar como um olho injetado. Tomei um gole. O gosto doce de fruta tropical cobriu minha língua, acompanhada pela textura dos fiapos que saíam da banana gelada. A noite de mais de um ano antes começou a reaparecer na minha cabeça, carregada pelos abacaxis e pelo gosto queimado de rum escuro.

— Tenho certeza — respondi.

Não havia muita coisa a fazer, além de ficar bêbado.

O barman perguntou a outras pessoas, mas ninguém se lembrava de Morgan ou tinha qualquer recordação, vaga que fosse, de uma mulher gótica que costumasse passar por ali em outra época. Talvez, assim como eu, ela tivesse entrado por acaso naquele lugar.

Por outro lado, se o parasita a estivesse controlando, deixando-a incrivelmente excitada, por que ela teria escolhido um bar gay, onde as chances de ser bem-sucedida eram as menores possíveis? (Ela estaria tão perdida quanto minha versão mais jovem? Hum.)

Deixei a bebida fazer efeito, trazendo lembranças, recuperando fragmentos isolados daquela noite. Com certeza havia um rio na história; recordava-me das luzes refletidas nas esteiras dos barcos. Todos aqueles Bahamalama-Dingdongs que eu e Morgan havíamos tomado tinham nos deixado meio sem equilíbrio. Eu estava com medo de que ela caísse na beirada e que eu fosse obrigado a pular na água gelada para salvá-la, ainda que não estivesse em condições sequer de levar um cachorro para passear.

Tínhamos percorrido um longo píer e estávamos parados, observando o rio. O Hudson ou o East River?

Então me lembrei: em algum momento, eu havia olhado a bússola e anunciado que estávamos voltados para o noroeste, o que a fez rir. Só podia ser o Hudson. A vista era de Nova Jersey.

O que tinha acontecido depois?

Tentei avançar as memórias nebulosas, mas minha mente estava congelada na imagem de Nova Jersey refletida no rio — Hoboken me provocando do outro lado. Por mais que me concentrasse, não conseguia me lembrar de um único trecho do caminho que percorremos na ida ao apartamento de Morgan.

Um cara chegou perto de mim.

Precisei de alguns instantes para abandonar meus devaneios regados a Bahamalama-Dingdong. Pude perceber pelo fedor que ele tinha acabado de fumar um cigarro do lado de fora do bar. A roupa de couro tinha cheiro de nova. Sua expressão era de curiosidade. Talvez tivesse me ouvido fazendo perguntas sobre Morgan.

— E aí? — perguntei.

— E aí. Qual é seu nome?

— Cal.

Estendi a mão para cumprimentá-lo.

— Sou o Dave. E então... o que está procurando, Cal?

Parei para pensar por um momento antes de responder.

Não sabia dizer o que *realmente* estava procurando. Eu queria encontrar a mulher que tinha me transformado num super-homem esquisito? Ou queria dar mais um passo para a destruição da minha linhagem? Cuidar da minha progenitora, caçar outros peeps que ela pudesse ter criado e depois mergulhar mais fundo no esquema interminável e enredado da disseminação do parasita. Nessa hora, dirigi meus pensamentos de volta ao material que eu tinha lido naquela manhã, no restaurante, enquanto esperava o céu abrir.

— Ancilóstomos.

— Ancilóstomos? — Ele sentou-se ao meu lado. — Nunca ouvi falar disso.

Tomei outro gole do meu terceiro Bahamalama-Dingdong.

— Eles se enfiam pelo seu pé, usando uma enzima que rompe a pele, depois viajam pela corrente sangüínea até chegar aos pulmões. Afetam sua respiração, fazendo com que você tussa para os expelir. Mas você sabe que sempre engolimos uma parte do catarro de volta.

Ele pareceu meio surpreso, mas admitiu que aquilo acontecia.

— Bem, alguns ovos de ancilóstomo são engolidos com o catarro e seguem até o intestino, onde crescem até cerca de um centímetro. — Mostrei o tamanho com os dedos. — Então desenvolvem dentes em círculo na boca, como uma espiral de arame farpado, e começam a morder a parede intestinal e a sugar seu sangue.

Percebi que estava entrando em detalhes de bêbado e resolvi parar para ver se o sujeito continuava interessado.

— É verdade?

Sua voz parecia meio alheia. Respondi que sim.

— Eu não mentiria para você, Dave. Mas agora vem a parte legal. Eles produzem um fator anticoagulante especial, uma espécie de anticongelante para o sangue, para que não haja cicatrização. Você se torna um tipo de hemofílico temporário, só naquele ponto específico. Seu intestino não pára de sangrar até que o ancilóstomo esteja satisfeito!

— Ancilóstomos, hein?

— É assim que são chamados.

Dave assentiu com uma expressão séria e se levantou. Ele segurou firme nos meus ombros. A feição pensativa, por um momento, pareceu refletir a jornada difícil que eu tinha pela frente.

— Boa sorte com isso aí — disse ele.

Achei que sete Bahamalama-Dingdongs seriam suficientes.

Provavelmente, era mais do que eu havia bebido na minha primeira vez no Dick, mas eu estava mais velho e tinha me tornado super-humano. Consegui sair da cadeira com habilidade e depois de trocar um pouco as pernas entrei num ritmo razoável. Meu metabolismo pode ser acelerado, mas até meu corpo tem um limite de rum que é capaz de processar antes de começar a falhar. No fim das contas, consegui uma bela reprodução do meu primeiro porre para valer na cidade de Nova York.

Saí com o objetivo de percorrer novamente o trajeto cambaleante de um ano antes.

O barman me viu sair, com cara de impressionado, e Dave acenou de trás de uma mesa de sinuca. No decorrer da noite, ele havia mandado alguns amigos para fazer perguntas sobre ancilóstomos. Todos tinham ouvido atentamente. Aproveitei para falar um pouco de esquistossomos também. Portanto, não tinha sido como beber sozinho.

Fora do Bar do Dick, a iluminação da rua formava coroas de laranja, e o asfalto de vidro cintilava como cristais de açúcar em cima de uma torta merengue de limão. Minha respiração transformava-se em vapor, mas o calor do interior do bar ainda impregnava meu casaco, com seus dedos em volta de mim como um monte de parasitas de fígado.

Certo, foi uma péssima comparação. Mas eu *estava* meio bêbado.

Meus pés me levaram na direção do rio em modo automático. Porém, ainda não me lembrava do caminho para o apartamento de Morgan. Até ali, era apenas a gravidade cumprindo sua missão.

Andando de skate pela cidade, eu já tinha notado a Corcunda, a forma como o chão sobe no centro de Manhattan e cai ao se aproximar dos rios, semelhante às costas escorregadias de uma baleia gigante emergindo no mar. Uma baleia *muito* gigante. O declive é quase imperceptível. Só dá para senti-lo em cima de um skate ou de uma bicicleta. Ou se o passeio for aditivado por uns sete Bahamalama-Dingdongs.

Naquele momento, meus pés tinham rodinhas, e desci na direção da água sem fazer força.

Logo pude ver o rio, no fim da rua, brilhando exatamente como naquela outra noite. Havia um caminho à beira da água. Por instinto, rumei para o norte. Era meio difícil permanecer no espaço destinado aos pedestres. Alguns ciclistas e skatistas passaram por mim, deixando queixas pelo caminho. Devolvi todas as palavras num tom meio arrastado. Longe da companhia calorosa do Bar do Dick, os Bahamalama-Dingdongs tinham me deixado anti-social.

Meu humor melhorou quando avistei o píer.

Ele se estendia rio adentro, do comprimento de um campo de futebol. Batidas desencontradas de diversas caixas de som ecoavam pela água, vindas de lá, e luzes intensas desciam de postes altos.

Teria sido naquele píer que eu e Morgan havíamos estado naquela noite?

Havia uma maneira de descobrir. Cambaleei até a extremidade do quebra-mar, tentando ignorar os casais se beijando e um grupo de garotas muito atraentes de patins, e peguei minha fiel bússola. A agulha apontou para o norte magnético.

Eu estava virado para o noroeste — exatamente a mesma indicação de um ano antes.

Respirei fundo, sentindo o sal do oceano, as algas verdes e o óleo de motor, todos aromas idênticos aos daquela noite. O lugar só podia ser aquele.

Mas o que fazer?

Olhei para o rio. Dos meus dois lados, vigas de deques abandonados saíam da água como dentes apodrecidos. Outros fragmentos de memória estavam se encaixando, como uma imagem digital borrada sendo carregada aos poucos e se tornando mais nítida gradualmente.

Foi quando vi o contorno escuro de um prédio no outro lado do Hudson, com seus três gigantescos papos abertos sobre o rio. O Terminal das Barcas de Hoboken. Sem saber, eu tivera um lampejo do meu futuro, naquela noite de um ano antes.

Minha visão aguçada de peep notou uma luz nas janelas do segundo andar. A Dra. Rato ainda estava lá, provavelmente com uma dezena de colegas do setor de Pesquisa e Desenvolvimento, estudando os hábitos da ninhada de Sarah. Pesando e medindo ratos alfa envenenados e delinqüentes. Talvez em busca de um raro "rato rei" — um monte de ratos com rabos emaranhados, que andam todos juntos, como cachorros levados para passear por um profissional com dez guias na mão.

Sem Sarah por perto, sua ninhada se desintegraria nos dias seguintes, espalhando-se pelos becos próximos e esgotos, como água de uma enchente de outono. Fiquei pensando se os ratos sentiriam sua falta. Eles receberiam algo além das sobras dos peeps? Teriam um sentimento de pertencimento?

A imagem de todas aquelas criaturas órfãs me deixou deprimido. Virei de volta para Manhattan.

Meu coração bêbado saiu do compasso.

Diante de mim, logo depois da auto-estrada, havia um arranha-céu estreito como uma navalha.

A personalidade dos prédios vem de suas janelas, do mesmo modo que as pessoas se expressam através dos olhos. Aquele edifício tinha um olhar esquizofrênico. Os andares mais baixos eram cheios de pequenas varandas. No alto, porém, havia janelas de alto a baixo, abertas como olhos surpresos. Lembrei-me de Morgan apontando para o prédio, dando risadinhas e apertando minha mão...

— É ali que eu moro! — disse ela, marcando o momento exato em que tive certeza *absoluta* de que dormiríamos juntos.

Como alguém consegue esquecer um momento como esse?, perguntei a mim mesmo.

Balançando a cabeça, impressionado comigo mesmo, voltei pelo píer, aos tropeções.

A primeira missão era entrar no lugar.

Engraçado. Não tinha qualquer lembrança de que Morgan morava num prédio luxuoso: vista do rio, coberturas duplex, recepção em mármore e bronze e um porteiro uniformizado de olho em seis monitores.

Permita que um garoto perca a virgindade, e muita coisa acaba esquecida.

Fiquei observando do outro lado da rua, escondido atrás de caixas de jornal, à espera do grupo certo de moradores para entrar: da minha idade, meio bêbados e em número suficiente para que eu não fosse percebido.

Se tivesse sorte, poderia ver Morgan em pessoa. Mas o que eu lhe diria? *Ei, você sabia que está infectada com vampirismo? Como tem sido essa vida?*

Os minutos passaram lentamente; a noite ficava cada vez mais fria. O vento que vinha do rio deixou de ser revigorante e se tornou cruel. O efeito do Bahamalama-Dingdong começou a passar, e logo meu corpo passou a pedir mais açúcar no sangue. De repente, me dei conta de que os únicos alimentos sólidos que eu tinha ingerido à noite haviam sido sete bananas geladas, longe do suficiente para meus parasitas vorazes.

Hospedeiro *mau*. Parasitas com fome podem provocar um comportamento descontrolado.

Para piorar, tinha uma sensação de que *eu* era o perseguidor naquele momento, preso entre o anátema e a obsessão.

Pouco depois da meia-noite, avistei meu passe para entrar no prédio.

Eram três garotas e dois caras, em idade universitária, com roupa de sair. Eles brincavam uns com os outros; suas vozes permaneciam num volume mais adequado ao bar em que haviam passado a noite.

Saí de trás do meu esconderijo e atravessei a rua, controlando meus movimentos para chegar à porta principal com o grupo.

Eles mal notaram minha presença enquanto discutiam que pizza deveriam pedir.

— Com muito queijo. Ajuda na ressaca — disse um dos caras.

Os outros riram e, por votação, decidiram pedir duas grandes. Uma de cogumelo e outra de pepperoni, ambas com queijo extra. As escolhas me pareceram boas, depois de ter tomado todos aqueles drinques. Enquanto nos aproximávamos da porta, tentei parecer interessado na conversa, mantendo-me junto ao grupo.

De trás do vidro, o sorriso do porteiro misturava cansaço e condescendência. A porta destravou assim que uma das meninas pôs a mão na maçaneta. O ar quente nos envolveu, e logo eu estava dentro do prédio.

Enquanto caminhávamos juntos na direção dos elevadores, a garota que tinha aberto a porta olhou para mim. Sua feição era inquisitiva. Devolvi o olhar de modo inexpressivo. Acompanhada de quatro amigos, ela não devia ficar tão nervosa com a presença de um estranho, mas às vezes seres humanos normais sentem algo esquisito diante de predadores como eu.

Logicamente, também comecei a sentir algo esquisito em relação a ela.

Ela vestia uma jaqueta de couro sobre um vestido curto que deixava seus joelhos expostos ao frio. Seu cabelo formava uma franja preta que havia crescido demais e quase chegava aos olhos castanho-escuros. Levei um tempo para concluir que, antes de eu sentir desejo por *todas* as mulheres *todo* o tempo, aquela garota seria do meu tipo.

Os amigos dela continuavam tagarelando, mas ela me olhava, parecendo mais pensativa do que desconfiada. Quando passou a língua entre os lábios de um jeito distraído, senti um arrepio e desviei os olhos.

Portador mau, repreendi a mim mesmo, soltando um elástico mental no meu pulso.

O elevador fez um barulho, e a porta se abriu. Nós seis entramos. Fiquei encolhido num canto. O consenso em relação às pizzas tinha se desfeito, e estavam todos discutindo novamente, à exceção da garota de jaqueta de couro. O reflexo do som no aço reluzente tornava as vozes mais agudas.

Então senti um aroma: xampu de jasmim. Ergui os olhos e vi a garota passando os dedos no cabelo. De alguma forma, a fragrância se sobrepôs à fumaça de cigarro impregnada nas roupas e ao bafo de álcool, levando um perfume humano ao meu nariz — cheiro de pele, dos óleos naturais em seus dedos.

Senti outro arrepio.

Ela apertou o sétimo e olhou para mim:

— Para qual andar?

Reparei no painel. Os botões iam até o 15 (sem o 13), em três colunas. Tentei imaginar a mão de Morgan se esticando e apertando um deles, mas minha mente estava perturbada pelo perfume de jasmim.

A injeção de lembranças proporcionada pelo Bahamalama-Dingdong finalmente me deixou na mão.

— Vai para algum andar específico? — perguntou ela, devagar.

— Ahn, eu, ahn... — consegui dizer, com a garganta seca. — Você conhece a Morgan?

Ela ficou paralisada, com um dedo ainda esticado em direção aos botões. Um silêncio repentino tomou o resto do grupo. Todos olhavam para mim.

O elevador arrastou-se por alguns andares.

— A Morgan do sétimo andar? — perguntou ela.

— É... acho que sim — respondi.

Quantas Morgan poderiam morar no mesmo prédio?

— Ei, não é aquela...? — começou a perguntar um dos garotos, mas os outros fizeram-no parar antes que pudesse acabar.

— Ela se mudou no último inverno — disse a garota de jaqueta de couro, com uma voz controlada.

— Caramba. Acho que faz muito tempo. — Dei um grande sorriso falso. — Você não saberia onde ela está morando, saberia?

Ela balançou a cabeça lentamente.

— Não faço idéia.

A porta do elevador abriu no sétimo andar. O ar se agitou, e notei algo por baixo do cigarro e do álcool em seus hálitos, um cheiro animal que sobressaía até ao jasmim. Por um instante, senti cheiro de medo.

O nome de Morgan os tinha assustado.

Os outros quatro saíram imediatamente, ainda em silêncio, mas a garota de jaqueta preta permaneceu parada, com um dedo pressionando o botão de Abrir Porta. Ela me olhava como se eu fosse alguém de que se lembrava em parte, num grande esforço mental. Talvez quisesse entender por que eu havia deixado seus pêlos da nuca em pé.

Tive vontade de baixar os olhos e enviar um sinal clássico aprendido na aula de Introdução ao Comportamento Mamífero: *Não quero briga*. Os seres humanos ficam sensíveis quando se sentem ameaçados, e eu não queria que ela contasse ao porteiro que eu havia entrado escondido no meio deles.

Mas continuei encarando a garota; meus olhos tinham sido capturados.

— Acho que vou embora, então — anunciei, encostado na parte de trás do elevador.

— Ah, claro.

Ela deu um passo para fora do elevador, ainda olhando para mim. As portas começaram a se fechar, mas, no último segundo, a mão se enfiou novamente. Houve um apito no momento em que seu braço coberto de couro era imprensado e logo depois as portas se abriram.

— Cara, você tem um minuto? Talvez possa me explicar uma coisa.

O apartamento 701 era repleto de *déjà vu*.

A sala longa e estreita incluía uma cozinha numa das pontas. Na outra, portas de vidro davam para uma pequena varanda, o rio e as luzes fantasmagóricas de Nova Jersey. Outras duas portas levavam a um banheiro e a um pequeno quarto.

Um típico apartamento de um quarto numa região valorizada de Manhattan. O problema estava nos detalhes: a geladeira de aço inoxidável, os controles deslizantes no lugar dos interruptores normais, as refinadas maçanetas de bronze nas portas. Tudo aquilo me parecia muito familiar.

— Ela morava aqui? — perguntei.

— Morgan? Claro que não — respondeu a garota, tirando a jaqueta de couro e jogando-a sobre uma cadeira. Notei que os outros quatro mantiveram os casacos vestidos. Suas expressões me lembravam as de pessoas numa festa logo depois da chegada da polícia; o barato brutalmente cortado. — Ela morava no fim do corredor.

Todos os apartamentos do prédio deviam ser parecidos.

— E você a conhece?

Ela fez que não.

— Lace veio morar aqui depois — disse um dos garotos, recebendo olhares de *Cala a boca!* dos outros.

— Depois do quê? — perguntei.

Ela não respondeu.

— Vamos lá, Lace — disse o garoto. — Você vai mostrar a coisa para ele, não vai? Foi por isso que pediu para ele vir aqui, não foi?

— Roger, por que não vai pedir a pizza? — disse Lace, rispidamente.

Ele foi para a cozinha, resmungando. Ouvi a seqüência de sons da ligação rápida e a voz de Roger especificando que era com queijo extra, num tom ainda magoado.

O restante de nós tinha passado à sala. Os três outros amigos de Lace ainda estavam de casaco.

— Você conhece bem a Morgan? — perguntou ela.

Eu e Lace permanecíamos de pé, como se estivéssemos nos enfrentando, mas fora do elevador seu perfume estava menos concentrado, o que tornava mais fácil para mim não a olhar de um jeito maníaco.

Para me distrair, dei uma geral na mobília: objetos resgatados, sofás meio mofados e outras coisas descartadas. Uma mesa de café apoiada em duas caixas de verduras. A decoração pobre não combinava com o chão de tábuas corridas ou com a vista milionária.

— Na verdade, não a conheço tão bem assim — respondi. Diante da reação negativa de Lace, acrescentei: — Mas somos parentes. Primos.

Sei que era mentira. Mas nossos *parasitas* são parentes. Isso deve nos relacionar de alguma forma.

— São parentes e você não sabe onde ela mora?

— Às vezes, é difícil encontrá-la — expliquei, como se não fosse nada de mais. — Aliás, meu nome é Cal.

— Lace. De Lacey. Escuta, Cal, eu nem conheci essa garota. Ela sumiu antes de eu vir para cá.

— Sumiu?

— Mudou-se.

— Ah. Isso foi há quanto tempo?

— Vim para cá no começo de março. Ela já tinha saído havia um mês, pelo que se sabe. Era a estranha, segundo os outros moradores do prédio.

— *A estranha?*

— A mais estranha do sétimo andar — explicou ela. — Eram todos meio estranhos, pelo que me contaram.

— O andar inteiro era estranho?

Lace deu de ombros.

Franzi a testa. Os nova-iorquinos não costumam se envolver muito com os vizinhos. Não a ponto de fazer fofocas sobre antigos moradores. A não ser, é claro, que existam histórias *muito* boas a serem contadas. Imaginei o que Lace teria ouvido.

Meus instintos, porém, disseram para eu recuar um pouco. Os cinco continuavam ressabiados, e havia alguma coisa que Lace não queria dizer na frente dos outros. Eu podia sentir sua indecisão, misturada a um tipo estranho de vergonha. Ela queria algo de mim.

Abri as mãos, para mostrar que não tinha nada a esconder.

— No elevador, você disse que tinha uma pergunta — lembrei.

Lace mordeu os lábios, pensando longa e lentamente. Em seguida, deu um suspiro e sentou-se no meio do sofá. As outras duas garotas espremeram-se nos cantos para lhe dar espaço.

— É, talvez exista algo que você possa me contar, cara. — Ela engoliu e baixou o tom de voz. — Por que eu só pago mil pratas de aluguel por este lugar?

Quando a surpresa finalmente se dissipou, os outros estavam consternados.

— Você disse que eram mil e seiscentos quando eu morava aqui! — gritou Roger, da porta da cozinha.

Lace revirou os olhos.

— Foi só para você pagar suas ligações interurbanas. Você não estava pagando aluguel!

— Mil dólares? Só isso? — perguntou uma das meninas, totalmente ereta no canto do sofá. — Você tem um *porteiro todo enfeitado*!

Nem no inferno há uma fúria tão intensa quanto a de nova-iorquinos sabendo do apartamento barato de outra pessoa. Levando em conta o elevador, o porteiro na recepção de mármore e a vista do pôr-do-sol no outro lado do rio, eu estimava que o aluguel deveria ser de três mil dólares, no mínimo. Talvez quatro. Estava tão fora das minhas possibilidades que eu não sabia.

— Suponho que não seja uma política de controle de aluguéis — comentei.

Lace fez que não.

— Eles construíram este lugar no ano passado. Sou a segunda moradora do meu apartamento, assim como todas as outras pessoas do sétimo andar. Todos nós chegamos na mesma época.

— Está dizendo que todos os primeiros inquilinos saíram *ao mesmo tempo?*

— Sim, dos quatro apartamentos do sétimo andar.

— Mil dólares? Isso me faz sentir *bem* melhor em relação à coisa — intrometeu-se Roger.

— Pare de falar da coisa! — disse Lace. Ela olhou para mim e revirou os olhos de novo. — Nunca fez sentido para mim. Fiquei o inverno passado inteiro dormindo no sofá da minha irmã, no Brooklyn, tentando encontrar um lugar mais próximo da escola. Mas tudo em Manhattan era muito caro e eu já estava de saco cheio de colegas de quarto.

— Ei, obrigado, hein — disse Roger, sendo ignorado por Lace.

— Mas então o supervisor da minha irmã disse que havia ouvido falar de um prédio que estavam tentando ocupar depressa. Um andar inteiro de inquilinos tinha parado de pagar o aluguel, e eles queriam novos moradores imediatamente. Por isso, estava barato. Muito barato — contou Lace, com a voz sumindo no fim.

— Você parece triste — comentei. — Por quê?

— Nosso acordo é só para terminar os contratos dos antigos moradores — explicou ela. — Faltam poucos meses. Todos aqui do andar achamos que eles vão aumentar o aluguel e obrigar todo mundo a sair, um por um.

— Bem, como posso ajudá-la?

— Você sabe mais do que está contando, cara — disse ela, objetiva. A convicção em seus olhos me deixou mudo. Não neguei, e Lace mexeu a cabeça, certa de que eu não era nenhum primo distante. — Alguma coisa aconteceu aqui — continuou. — Alguma coisa que os proprietários estavam tentando esconder. *Preciso* saber o que foi.

— Por quê?

— Porque preciso de uma carta na manga. — Ela se curvou para a frente, apertando a almofada com força. — *Não* vou voltar para o sofá da minha irmã!

Como eu disse: nem no inferno.

Ergui as mãos em rendição. Para arrancar mais alguma coisa dela, eu teria de contar parte da verdade. Mas precisava de tempo para organizar a história.

— Tudo bem. Vou contar o que sei. Mas antes... mostre a coisa.

Ela sorriu.

— Eu ia mostrar de qualquer maneira.

— A coisa é *muito* maneira — disse Roger.

Eles já haviam feito aquilo.

Sem receber qualquer ordem, as outras duas garotas desligaram as lâmpadas dos abajures ao lado do sofá. Roger apagou a luz da cozinha e se aproximou, sentando-se de pernas cruzadas diante da parede branca, quase como se fosse uma tela de TV.

Estava escuro. A sala era iluminada apenas por suaves luzes laranja vindas das ruas de Nova Jersey, tingidas por uma faixa azul que vazava por baixo da porta do banheiro.

O outro cara levantou-se da cadeira para tirá-la do caminho e depois se virou para também poder ver a parede branca vazia.

— Vamos ver slides? — perguntei.

— É, isso mesmo — disse Roger, rindo e abraçando os joelhos. — Ligue o projetor, Lace.

Ela resmungou e enfiou a mão embaixo da mesa de café, retirando uma vela grossa e uma caixa de fósforos. Atravessou a sala com cuidado no escuro, ajoelhou-se ao lado da parede e pôs a vela encostada no rodapé.

— Mais longe — sugeriu Roger.

— Cala a *boca* — devolveu Lace. — Já fiz isso mais vezes do que você.

O fósforo acendeu-se em sua mão e ela o encostou no pavio da vela. Pouco antes do perfume de sândalo tomar conta das minhas narinas, detectei o cheiro humano de expectativa nervosa.

A parede bruxuleava como uma tela de cinema vazia, pequenas saliências no estuque provocando sombras alongadas, como montanhas em miniatura no pôr-do-sol. A textura manchada da parede tornou-se exagerada. Minha visão de peep se aguçou no escuro, percebendo cada imperfeição. Eu podia ver os caminhos apressados e irregulares que os pintores haviam seguido, subindo e descendo, ao realizar o serviço.

— O que estou vendo? — perguntei. — Um péssimo serviço de pintura?

— Eu avisei — disse Roger. — Chega um pouco para cá.

Lace resmungou de novo, mas afastou a vela da parede.

As palavras apareceram...

Elas surgiram timidamente entre as sombras, com contornos imprecisos. Uma camada um pouco mais escura de tinta apareceu por baixo, como costuma acontecer quando os proprietários não se importam em pedir um trabalho de qualidade.

Quando estão com pressa, por exemplo.

A parede dizia:

tão bOnitinho que eu tIve de Comê-lO

Fui até a parede. A camada mais escura era mais difícil de se enxergar de perto. Passei a ponta dos dedos sobre as letras. A tinta à base de água parecia seca como giz.

Com a unha, fiz uma marca curva na pintura, do tamanho aproximado de um ancilóstomo plenamente desenvolvido. A tinta mais escura apareceu com um pouco mais de nitidez.

Levei o dedo ao nariz e senti o cheiro.

— Cara, isso é esquisito — comentou Roger.

— O olfato é o mais sensível de nossos sentidos, Roger — expliquei.

Só não mencionei a substância a que os seres humanos são mais sensíveis: etil mercaptano, o odorante que dá à carne podre seu cheiro particular. O nariz consegue detectar um quarto de um bilionésimo de grama dessa substância num único sopro de ar.

E o meu nariz é cerca de dez vezes mais apurado.

Também não contei a Roger que minha pequena fungada havia me dado uma certeza: as palavras tinham sido pintadas com sangue.

Na realidade, era mais do que sangue. Depois de penetrar a parede de novo com minhas unhas de aço e cheirar as substâncias preservadas sob a mão apressada de tinta, identifiquei uma variedade de tecidos do corpo humano. O aroma férreo de sangue era acompanhado do odor farináceo de osso desidratado, da salinidade dos músculos, da fragrância uniforme de fígado e da efluência de etil mercaptano da pele.

Acho que o termo usado pelos leigos é *cartilagem*.

Havia outros odores mais intensos — agentes químicos usados para apagar a mensagem. No entanto, quando acharam as palavras, o sangue já devia ter penetrado profundamente no reboco, onde permanecia obstinadamente. Mesmo cobertas de tinta, as letras continuavam lá.

Fala sério: tinta *à base de água*? O que há de errado com os inquilinos de Nova York?

— O que você está fazendo? — perguntou Lace, em voz baixa.

Virei-me e vi que estavam todos sentados, de olhos arregalados. Tenho uma tendência a esquecer que os humanos normais se sentem incomodados com a coisa de cheirar.

— Bem... — comecei a falar, buscando uma boa desculpa entre os restos de rum no meu corpo.

O que eu deveria dizer?

A campainha tocou.

— A pizza chegou! — gritou Roger, dando um pulo e correndo para a porta.

— Bem na hora, para mim — disse.

Por alguma razão, eu estava faminto.

6. Bolas de lama

As formigas têm uma religião, e a razão de tudo são as bolas de lama.

A história começa com uma criatura minúscula chamada *Dicrocoelium dendriticum*, embora nem os especialistas em parasitas se dêem ao trabalho de dizer esse nome em voz alta. Usamos simplesmente a expressão "platelminto dendrítico".

Como vários parasitas, esses platelmintos se estabelecem no estômago. Você já deve ter percebido que o estômago é o órgão mais popular nos hospedeiros finais. É claro, dã, há *comida* nele. Nesse caso específico, trata-se do estômago de uma vaca.

Quando uma vaca infectada produz uma torta de vaca, como dizemos no Texas, um monte de ovos de platelminto dendrítico acaba no pasto. Uma lesma aparece e come parte da torta. Simplesmente porque é isso que as lesmas fazem. E então a lesma está infectada. Os ovos do platelminto eclodem dentro da barriga da lesma azarada e começam a abrir caminho até o lado de fora através da pele.

Para sua sorte, a lesma tem um recurso de proteção: lama.

A lama na pele da lesma lubrifica os platelmintos enquanto eles estão abrindo passagem. Assim, a lesma sobrevive à sua saída. Quando a fuga se completa, os platelmintos estão totalmente envoltos numa bola de lama, impossibilitados de se mexer. Nunca mais vão se engraçar com uma lesma, pode ter certeza.

Mas os platelmintos não ligam para esses acontecimentos. Na verdade, *queriam* acabar cobertos de lama. A viagem inteira por dentro da lesma tinha sido a saída evolutiva para deixar os platelmintos todos enlameados. Porque chegou a vez do hospedeiro seguinte: uma formiga.

Eis uma coisa que você não queria saber: as formigas adoram bolas de lama.

As bolas de lama dão uma refeição deliciosa, mesmo quando contêm algumas centenas de platelmintos. Assim, mais cedo ou mais tarde, umas tantas formigas azaradas aparecem, comem as bolas de lama e acabam com a barriga cheia de parasitas.

Dentro da formiga, os platelmintos dendríticos organizam-se rapidamente. Preparam-se para uma ação parasitária de controle da mente.

Você pode perguntar: as formigas têm mentes? É difícil responder. Mas elas possuem pequenos conjuntos de nervos — no meio do caminho, em termos de complexidade, entre cérebros humanos e controles remotos de TV. Algumas dezenas de platelmintos assumem posição em cada um desses conjuntos de nervos e começam a alterar o comportamento da formiga.

A formiga platelmintosa torna-se religiosa. Mais ou menos.

Durante o dia, age normalmente. Perambula pelo chão, coletando comida (possivelmente mais bolas de lama) e passando tempo ao lado de outras formigas. Não há qualquer sinal de anomalia, o que evita que as companheiras isolem-na, como fariam com uma formiga doente.

Porém, quando cai a noite, a formiga dominada faz algo platelmintoso.

Deixa as outras formigas para trás e sobe por uma grama bem comprida, para chegar ao ponto mais alto possível. Ali, sob a luz das estrelas, espera a noite inteira.

O que ela pensa que está fazendo?, sempre me pergunto.

Talvez as formigas nunca pensem. Mas, caso isso aconteça, é possível que tenham visões de criaturas estranhas vindo para levá-las a outro mundo, como os fanáticos por *Arquivo X* no deserto de Roswell à espera de uma nave espacial. Ou talvez o *Dicrocoelium dendriticum* seja realmente uma religião, e a formiga ache que receberá uma grande revelação se passar noites suficientes em cima de um talo de grama. Como um mestre hindu meditando numa montanha ou um monge em jejum numa cela apertada.

Gosto de pensar que a formiga está feliz ou pelo menos aliviada, em seus momentos finais, quando a boca de uma vaca devora o pequeno talo de grama.

Sei apenas que os platelmintos estão felizes. Afinal, conseguiram voltar para o estômago de uma vaca.

O paraíso dos parasitas.

7. Virulência ideal

Não consegui dormir naquela noite. Nunca consigo.

Sim, tiro minhas roupas, vou para a cama e fecho os olhos. Mas a parte de perder a consciência não chega a acontecer. Minha mente continua ativa, como quando você começa a sentir algo, ainda sem estar doente, porém um pouco tonto e com sinais de febre — a doença zumbindo em sua percepção como um mosquito no escuro.

Segundo a Analista, trata-se do som do meu sistema imunológico enfrentando o parasita. Existe uma guerra permanente dentro do meu corpo: mil células T e B castigando os chifres da besta, espreitando os ganchos ao longo dos músculos e da coluna, encontrando e destruindo os esporos escondidos no interior de glóbulos vermelhos transmutados. Além disso, há o parasita revidando, reprogramando meus próprios tecidos para conseguir alimento, confundindo minhas defesas imunológicas com alarmes falsos e inimigos inexistentes.

Embora essa guerra de guerrilha seja permanente, só quando estou deitado, em silêncio, consigo *ouvi-la* de fato.

Você poderia achar que essa batalha incessante acabaria comigo, ou me deixaria exausto no dia seguinte, mas o parasita é bem preparado para isso. Ele não quer que eu morra. Afinal, sou um portador; tenho de permanecer vivo para garantir a disseminação. Como todo parasita, a coisa que levo dentro de mim evoluiu até achar um equilíbrio precário conhecido como *virulência ideal*. Arranca o máximo que consegue, sugando os nutrientes necessários para se reproduzir. Porém, nenhum parasita quer deixar o hospedeiro à míngua rápido *demais*. Não quando viaja de graça. Portanto, enquanto recebe alimento, ele se contém. Mesmo que eu me alimente como um sujeito de 200 quilos, nunca engordo. O parasita utiliza os nutrientes para liberar esporos no meu sangue, saliva e sêmen, deixando energia excedente em quantidade suficiente para me dar uma força de predador e sentidos superaguçados.

A virulência ideal explica por que a maioria das mortes causadas por parasitas é longa e demorada. No caso de um portador como eu, o tempo necessário para se morrer é maior do que a expectativa de vida de um ser humano normal. É assim que os caçadores de peeps mais velhos referem-se a essa característica: não como imortalidade, mas como uma espiral descendente que dura séculos. Talvez seja por isso que usem a palavra *não-mortos*.

Então, fico acordado toda noite, ouvindo a luta torturante, que queima calorias dentro de mim, e me levantando para lanches ocasionais.

Naquela noite particularmente longa, percebi que estava pensando em Lace, recordando seu perfume e outros inúmeros detalhes que eu nem me lembrava de ter registrado. Sua mão direita às vezes se fechava quando ela falava, suas sobrancelhas moviam-se bastante atrás da franja e, bem diferente das garotas do Texas, sua voz não subia de tom no fim da frase, a não ser que realmente se tratasse de uma pergunta — e, por vezes, nem nesse caso.

Combinamos que nos encontraríamos no meu restaurante favorito, ao meio-dia, depois de sua aula. Nenhum de nós dois queria falar de certos assuntos na frente de seus amigos, e alguma coisa no sabor do pepperoni não combinava com conversas sobre cartilagem na parede.

Geralmente, não gosto de me torturar saindo com garotas da minha idade, mas daquela vez tinha a ver com trabalho. Além disso, talvez um *pouquinho* de tortura não faça mal. Eu não queria acabar como a Analista: colecionando bonecas ou algo ainda mais estranho.

Também achei que seria legal sair com alguém de fora da Patrulha Noturna, para variar. Alguém que pensava que eu era um cara normal.

Fiquei acordado naquela noite inventando mentiras para lhe contar.

Levantei cedo e fui direto à Patrulha Noturna.

Os escritórios da Patrulha são bem parecidos com as sedes administrativas de outras prefeituras, porém mais velhos, úmidos e enfiados debaixo da terra. Há os tradicionais detectores de metal, burocratas de segundo escalão atrás de janelas e antigos arquivos de madeira abarrotados com quatro séculos de papelada. À exceção de fanáticos esquisitos como a Dra. Rato, ninguém parece minimamente satisfeito, ou motivado, em trabalhar por lá.

É incrível que a cidade inteira não esteja infectada.

Fui primeiro ao Registro. Em termos de área ocupada, o Registro é o maior departamento da Patrulha. Eles têm acesso a dados regulares da cidade e uma documentação própria que remonta à época em que Manhattan se chamava Nova Amsterdã. O Registro pode descobrir quem é dono do que na cidade, quem foi o dono anterior e o anterior... até os fazendeiros holandeses que roubaram o lugar dos índios.

E eles não tratam apenas de registros imobiliários. O departamento tem um banco de dados com todas as mortes suspeitas e desaparecimentos desde 1648 e pode produzir relatórios com todas as matérias de jornal envolvendo doenças infecciosas, agressores malucos ou explosões populacionais de ratos desde que a imprensa chegou ao Novo Mundo.

O Registro tem dois lemas. O primeiro é:

Os Segredos da Cidade São Nossos.

O outro:

NÃO, NÃO TEMOS CANETAS!

Traga a sua. Você vai precisar. Como qualquer departamento municipal, o Registro funciona com base em Formulários Todo-Poderosos. Há formulários que relatam ao Prefeito da Noite o que nós caçadores estamos fazendo — iniciando ou finalizando uma investigação ou alcançando diversos pontos intermediários. Há formulários que garantem resultados concretos: da instalação de armadilhas para ratos à conclusão de trabalhos de laboratório. Há formulários que servem para solicitar equipamentos de caça a peeps, como jaulas para tigres e aparelhos de dar choque. (O formulário de requisição de um caminhão de lixo oficial da cidade de Nova York pode ter até 34 páginas e, um dia, juro que *vou* pensar numa razão para preenchê-lo.) Há formulários até para ativar, desativar ou provocar modificações em outros formulários, o que acaba trazendo mais formulários à vida. Juntos, todos esses formulários são a vasta espiral de informação que nos define, guia nosso crescimento e garante que nosso futuro se pareça com o passado. São o DNA da Patrulha Noturna.

Felizmente, o que eu buscava naquela manhã não chegava ao nível de complexidade do DNA. Primeiro, requisitei equipamentos básicos de caça a peeps, do tipo que se tira de uma prateleira. Depois, pedi algumas informações sobre o prédio de Lace: os nomes dos donos e dos locatários originais dos apartamentos do sétimo andar e qualquer coisa notadamente estranha que tivesse acontecido por lá. Conseguir respostas para essas perguntas simples não foi fácil, obviamente. Nada é nas entranhas de uma burocracia. Porém, passadas apenas três horas, minha papelada recebeu a aprovação do antigo dragão dos formulários atrás do vidro à prova de balas, entrou enrolado num míssil de tubo pneumático e foi lançado em sua jornada pelo Submundo.

Eles me chamariam quando o material voltasse. Assim, parti para encontrar Lace no meu restaurante favorito. No caminho, reparei que seria minha primeira saída em seis meses — ainda que fosse uma "saída" apenas no sentido idiota de uma combinação para encontrar alguém. Apesar disso, a idéia me deixou nervoso. Todos os músculos pouco utilizados da ansiedade entraram em ação. Comecei a reparar no meu reflexo nas vitrines e a imaginar se Lace gostaria da camiseta do Kill Fee que eu usava. Por que eu não tinha vestido algo menos surrado? E o que estava acontecendo ao meu cabelo? Aparentemente, a Dra. Rato, a Analista e meus outros colegas da Patrulha Noturna não haviam se sentido motivados a me contar que ele estava muito maior nos lados.

Depois de dois minutos diante de uma porta de banco, tentando ajeitá-lo atrás das orelhas, fiquei desesperado com meu cabelo. Em seguida, fiquei desesperado com minha vida de maneira geral.

Qual era a importância de um corte de cabelo decente, se não sairia nada de bom dali?

*

Lace sentou-se de frente para mim, usando a mesma jaqueta de couro da noite anterior, desta vez com um vestido de lã. Embaixo de uma boina da mesma cor de seus olhos castanho-escuros, seu cabelo ainda cheirava a xampu de jasmim. Ela parecia ter dormido tanto quanto eu.

Ao ver Lace à luz do dia, nós dois sóbrios, percebi pela primeira vez que talvez ela fosse alguns anos mais velha do que eu. Sua jaqueta de couro era marrom — de botões, e não preta de zíper, como a minha — e o resto de sua roupa parecia adequado para ir trabalhar num escritório. De repente, minha camiseta do Kill Fee tornou-se meio patética. Encolhi os ombros para que a jaqueta se fechasse por cima do demônio gritando no meu peito.

— O que foi? — perguntou ela, sentindo minha análise.

Desviei o olhar para a mesa.

— Ahm, nada, não. Como foi sua aula?

Joguei mais molho de pimenta no meu ovo mexido com bacon. Antes de ela chegar, eu já tinha comido um bife apimentado, para acalmar os nervos.

— Foi boa. Um palestrante convidado falando sobre ética.

— Ética?

— Ética jornalística.

— Ah. — Misturei meu café, sem motivo particular. — Os jornalistas têm ética?

Lace procurou um garçom ou garçonete, mantendo um dedo apontado para o meu café. Quando conseguiu estabelecer uma conexão, ela fez um gesto com a cabeça, depois se virou para mim.

— Eles deveriam ter. Sabe, coisas como não revelar a fonte. Não destruir a vida das pessoas só para garantir uma matéria. Não pagar por entrevistas.

— Você estuda jornalismo?

— Jornalismo e a lei, para ser exata.

Assenti, perguntando a mim mesmo se existia um curso daquele tipo. Por algum motivo, eu achava que não. Estimei a idade de Lace novamente, em vinte e poucos anos, e senti um certo alívio. Repentinamente, aquilo parecia ainda menos com um encontro.

— Legal — comentei.

Ela me olhou como se, talvez, eu fosse retardado.

Tentei sorrir. Descobri que meus músculos responsáveis por papos inconseqüentes estavam incrivelmente enferrujados, resultado de só ter vida social com pessoas de uma organização secreta que praticamente se fechava em si. Se conseguisse mudar o rumo da conversa para os índices de infecção pela peste bovina na África, certamente a deixaria impressionada.

Rebecky — com 67 anos e 150 quilos, minha garçonete favorita para um flerte — apareceu e entregou uma xícara de café e um cardápio a Lace.

— Como vão as coisas, Cal? — perguntou ela.

— Muito bem, obrigado.

— Tem certeza? Não tem comido muito ultimamente — disse, com uma piscadela maliciosa.

— De dieta — respondi, batendo na barriga.

A reação foi a de sempre:

— Quem me dera se essa dieta funcionasse em mim.

Rebecky deu uma risada enquanto se afastava. Ela se impressionava com meu apetite, mas seu repertório de piadas sobre onde eu enfiava toda a comida havia se reduzido a quase nada nos meses anteriores. Como um cara que tem algo a esconder, aprendi uma coisa: as pessoas só se importam com mistérios por cerca de uma semana; depois a curiosidade acaba. As suspeitas transformam-se em piadas.

85

Lace ergueu os olhos do cardápio.

— Por falar em dietas engraçadas, Cal, que porcaria aconteceu no meu prédio no inverno passado?

Recostei-me na cadeira e dei um gole no café. Evidentemente, Lace também não queria perder tempo com papo-furado.

— Você está com pressa? — perguntei.

— Meu contrato acaba em dois meses, cara. E, ontem à noite, você prometeu que não ficaria enrolando.

— Não estou enrolando. Devia experimentar o bife apimentado.

— Vegetariana.

— Ah — reagi, sentindo meu parasita contrariado diante da idéia.

Lace chamou Rebecky e pediu uma salada de batata, enquanto eu enfiava um pedaço de bacon na boca. Salada de batata é um pesadelo na dieta de Atkins. E mais importante: o parasita odeia. Peeps preferem proteína vermelha.

— Então me conte o que sabe — disse ela.

— Certo. — Limpei a garganta. — Para começar, não sou primo de Morgan.

— Dã.

Franzi a testa. Aquela revelação não tinha provocado a mesma reação que eu havia imaginado no meu estudo prévio da conversa.

— Mas estou à procura dela.

— Vou repetir: dã. Você é um detetive particular ou algo parecido? Ou um ex-namorado maníaco?

— Não, sou um funcionário público.

— Cal, você não parece *nem um pouco* com um policial.

Não entendi muito bem como ela tinha chegado àquela conclusão, mas não fui capaz de argumentar.

— Não, não sou policial. Trabalho para o Departamento de Saúde e Higiene Mental. Controle de Doenças Sexualmente Transmissíveis.

— Sexualmente transmissíveis? — Ela pareceu preocupada. — Peraí. Tem certeza de que você não é um maníaco?

Peguei a carteira e a abri, revelando um dos itens que eu havia recolhido na Patrulha Noturna naquela manhã. Temos uma grande máquina que produz identidades e distintivos reluzentes, credenciais de dezenas de agências municipais, tanto reais quanto imaginárias. O distintivo prateado causava impacto, com as palavras Oficial de Campo da Saúde gravadas em curva, na parte de baixo. Na identidade, ao lado, minha foto olhava severamente para ela.

Lace observou o documento por um instante e disse:

— Sabia que estava usando a mesma camiseta de hoje?

Fiquei tenso por um momento, ao me dar conta de que não havia trocado de roupa. Numa manobra brilhante, olhei para minha camiseta do Kill Fee e disse:

— Que foi? Não gostou dela?

— Não muito. Mas o que você faz nesse trabalho? Vai atrás das pessoas e as leva presas por espalharem gonorréia?

Empurrei meu prato vazio para longe.

— Muito bem. Vou explicar como funciona. Há cerca de um ano, recebi uma doença. Não, vamos colocar de outra forma: fui *encarregado* de um portador de uma determinada doença. Rastreei todas as suas parceiras sexuais e as encorajei a se submeterem a um teste. Depois fui atrás dos parceiros sexuais delas. E assim por diante. Eu simplesmente sigo aonde a cadeia de infecção me leva, informando as pessoas. Às vezes, não consigo informações suficientes sobre alguém, então sou obrigado a investigar um pouco, como ontem à noite. Nem sei o sobrenome de Morgan.

— Eu também não — disse Lace, dando de ombros. — Vamos ver se entendi. Você conta às pessoas que elas têm DSTs. É esse o seu *trabalho*, cara?

— Não, são os médicos das pessoas que contam. Só tenho permissão para dizer que elas estão em risco. Depois tento convencê-las a colaborar e a fornecer uma lista das pessoas com quem dormiram. Alguém precisa cuidar disso.

— É, acho que sim. Mas mesmo assim... caramba.

— Até agora, passei um ano inteiro rastreando as crias, ou melhor, as infecções originadas por esse portador.

Sorri diante da engenhosidade da minha história. Uma maneira elegante de distorcer a verdade, hein?

— Caramba — repetiu Lace, em voz baixa, ainda de olhos arregalados.

Pensando sobre o assunto, passei a achar que a profissão que eu tinha escolhido era bem interessante. Um pouco de trabalho disfarçado, alguma consciência social e um ar de mistério ilícito e tragédia humana. Uma dessas carreiras em que se tem de enfrentar as duras realidades da vida *e* saber ouvir. Depois daquilo, ela só podia achar que eu tinha mais de 19 — mais próximo da idade dela e provavelmente mais inteligente do que os anos sugeriam.

A salada de batata chegou. Depois de uma porção revigorante de carboidratos, ela perguntou:

— Mas, então, qual é sua doença?

— Minha doença? Eu não disse que tinha uma doença.

— A doença que você está *rastreando*, cara.

— Ah, sim. Não tenho autorização para dizer. Confidencial. Também seguimos um código de ética.

— Claro que seguem. — Ela estreitou os olhos. — E foi por isso que não quis conversar na frente dos meus amigos ontem à noite?

Respondi que sim. Minha história forjada estava se desenrolando de modo perfeito. Ela pôs o garfo no prato.

— Mas é uma dessas doenças sexualmente transmissíveis que fazem as pessoas *escreverem coisas na parede com sangue*?

Engoli em seco, pensando se minha história não teria algumas pontas soltas.

— Bem, algumas DSTs podem causar demência — expliquei. — Sífilis em estágio avançado, por exemplo, deixa a pessoa maluca. Acaba com o cérebro. Não que estejamos necessariamente falando de sífilis nesse caso.

— Espere um pouco, Cal. Você acha que todos os moradores do sétimo andar do meu prédio estavam transando uns com os outros? E ficando dementes por causa disso? — Ela fez uma careta olhando para a salada de batata. — Vocês vêem muito esse tipo de coisa?

— Hum, isso acontece. Algumas DSTs podem causar... promiscuidade. Por assim dizer. — Senti que minha história estava por um fio e contive uma vontade de mencionar a raiva, que era um pouco próxima demais da verdade, com a espuma na boca e as mordidas. — Neste momento, não posso ter certeza do que houve lá. Mas meu trabalho é descobrir para onde todas essas pessoas foram, principalmente se estiverem infectadas.

— E por que o proprietário está tentando encobrir a história.

— Claro, porque o problema todo aqui é seu aluguel, não é mesmo?

Ela levantou os braços.

— Ei, eu não sabia que você estava tentando salvar o mundo, tá? Pensei que fosse um ex-namorado obcecado ou um primo maluco ou algo desse tipo. Fico feliz que vocês sejam os mocinhos. Quero ajudar. Não é só a questão do aluguel. Sou obrigada a *viver* com aquele negócio na parede.

Botei a xícara de café na mesa tentando demonstrar autoridade.

— Muito bem. Que bom que está ajudando. Eu agradeço, e a cidade também.

Na realidade, eu só estava feliz pela história ter resistido às piores suspeitas de Lace. Eu nunca tinha trabalhado disfarçado antes; mentir não é meu forte. Ela permaneceu séria enquanto dava mais umas garfadas na salada de batata. Tentei avaliar se a ajuda de Lace compensava seu envolvimento. Até ali, ela havia se mostrado esperta demais para que eu me sentisse seguro. Mas ser esperta não era só desvantagem. Não seria mau ter um par de olhos atentos no sétimo andar.

E, sinceramente, sua companhia me agradava, principalmente o jeito de externar todos os seus pensamentos e opiniões. Era um luxo a que eu, obviamente, não podia me dar, mas era bom ouvi-la falar de todas as suspeitas que passavam por sua cabeça. Aquilo me poupava de ficar paranóico em relação ao que ela estaria pensando.

Além disso, eu me sentia no controle, saindo com uma mulher desejável sem ter uma fantasia sexual de poucos em poucos segundos. Talvez de *minutos em minutos*. Mas é preciso dar os primeiros passos.

— Cara, por que você está coçando o pulso desse jeito? — perguntou Lace.

— Estou o quê? Ah, merda.

— O que é isso, Cal? Está todo vermelho.

— Ah, são apenas... — Vasculhei meu banco de dados interno de parasitas da pele. — Ácaros de pombo!

— O que de pombo?

— Sabe quando os pombos param na sua janela e sacodem as penas? Às vezes os ácaros caem e vão parar no seu travesseiro.

Eles mordem sua pele e causam... — Mostrei meu pulso freqüentemente castigado.

— Eca. Mais uma razão para não gostar de pombos. — Ela espiou pela janela e viu alguns pombos procurando comida na calçada. — Então o que fazemos agora? — perguntou.

— O que acha de me levar ao seu prédio e me mostrar qual era o apartamento da Morgan?

— E depois?

— Deixe isso comigo.

Ao passarmos pelo porteiro, certifiquei-me de encará-lo e sorrir. Se eu voltasse com Lace mais algumas vezes, talvez os empregados começassem a me reconhecer.

No sétimo andar, ela me levou ao fim do corredor, apontando para a porta com o número 704. Só havia quatro apartamentos — o máximo que se podia enfiar na largura do prédio.

— Era aqui que ela morava, segundo os dois caras do oitavo. Eles me contaram que era barulhenta e esquisita na cama.

Tossi sobre a mão, amaldiçoando minha memória fugaz.

— Sabe quem mora aqui atualmente? — perguntei.

— Um cara chamado Max. Ele trabalha de dia.

Bati na porta com força. Ninguém respondeu. Lace suspirou.

— Eu avisei que ele não estaria em casa — disse ela.

— É bom saber.

Peguei outro objeto requisitado naquela manhã e me ajoelhei diante da porta. A fechadura era a habitual porcaria de cinco voltas. Joguei um pouco de grafite no buraco. A substância que gruda no dedo quando se mexe na ponta do lápis tem o mesmo efeito em fechaduras que alguns Bahamalama-Dingdongs em memórias reprimidas: lubrificação. Dois dos pinos caíram na posição quando enfiei a vareta. Muito fácil.

— Cara — sussurrou Lace —, você não deveria ter um mandado ou algo parecido?

Eu estava preparado para a pergunta.

— Não importa. Você só precisa de um mandado se quiser que as provas tenham valor no tribunal. Mas não pretendo levar ninguém ao tribunal. — Mais um pino caiu. — Esta não é uma investigação criminal.

— Mas você não pode sair invadindo os apartamentos das pessoas!

— Não estou invadindo. Só vou dar uma olhada.

— Mesmo assim!

— Escute, Lace, talvez isso não seja totalmente legal. Mas, se as pessoas no meu trabalho não quebrassem algumas regras de vez em quando, todos os moradores da cidade estariam infectados, entende?

Ela parou para pensar, mas minhas palavras tinham sido pronunciadas num tom de verdade. Eu havia assistido a simulações do que aconteceria se o parasita se espalhasse sem controle. E, acredite, não foi nada bonito. Chamamos de Apocalipse dos Zumbis.

Lace fez uma cara feia.

— É melhor não roubar nada.

— Pode deixar. — Os dois últimos pinos caíram, e pude abrir a porta. — Você pode ficar aqui fora, se quiser. Bata com força se Max aparecer no elevador.

— Nem vem. Vou entrar para garantir que você não faça nada de esquisito. Além disso, ele está com meu liquidificador há quatro meses.

Ela passou por mim a caminho da cozinha. Suspirei, guardei a vareta e fechei a porta.

O apartamento era uma cópia exata do de Lace, à exceção da mobília, de melhor qualidade. O formato da sala reacendeu

92

meus motores de reconhecimento. Finalmente, eu voltava ao lugar em que o parasita tinha entrado em mim, tornando-me um portador e transformando minha vida para sempre.

Era tudo bem mais arrumado do que no apartamento de Lace, o que poderia ser um problema. Depois de sete meses, um obcecado por limpeza teria apagado muitas evidências.

Fui até as portas de vidro e fechei as cortinas, para deixar o ambiente mais escuro, tentando ignorar a barulheira de panelas e frigideiras na cozinha.

— Sabe — gritei —, *você é* que vai ter de explicar ao Max como conseguiu pegar seu liquidificador de volta.

— Vou dizer que fiz uma projeção astral. Idiota.

— Ahn?

— Estou falando dele, não de você. Ele ficou com meu liquidificador o verão inteiro. Época das margaritas.

— Ah.

Balancei a cabeça negativamente. Infecção, canibalismo, apropriação de liquidificador. A Maldição do 704 estava viva e a todo vapor.

Peguei outro brinquedinho que haviam me entregado de manhã — um bastão de luz ultravioleta — e o acendi. Os olhos do demônio na minha camiseta do Kill Fee começaram a emitir um brilho do outro mundo. Passei o bastão diante da mesma parede que, no apartamento de Lace, tinha as palavras escritas com cartilagem.

— Caramba! Flashback! — disse Lace, atravessando a sala.

Ela sorriu, e seus dentes reluziram, brancos como uma praia radioativa ao meio-dia.

— Flashback?

— É, seus dentes estão brilhando, como numa discoteca.

— Não tenho ido muito a discotecas desde que... consegui esse emprego.

— Pois é, imagino que não. Com toda essa transmissão sexual prestes a acontecer.

— Ahn? Ei, não tenho nada contra...

— É brincadeira, cara. Relaxa — disse ela, sorrindo.

— Ah.

Nada na parede brilhou sob a luz ultravioleta. Aproximei o bastão, lançando sombras estranhas sobre o relevo de estuque. Nenhum padrão deixado por um rolo de pintura apressado apareceu. Passei a unha em alguns pontos, aleatoriamente, mas, ainda assim, nada.

As outras paredes também estavam limpas.

— Esse negócio faz o sangue aparecer?

— Sangue e outros fluidos corporais.

— Fluidos corporais? Você é tão *CSI*. — Ela fez o comentário como se fosse algo legal. Retribuí com um sorriso. — Vamos verificar o quarto.

— Boa idéia.

Ao passarmos pela porta, meu *déjà vu* alcançou outro nível. Naquele lugar, eu havia perdido a virgindade e me tornado um monstro. Tudo na mesma noite.

A exemplo da sala, o quarto estava impecavelmente limpo. Lace ficou sentada na cama enquanto eu examinava as paredes com a luz ultravioleta.

— Essa gosma que você está procurando não está... ativa, está?

— Ativa? Ah, você quer dizer infecciosa. — Fiz que não. — Aprenda uma coisa sobre os parasitas: eles são ótimos em viver no interior de outros organismos, mas, quando estão do lado de fora, não são tão resistentes.

— Parasitas?

— Ah, finja que não ouviu isso. De qualquer maneira, depois de sete meses, você está totalmente a salvo de uma infecção. Assim como eu.

— Então para que o bastão luminoso?

— Estou tentando ver se aconteceu aqui a mesma coisa que em seu apartamento.

— O festival alucinado de escrita na parede, é disso que está falando? Isso realmente ocorre com freqüência?

— Não.

— Achei que não. Passei toda a vida em Nova York e nunca vi qualquer coisa parecida nos jornais.

Olhei bem para Lace. A palavra *jornais* me fez pensar se seus instintos jornalísticos estavam despertando. Seria uma coisa ruim.

— De que doença estamos falando mesmo? — perguntou ela.

— Não posso contar.

— *Por favor!*

Agitei o bastão em sua direção, e várias manchas brilhantes apareceram no cobertor em que ela estava sentada.

— O que é *isso?*

Dei uma risadinha.

— Fluidos corporais — respondi.

— Caramba! — disse ela, ficando de pé.

— Isso não é nada quando comparado aos ácaros.

Lace estava esfregando as mãos.

— Que seriam exatamente o quê?

— Insetos microscópicos que vivem em camas, alimentando-se de células mortas da pele.

— Vou lavar meu liquidificador — avisou ela.

Ri sozinho e, em seguida, levei o bastão na direção das outras paredes, do piso e do interior do armário. Com exceção do cobertor de Max e de uma cueca embaixo da cama, a luz ultravioleta não revelou nada. Cutucar o estuque também não adiantou; nada havia sido pintado por cima no apartamento.

Posso dizer que Max era bem mais asseado do que a maioria dos homens solteiros. Ou talvez Morgan tivesse o cuidado de não comer no lugar em que dormia.

De repente, meus ouvidos captaram um barulho de chave na porta.

— Merda.

Max tinha chegado mais cedo.

— Ahn... Cal? — perguntou Lace, numa voz baixa, porém tensa.

— Shh!

Desliguei o bastão e o guardei no bolso. Depois corri para a sala. Lace estava de pé, segurando o liquidificador molhado.

— Solte isso! — sussurrei, antes de arrastá-la até a porta de vidro que dava para a varanda.

Ouvi a fechadura sendo trancada. Um lance de sorte: eu havia deixado a porta aberta. Portanto, quem estivesse chegando tinha acabado de *trancar* a porta, pensando que estava fazendo o contrário.

Um som abafado de palavrões nos alcançou. Era uma voz feminina. Concluí que o apartamento de Max ficava tão limpo porque ele tinha uma faxineira.

Abri a porta de vidro e empurrei Lace para o frio. Depois de fechá-la, vi as pesadas cortinas balançarem levemente até pararem, tornando-nos invisíveis para quem estivesse na sala. Encostando uma orelha no vidro gelado e tapando a outra para evitar o som do trânsito, ouvi atentamente. Meu coração se acelerou. A adrenalina deixou o parasita agitado, e meus músculos se enrijeceram. Ouvi o ruído da tranca lubrificada com grafite. A porta se abriu.

— *Mio!* — exclamou uma voz aborrecida.

Seus dedos buscaram um interruptor. O apartamento estava muito escuro; ela provavelmente abriria as cortinas em poucos instantes.

Virei-me para Lace, que estava de olhos arregalados e pupilas dilatadas de excitação. Na pequena varanda, uns 30 centímetros nos separavam. Eu podia sentir seu cheiro perfeitamente: o jasmim do cabelo, o odor salgado dos nervos. A proximidade era incômoda. Desviei o olhar e apontei para a varanda vizinha.

— Quem mora ali?

— Hum, uma garota chamada Freddie — sussurrou Lace.

— Ela está em casa?

A resposta foi imprecisa.

— Bem, vamos torcer para que não esteja.

Pulei a proteção e me joguei no outro lado.

— Meu Deus, cara!

Olhei para o vão de 80 centímetros atrás de mim e me lembrei de que, por causa de Lace, deveria pelo menos *fingir* que sentia medo. O parasita não gosta de ver peeps muito cuidadosos; quer que entremos em brigas, cheias de mordidas, arranhões e outros golpes disseminadores de doença. Nós, portadores, não nos importamos com um pouco de perigo.

Lace, por outro lado, era totalmente humana, e seus olhos se abriam cada vez mais à medida que olhava para baixo.

— Venha — disse baixinho, como incentivo. — São só alguns centímetros.

— Alguns centímetros de distância. Para baixo, são sete andares!

Suspirei e subi na proteção novamente. Fiquei com um pé em cada lado, apoiando as costas na parede do edifício.

— Muito bem. Vou jogar você do outro lado. Juro que não vou deixá-la cair.

— Nada disso, cara! — disse ela, deixando transparecer o pânico.

Imaginei se a faxineira teria nos ouvido e chamado a polícia. Meu distintivo do Departamento de Saúde e Higiene Mental parecia real e, se um policial ligasse para o número telefônico na identidade, haveria um funcionário da Patrulha Noturna no outro lado. Lace, porém, estava certa sobre a questão da entrada ilegal. Se alguém tentasse reclamar pessoalmente com meu chefe, encontraria apenas uma porta tapada com tijolos num subsolo esquecido da Prefeitura. A Patrulha Noturna havia cortado a maior parte de suas ligações oficiais duzentos anos antes; poucos burocratas ainda conheciam as histórias secretas.

Abaixei-me e agarrei o pulso de Lace.

— Desculpa...

— O que você está...? — gritou ela, enquanto eu a erguia e jogava na varanda ao lado.

Depois de pular para me juntar a Lace, notei que seu rosto estava branco.

— Você... poderia ter... — balbuciou.

Sua boca estava aberta, e a respiração era ofegante. Na varanda apertada, meus sentidos começavam a se misturar. Olfato, visão e paladar. O parasita tentava levar vantagem. Lace exalava nervosismo. Eu sabia que era apenas o medo fazendo suas pupilas se dilatarem e seu coração bater acelerado, mas meu corpo respondia cegamente, interpretando tudo como sinal de excitação. Minhas mãos coçavam; eu queria segurar seus ombros e saborear seus lábios.

— Com licença — disse, afastando-a da porta da varanda.

Ajoelhei e peguei meu equipamento de arrombamento. Estava desesperado para entrar — qualquer coisa para ficar mais distante de Lace. Faltava firmeza às minhas mãos. Bati a cabeça no vidro, de propósito, para garantir um instante de lucidez ao meu cérebro e poder lubrificar o buraco da fechadura com grafite.

98

Em segundos, a porta se abriu.

Tropecei para dentro do apartamento de Freddie, afastando-me do cheiro de Lace e absorvendo os odores do carpete industrial, da mobília simples instalada recentemente e de um sofá meio antigo. Qualquer coisa que não fosse jasmim.

Assim que recuperei o controle, encostei a orelha na parede. O barulho do aspirador de pó, para lá e para cá, tomava conta de tudo. Respirando fundo mais uma vez, me joguei no sofá. Eu não tinha beijado Lace, e a polícia não estava a caminho. Dois quase desastres evitados.

Sem olhar para Lace, fui examinar o local. Mais um clone do apartamento de Morgan, com paredes de uma brancura inocente.

— Podemos dar uma verificada aqui também.

Lace não disse nada. Apenas me olhou de onde estava, bem perto da porta da varanda. Sua expressão ainda era tensa. Quando liguei a luz ultravioleta, o branco de seus olhos brilhou intensamente. Ela passava a mão no pulso que eu havia agarrado para jogá-la de um lado para o outro.

— Como fez aquilo? — perguntou ela, serenamente.

— Fiz o quê?

— Me levantou. Me balançou como se eu fosse um gato.

Tentei sorrir de modo cavalheiresco.

— É assim que se balança um gato?

Ela grunhiu, revelando dentes ultravioleta.

— Quero que me explique.

Percebi que ela ainda estava com raiva e tentei imitar a voz professoral da Dra. Rato.

— Bem, o corpo humano tem uma força incrível, sabia? Há casos de mães de crianças em perigo que levantaram carros. E pessoas que consumiram drogas pesadas são capazes de arrebentar algemas ou arrancar os dentes com um alicate.

Aquela era uma afirmação feita com freqüência na aula de Introdução à Caça: os peeps não são mais fortes do que as pessoas normais em qualquer aspecto físico. Simplesmente, o parasita transforma-os em psicopatas, ajustando seus músculos para situações de emergência, como um carro com o pedal do acelerador emperrado. (Suponho que isso faria dos peeps portadores uma espécie de psicopatas controlados, embora ninguém na Patrulha Noturna jamais tenha colocado a coisa dessa forma.)

— Então, em que categoria você se enquadra? — perguntou Lace. — Mãe desesperada ou viciado em drogas fora de controle?

— Hum... acho que estou mais para mãe desesperada.

Lace veio para cima de mim e encostou um dedo no meu peito. Seu cheiro me inebriava.

— Bem, vamos deixar uma coisa bem clara, Cal. *Não sou... seu... bebê!*

Ela deu as costas para mim e seguiu barulhentamente até a porta do apartamento. Levou um segundo para destrancá-la e abri-la. Antes de sair, virou-se e tirou algo do bolso. Por um momento, achei que fosse jogar o objeto em mim, num ataque de fúria. Mas sua voz estava equilibrada.

— Encontrei isso no lixo da cozinha do Max. Acho que Morgan nunca se importou em receber cartas.

Lace jogou a carta para mim — o envelope girava como uma estrela ninja. Peguei-o no ar e o virei. A carta era endereçada a Morgan. Era apenas propaganda, mas eu havia conseguido um sobrenome.

— Morgan Ryder. Ei, obrigado por...

A porta bateu. Lace havia ido embora.

Fiquei olhando por um momento; o barulho de sua saída ecoava em meus ouvidos apurados. Ainda podia sentir a fragrância de jasmim no ar, o cheiro de sua raiva, traços da oleosidade de sua pele e de suor nos meus dedos. Sua saída havia sido tão repentina que levei um tempo para aceitar.

No entanto, era melhor daquele jeito. Eu havia contado com a sorte até então. Os momentos na varanda tinham sido excessivamente intensos e inesperados. Uma coisa era me sentar do outro lado de uma mesa num restaurante cheio; ficar sozinho ao seu lado num espaço apertado era outra bem diferente. Eu gostava muito dela. E, depois de seis meses de celibato, o parasita era mais forte do que eu.

Além disso, assim que ela parasse para pensar mais detidamente na minha história, provavelmente chegaria à conclusão de que eu era algum tipo de ladrão, golpista ou simplesmente maluco. Talvez ela passasse a me evitar.

Deixei escapar um longo e triste suspiro antes de continuar em busca de fluidos corporais.

8. Idade do piolho

Algum tempo atrás, os seres humanos tinham pêlos por todo o corpo, como os macacos. Hoje, porém, vestimos roupas para nos mantermos aquecidos.

Como aconteceu essa mudança? Primeiro perdemos os pêlos e depois decidimos inventar as roupas? Ou inventamos as roupas e depois perdemos os pêlos de que não precisávamos mais?

A resposta não está em livros de história, porque a escrita ainda não havia sido criada na época em que ocorreu a mudança. Felizmente, nossos pequenos amigos parasitas se lembram. Para ser mais exato, carregam a resposta em seus genes.

Piolhos são sugadores de sangue que vivem na cabeça das pessoas. Pequenos a ponto de serem invisíveis, escondem-se no meio dos cabelos. Depois de infestarem uma pessoa, espalham-se como um boato, carregando febre das trincheiras, febre recorrente e tifo. Como a maioria dos sugadores de sangue, o piolho não é popular. É por isso que a palavra *piolhento* não costuma ser usada como elogio.

Contudo, não se pode menosprezar a lealdade do piolho. O piolho humano nos acompanha há cinco milhões de anos, desde que nossos ancestrais se separaram dos chimpanzés. Trata-se de uma longa jornada juntos. (A solitária, em comparação, só está dentro de nós há cerca de oito mil anos — um parasita recém-chegado.) Enquanto evoluíamos em relação aos macacos, nossos parasitas, aproveitando a carona, também evoluíam em relação aos parasitas dos macacos.

Mas aposto que *nossos* piolhos preferiam que nada tivesse acontecido. Veja bem: enquanto os chimpanzés permaneceram peludos, nós, humanos, perdemos a maior parte dos nossos pêlos corporais. Hoje, o piolho humano só tem o cabelo para se esconder. Além disso, são sempre envenenados com xampus e condicionadores, razão pela qual se tornaram raros em países desenvolvidos.

Isso, porém, não significa que os piolhos estão definitivamente condenados. Quando as pessoas começaram a usar roupas, alguns piolhos evoluíram para tirar vantagem da situação. Desenvolveram garras adaptadas para se prenderem a tecidos em vez de cabelo. Por isso, atualmente, existem duas espécies de piolho humano: o que fica na cabeça e adora cabelos; e o que fica no corpo e adora roupas.

A evolução não pára. Talvez um dia tenhamos piolhos de roupas espaciais.

O que isso tudo tem a ver com a invenção das roupas?

Pouco tempo atrás, cientistas compararam o DNA de três tipos de piolho: o do cabelo, o do corpo e o original, dos chimpanzés. Com o passar do tempo, o DNA muda num ritmo constante; assim, os cientistas podem determinar, aproximadamente, há quanto tempo duas espécies se separaram. A comparação do DNA dos piolhos resolveu rapidamente a questão do que veio antes: as roupas ou a nudez.

Foi assim que aconteceu.

O piolho humano e o piolho do macaco se separaram há cerca de 1,8 milhão de anos. Foi quando os humanos ancestrais perderam o pêlo do corpo e os piolhos herdados dos chimpanzés tiveram de se adaptar, evoluindo para se fixarem às nossas cabeças.

A questão é que os piolhos da cabeça e do corpo não se separaram até 72 mil anos atrás, uma eternidade depois, principalmente na perspectiva dos piolhos. Foi nessa época que os seres humanos inventaram as roupas, e o piolho do corpo teve de evoluir, para recuperar parte de seu território perdido. Ganhou garras e se espalhou para nossas recém-criadas roupas.

Eis a resposta: as roupas foram inventadas *depois* de perdermos nossos pêlos do corpo. E não imediatamente. Nossos ancestrais primatas correram por aí sem roupa ou pêlos por bem mais de um milhão de anos.

Essa parte da evolução humana está escrita na história dos piolhos, nos genes dessas coisas que sugam nosso sangue.

9. Submundo

Assim que acabei a checagem do apartamento de Freddie, sem encontrar rastro de fluidos corporais, meu celular tocou. Um dos funcionários da Analista estava do outro lado. Ela queria me ver novamente. Minha pilha de formulários havia voltado do Registro, abarrotada de intrigas, o que a tinha feito subir até a Analista. Aquele era sempre um sinal de progresso.

Apesar disso, eu às vezes desejava que ela simplesmente falasse comigo ao telefone, em vez de insistir tanto em me ver pessoalmente. Mas ela é das antigas: o telefone não faz seu estilo. Na verdade, a própria *eletricidade* não faz seu estilo.

Fico pensando se um dia vou ser tão antigo.

Peguei o metrô até Wall Street e percorri o resto do caminho a pé. A casa da Analista fica num beco apertado, coberto de paralelepípedos, com largura suficiente para pouco mais de um carro. É uma das edificações originais de Nova Amsterdã, que os holandeses fizeram quatro séculos atrás, num padrão diagonal, desprezando os retângulos da mesma forma aborrecida que a Analista ignora os telefones. Essas ruas antigas têm uma lógica própria: foram construídas sobre as ancestrais trilhas de caça dos índios de Manhattan. E os índios, logicamente, haviam apenas seguido os caminhos ainda mais antigos abertos pelos cervos.

E quem os cervos copiaram?, pensei. Talvez meu caminho tivesse sido aberto inicialmente, através da floresta primitiva, por uma fila de formigas com fome.

Outra conseqüência de se carregar o parasita: você se sente mais ligado ao passado. Como um peep, sou um irmão de sangue de todos os demais parasita positivos da história. Há uma cadeia nunca interrompida de mordidas, arranhões, sexo sem proteção, reservatórios de ratos e várias outras formas de troca de fluidos entre mim e o maníaco escravizado original, o pobre ser humano que foi o primeiro a ser infectado com a doença.

Então como ele ou ela se contaminaram?, você pode perguntar. De outro lugar do reino animal. A maioria dos parasitas passa de outras espécies ao ser humano. Obviamente, isso ocorreu há muito tempo, portanto o parasita positivo original não era exatamente o que poderíamos chamar de humano. É mais provável que o primeiro peep tenha sido um Cro-Magnon mordido por um lobo feroz, uma preguiça gigante ou uma doninha com dentes de sabre.

Na entrada da casa, chutei um saco de lixo e ouvi o barulho de patinhas se mexendo em seu interior. Caras minúsculas apareceram para me olhar; então um rato pulou para fora e fugiu pelo beco, sumindo num buraco entre os paralelepípedos.

Existem mais buracos desse tipo do que você imagina.

Quando cheguei à cidade, costumava enxergar apenas a superfície; às vezes espiava o mundo escondido embaixo de saídas de ar e de trilhos de metrô ociosos. Na Patrulha Noturna, porém, vemos a cidade em camadas. *Sentimos* os esgotos e as calçadas afundadas carregando cabos elétricos e canos de vapor. E, abaixo disso, as áreas mais antigas: os porões de prédios caídos, as tumbas gigantes de cervejarias abandonadas, os antigos tanques sépticos, os cemitérios esquecidos. Lutando para se libertar, debaixo de tudo, os velhos leitos de rios e fontes naturais — todos os bolsões em que os ratos, e criaturas muito maiores, podem prosperar.

A Dra. Rato diz que as únicas criaturas que chegam à superfície são as mais fracas, as incapazes, que não são competitivas o bastante para se alimentar lá embaixo, onde é mais seguro. As criaturas realmente grandes — os ratos reis e outras bestas do tipo alfa — vivem e morrem sem nunca verem a luz do dia. Pensei nisso um instante: existem criaturas subterrâneas que nunca viram um ser humano.

O céu carregado soltou um estrondo, e senti cheiro de chuva. História. Natureza. Clima. Minha cabeça latejava, tomada por palavras grandiosas e abstratas que merecem canais a cabo exclusivos.

Mas foi o som das pequenas patas se arrastando dentro do saco de lixo que me acompanhou até o interior da casa da Analista e pelo corredor que levava ao seu consultório, empurrado por um vento invisível.

— Muito impressionante, Cal — disse ela, folheando papéis sobre a mesa. — Bastaram alguns drinques para conseguir voltar à casa de Morgan.

— Sim, mas na verdade era um apartamento, Dra. Prolixa. Não existem muitas casas em Manhattan atualmente, você deve ter percebido.

O cara do Registro que ocupava a outra cadeira franziu a testa ao ouvir meu tom, mas a Analista fechou as mãos e sorriu.

— Continua aborrecido? Mas você tem feito tanto progresso.

Mordi os lábios. A Analista não precisava saber por que eu estava desapontado. Não que importasse muito depois do modo estúpido como eu havia conseguido a ajuda de Lace.

Mesmo que ela continuasse acreditando em mim, novas saídas seriam ainda mais torturantes.

Para piorar, aquilo tinha sido *perigoso*. Lace não havia mostrado qualquer interesse — não *daquele* tipo pelo menos — e mesmo assim eu quase a havia beijado.

Nunca mais. Lição aprendida. Vida que seguia. Eu estava de volta ao modo solitário de caça.

— Sim, um progresso enorme — confirmei. — Viu o que encontrei na parede?

— Li seu 1158-S desta manhã.

— Bem, voltei lá hoje, mas não encontrei nada de novo no departamento de pichações sinistras. Nem qualquer outra coisa. Morgan mudou-se há pelo menos sete meses. O rastro não está exatamente fresco.

— Cal, oito meses equivalem a um piscar de olhos para o Registro. Para descobrir aonde Morgan foi, talvez devamos analisar de onde ela veio.

— O que quer dizer?

— O histórico do imóvel mostrou-se interessante.

Ela virou-se para o cara do Registro e fez um gesto com a mão.

— Quando os proprietários em questão apresentaram seus formulários iniciais de controle de aluguel, havia quatro moradores no sétimo andar — disse ele. Sua voz era levemente irregular. E uma ou duas vezes, enquanto lia, seus olhos se fixaram nas bonecas esquisitas, mostrando que ele não se sentia à vontade no escritório da Analista. Não era um caçador; apenas um funcionário mediano na administração municipal. Sua cadeira ficava o mais distante possível da linha vermelha. Não haveria germes da febre tifóide para ele. — Verificamos os nomes dessas pessoas nos bancos de dados da cidade e achamos um registro de desaparecimento, de março deste ano.

— Só um? — perguntei. — Pensei que todos estivessem sumidos.

— Se houvesse mais de uma pessoa desaparecida no mesmo endereço, nós já teríamos lhe encaminhado um MP-2068. Mas só houve um registro. A Polícia de Nova York não tem pistas. Neste momento, é praticamente uma investigação morta.

Diante do que eu tinha visto no apartamento de Lace, a escolha de palavras era perfeita.

— Deixe-me tentar adivinhar: foi o cara que morava no 701 que sumiu.

Tão bonitinho que eu tive de comê-lo.

O funcionário do Registro fez que sim.

— Isso mesmo: 701. Jesus Delanzo, 27 anos. Fotógrafo. — Ele olhou para mim e, diante do silêncio, continuou. — O apartamento 702 era ocupado por Angela Dreyfus, 34 anos. Corretora.

— Onde ela mora agora?

— Não temos um endereço exato — respondeu ele, meio constrangido. — Só uma caixa postal no Brooklyn e o número de um celular que não responde.

— Um pouco anônima, não acha? — interveio a Analista.

— Os amigos e a família não acham estranho que ela more numa caixa postal? — perguntei.

— Não sabemos. Se estão preocupados, não fizeram nenhum registro na Polícia de Nova York. — Ele prosseguiu, apesar da minha contrariedade. — Um casal vivia no outro apartamento, o 703. Patricia e Joseph Moore, ambos de 28 anos. E adivinhe só: a correspondência deles é encaminhada à caixa postal de Angela Dreyfus. O número do celular também é igual.

O sujeito recostou-se, cruzou as pernas e sorriu, satisfeito por ter colocado uma coincidência tão saborosa no meu prato.

Mas eu nem tinha absorvido suas palavras ainda. Havia mais uma coisa muito estranha.

— Você só falou de três apartamentos. E quanto ao 704?

Ele franziu a testa, conferiu as folhas que tinha na mão e deu de ombros.

— Desocupado.

— Desocupado? — Virei-me para a Analista. — Mas era lá que Morgan morava. Ainda chegam propagandas endereçadas a ela.

— Os correios não reencaminham propaganda — confirmou o funcionário.

— E por que vocês não têm um registro dela? — perguntei.

Ele mexeu em sua pasta e balançou a cabeça.

— Por que o proprietário nunca preencheu o formulário de ocupação do apartamento. Talvez estivesse deixando que ela morasse lá de graça.

— *De graça?* Meio difícil. É um apartamento de três mil por mês.

— Na verdade, creio que uns três mil e quinhentos.

— Caramba.

— O aluguel não é o aspecto mais perturbador daquele prédio, Cal — disse a Analista. — Há outra coisa que o Registro não percebeu até você pedir as informações.

O funcionário olhou envergonhadamente para seus papéis.

— Não é nada que costumemos marcar para ser investigado. Mas é... incomum. — Ele remexeu nos papéis e desdobrou algumas plantas sobre as pernas. — O projeto do prédio mostra uma fundação maior do que o normal. Muito mais profunda e elaborada do que seria de se esperar.

— Uma fundação? Está falando da parte que fica *embaixo da terra?*

— Eles não tinham licença para um prédio alto porque a construção bloquearia a vista do rio. Então, decidiram conseguir um espaço extra embaixo da terra. Há vários subsolos que descem até o leito de granito, mais largos do que o prédio acima da superfície. Uma área suficiente para uma academia de ginástica de dois andares.

— Academia de ginástica no subsolo. Não seria surpreendente num prédio chique como aquele.

A Analista se levantou.

— Infelizmente, essa academia não fica numa localização muito saudável — disse ela. — Eles escavaram perto demais de um túnel da PATH, que liga Nova York a Nova Jersey, atravessando o rio Hudson. É uma área em que a terra é muito... porosa. O túnel só foi concluído em 1908. Nem tudo que foi abalado pela perfuração já se assentou.

— Ainda não se assentou? Depois de cem anos? — perguntei.

Suas mãos uniram-se num gesto meditativo.

— As coisas grandes lá de baixo despertam lentamente, Garoto. E se acomodam lentamente também.

Todas as cidades antigas do mundo têm uma espécie de Patrulha Noturna, e todas ficam nervosas quando os habitantes começam a cavar. O asfalto está ali por uma razão muito boa. Para enfiar algo sólido entre você e as coisas que vivem lá embaixo.

— É possível que essa escavação tenha exposto os ambientes mais baixos e permitido que alguma coisa antiga tenha aparecido — explicou a Analista.

— Acha que eles descobriram um reservatório?

Nenhum dos dois respondeu.

Lembra do que eu disse sobre ratos carregarem a doença? Que as ninhadas armazenam o parasita no sangue quando seus peeps morrem? Essas ninhadas podem viver muito tempo, espalhando a doença a gerações de ratos. Cidades antigas levam o parasita nos ossos, da mesma maneira que a catapora pode viver em sua espinha por anos, pronta para aparecer na forma de bolhas horríveis em idades avançadas.

— A academia de ginástica, hein? — repeti, balançando a cabeça. — É isso que as pessoas ganham por se exercitarem.

— Pode ser mais do que um reservatório, Cal. Pode haver coisas maiores do que ratos e peeps com que devamos nos preocupar. — A Analista fez uma breve pausa. — E ainda temos... os proprietários.

— Os proprietários?

O cara do Registro olhou para a Analista, e ela, por sua vez, olhou para mim.

— Uma família original — explicou ela.

— Ah, que merda.

Uma informação sobre os portadores que estão na Patrulha Noturna: eles têm um carinho especial pelas famílias que deram nome às ruas mais antigas. No século XVII, Nova Amsterdã era uma cidade pequena, com apenas alguns milhares de moradores, e todo mundo era primo, tio ou servo registrado de alguém. Alguns compromissos de lealdade são muito antigos. E estão no sangue.

— Quem são eles? — perguntei. — Boerums? Stuys?

Os olhos da Analista quase se fecharam enquanto ela falava. A mão agitava-se de modo vago na direção do mundo semiesquecido que existia fora de sua casa.

— Se bem me lembro, Joseph já morou exatamente nesta rua. E Aaron construiu sua primeira casa na Golden Hill, no atual cruzamento da Gold com a Fulton. A fazenda de Medcef Ryder ficava ao norte. Ele cultivava trigo num campo próximo à Verdant Lane. Um lugar que hoje é chamado de Times Square. E eles tinham mais áreas plantadas no Brooklyn.

Os Ryders eram bons garotos. Acho que o Prefeito da Noite mantém contato com seus descendentes.

— Você disse Ryder? — perguntei, recuperando a voz.

— Com *y* — ressaltou o funcionário do Registro.

Engoli em seco.

— O nome da minha progenitora é Morgan Ryder — informei.

— Então temos um problema — disse a Analista.

O cara do Registro, que se chamava Chip, me levou até seu cubículo. Repassamos a história do túnel da PATH em Hoboken, que é bem mais interessante do que se imagina.

— O primeiro incidente aconteceu em 1880 e matou vinte trabalhadores — disse Chip. — Houve outro em 1882, que matou mais algumas pessoas. Supostamente, foram explosões, e a construtora tinha as partes dos corpos para provar.

— Conveniente.

— Porque você não estava lá — disse, rindo. Livre dos olhos frios da coleção de bonecas da Analista, Chip demonstrava ter um riso solto. — Isso fez com que o projeto fosse paralisado por algumas décadas. Os incidentes aconteceram em Nova Jersey, mas, do lado de cá do rio, nunca engolimos a história.

— Por que não?

— Existem túneis ancestrais que passam pelo leito de pedra em toda essa área. E, no caso do trem da PATH, os túneis são... mais novos. — Seus dedos passeavam pelas plantas abertas sobre a mesa. — Dê uma olhada, Cal. Se você considerar o peso de todas as plantas e animais que vivem embaixo da terra, é *maior* do que o das coisas que vivem em cima. Um bilhão de organismos em cada montinho de terra.

115

— Sim, mas nenhum deles é grande o suficiente para *comer vinte pessoas*.

— É isso que acontece depois que se é enterrado, Garoto. As criaturas da terra comem seu corpo — disse Chip, numa voz mais baixa.

Ótimo. Até o Registro estava me chamando de Garoto.

— Certo, Chip. Acontece que as minhocas não comem pessoas que ainda estão vivas.

— Existe uma cadeia alimentar lá embaixo. Deve haver *alguma coisa* no topo dela.

— E vocês não têm nenhuma pista, não é mesmo?

— Temos. Sabe os túneis? São muito parecidos com os caminhos abertos por uma minhoca na terra.

Voltei a olhar para as plantas do prédio de Lace. Os traços finos — feitos numa escala precisa e cobertos por símbolos minúsculos — mostravam apenas as formas que as máquinas humanas haviam aberto no solo. Não havia pista do ambiente que cercava nossa descida por dentro da terra.

— Então você acha que existem *minhocas* gigantes lá embaixo? Eu achava que o pessoal do Registro fosse mais... factual.

— É, bem, nós lemos sobre muitas coisas estranhas. — Ele apontou a caneta para a extremidade do nível marcado como Academia de Ginástica, Piso Inferior. — É isso que alguém deveria ter notado... e depois preenchido um belo formulário ST-57. A escavação vai fundo demais. Apenas alguns metros acima de parte do sistema de exaustão do túnel da PATH. Qualquer mudança de planos, e haveria uma conexão.

— Conexão a quê?

— Já viu aquelas grandes torres de exaustão perto do rio? Os ventiladores têm 25 metros de diâmetro. Puxam ar o dia inteiro. Isso é mau.

— Ar é mau?

— Os ventiladores estão *bombeando oxigênio* lá para baixo! — Chip balançou a cabeça e, contrariado, jogou a caneta sobre as plantas. — É como lançar fertilizante na terra semeada. A falta de oxigênio é o fator de contenção do crescimento num bioma subterrâneo!

— Ah, então as coisas estão crescendo. Mas as tais explosões em Nova Jersey aconteceram há 120 anos. Hoje, falamos apenas de *ratos*, certo?

— Provavelmente — disse Chip.

— Provavelmente? Que ótimo.

Parado ali, na semi-escuridão, percebi que eu e Chip estávamos debaixo da terra, com toneladas de tijolos e cimento em cima de nós. O ventilador de teto rangia enquanto nos trazia oxigênio; sem as lâmpadas fluorescentes, estaria escuro demais até para meus olhos de peep. Lá embaixo era um território hostil: um lugar para cadáveres e minhocas. E as coisas maiores que comiam as minhocas e as coisas *ainda maiores* que comiam estas últimas...

— Nosso pessoal na autoridade portuária diz que há lugares sob as torres de exaustão que foram abandonados pelos funcionários — acrescentou Chip. — Não foram oficialmente condenados, mas ninguém vai lá.

— Muito bem. E qual é a proximidade do prédio de Morgan?

— Não é longe. Algumas centenas de metros.

Fiz uma careta, como se uma corrente de mau cheiro houvesse entrado no cubículo. Por que eu não tinha perdido minha virgindade do jeito normal? Sem infecções vampíricas, sem ameaças subterrâneas.

— Certo. Então qual é a melhor maneira de eu chegar lá embaixo?

— Pela porta da frente. — Chip apontou para alguns símbolos nas plantas do prédio. — Eles têm segurança reforçada no lugar todo. Câmeras em toda parte, principalmente nos níveis inferiores.

— Merda.

— Pensei que você tivesse um caminho. Aquela garota que você mencionou no 1158-S, aquela que mora lá atualmente? Diga a ela que quer dar uma olhada no subsolo.

— Houve um problema de atitude com ela. Prefiro invadir. Sou bom com fechaduras.

Chip demonstrou contrariedade.

— Posso usar um distintivo da Vigilância Sanitária — sugeri. — Quem sabe da Inspetoria de Saúde das Academias de Ginástica?

— O que houve entre você e ela?

— Nada!

— Pode me contar, Garoto.

Resmunguei, mas Chip não tirou seus grandes olhos castanhos de mim.

— Escute, é só que... Nós tivemos um... — Minha voz quase sumiu. — Houve uma espécie de Incidente de Revelação de Super-humanidade.

— Houve? Você preencheu um SRI 27/45?

— Não, *não* preenchi um SRI 27/45. Ela não me viu subindo uma parede ou algo desse tipo. A única coisa que fiz foi... levantá-la, e apenas por um instante.

— E?

— E jogá-la de uma varanda para outra. Do contrário, seríamos flagrados invadindo o apartamento. *Apenas* invadindo. Nada foi quebrado. — Decidi não comentar sobre o Grande Roubo do Liquidificador. — Escuta, Chip. Só preciso de algumas armadilhas e de uma carteira do Controle de Pestes. Vou capturar uns ratos, esperar a Doutora analisar o sangue e descobrir se temos um reservatório em atividade. Começar pelo começo. Nada de mais.

Chip assentiu, voltou-se para os mapas e continuou detalhando os níveis mais profundos do túnel de Hoboken, deixando sua expressão dizer tudo.

— Meio tarde, não?

— Nem me fala — respondi ao porteiro, torcendo para que não reparasse muito no meu rosto. Era o mesmo cara daquela tarde. A diferença era que eu estava usando um uniforme municipal e um boné enfiado até as sobrancelhas. Mostrei-lhe minha carteira do Controle de Pestes recém-saída do forno. Em mais de um sentido, eu estava exibindo uma imagem diferente da que havia apresentado nove horas antes.

— É, eu vou ficar até meia-noite — disse ele, desviando o olhar e abrindo uma gaveta.

Ele não tinha me reconhecido. Para a maioria das pessoas, as roupas *fazem mesmo* o homem.

O porteiro pegou um molho barulhento de chaves e me conduziu até o elevador.

— Vocês receberam reclamação de algum morador? Nunca ouvi falar de ratos por aqui.

— Não, apenas alguns problemas nas proximidades. Explosão populacional perto do rio.

— Claro, o rio. Sempre sinto a umidade no subsolo. Um cheiro de peixe.

A porta do elevador se abriu. Com o ombro, ele evitou que a porta se fechasse, enquanto remexia as chaves. Logo encontrou uma marcada com um anel de plástico verde. Enfiou-a num buraco sinalizado com o código B2, na parte de baixo do painel de controle, e deu uma meia-volta.

— Já ouviu falar de algum morador daqui sendo mordido? — perguntei. — Um ano atrás, mais ou menos.

— Ainda não trabalhava aqui — respondeu ele, olhando para mim. — Nenhum de nós trabalhava. Eles contrataram funcionários novos no começo deste ano. Ouvi dizer que os antigos estavam cometendo algum tipo de fraude nos salários.

— Ah, entendi.

Guardei um lembrete mental para verificar os nomes de todos os porteiros e faxineiros no Registro.

O porteiro apertou o botão B2, mantendo a mão na borracha da porta.

— Pouca gente usa para ir lá embaixo. Só alguns mais fanáticos. Como eu disse, o cheiro é esquisito. Aliás, quando você voltar, não se esqueça de dizer que vai sair a quem estiver na entrada. Era para estar tudo fechado a esta hora da noite.

— *Sem problemas.*

Ergui a mochila num gesto de cansaço. Ele sorriu e deixou a porta fechar. O elevador me levou para baixo.

O cheiro era mesmo esquisito.

Havia uns cinqüenta tipos de mofo crescendo no lugar, e eu podia sentir as vigas de madeira podres atrás das paredes, o suor seco nos bancos acolchoados para levantamento de peso, a variedade de sapatos deteriorando dentro de armários.

Porém, por trás dos odores do clube de ginástica, havia mais alguma coisa fermentando. Eu não conseguia perceber o que era. Aromas não são tão fáceis de identificar quanto imagens e sons. São como lembranças suprimidas: às vezes é preciso esperar que apareçam por conta própria.

Deixei o elevador fechar a porta e subir. Não liguei nenhuma luz do lugar — não queria que o porteiro me observasse pelas câmeras de segurança. Minha esperança era de que ele se esquecesse de mim e fosse embora sem dizer nada ao colega que viesse substituí-lo.

Assim que meus olhos se ajustaram, as luzes vermelhas dos termostatos e controles de aparelhos de ginástica tornaram-se suficientes para que eu enxergasse. Mesmo assim, por alguns minutos, fiquei parado, tentando escutar o som das patinhas minúsculas.

Não parecia um local apropriado para uma invasão de ratos: não havia fonte de alimento, nem mesmo uma máquina de venda de doces. De qualquer forma, a questão não se limitava a comedores de lixo. Eu estava à procura de grandes ratos alfa — e, segundo Chip, outras criaturas inomináveis — saindo dos confins do subterrâneo. Criaturas que nunca teriam ouvido falar de M&M's.

Tudo que eu conseguia ouvir era o motor de refrigeração dentro da máquina de suco, o vapor do aquecimento e um rumor contínuo bem distante. Ajoelhei-me e botei a palma da mão no chão, sentindo a vibração no meu corpo, além do frio do cimento. O ruído vinha em lentos ciclos; talvez fossem as lâminas de 25 metros dos pesadelos de Chip.

A verdade, contudo, foi que não ouvi nenhum rato ou qualquer outro dos monstros de Chip. No escuro, passei diante de máquinas cujos controles pareciam olhos vermelhos piscando para mim. Um cheiro de cloro subiu de uma Jacuzzi coberta. E o outro odor, que eu não conseguia identificar, tornava-se mais forte à medida que me aproximava da parede dos fundos.

Nesse momento, senti uma corrente de ar, que me deixou com um leve frio. Examinei o rodapé da parede atrás do aquecedor, em busca de buracos de rato por onde estivesse entrando o vento gelado do outono. Os ratos não precisam de muito espaço para rastejar; podem quebrar seus próprios esqueletos e se espremer por buracos do tamanho de uma moeda.

(Supostamente, nós peeps também somos capazes de fazer isso, mas ouvi dizer que dói absurdamente.)

Não havia brecha alguma no andar inteiro. Os encaixes dos dutos de vapor estavam firmes. Não vi portas que pudessem ter frestas por baixo ou azulejos soltos nas paredes. Nenhum caminho para qualquer criatura saída das profundezas.

Entretanto, no canto mais distante da academia, havia uma parede revestida que emanava frio.

Dei uma pancada nela. Era oca.

Ao ouvir aquele som, notei um detalhe na escuridão da academia de ginástica: não havia escada para baixo. O segundo nível prometido nas plantas não existia. Ou estava escondido.

Deixei a mochila cair no chão de concreto. De um bolso, tirei as plantas que Chip imprimira para mim e dei uma conferida na bússola. De acordo com o material, a escada estava a poucos metros, do outro lado da parede.

O revestimento de madeira não cedeu ao meu empurrão; havia algo bem sólido por trás. Obviamente, minha mochila estava cheia de furadeiras, serras, alicates para correntes e um pé-de-cabra. Do contrário, eu teria de abrir caminho aos socos. O problema é que seria necessário voltar, ainda disfarçado, para recolher ratos eventualmente capturados nas minhas armadilhas. E os empregados não gostam muito quando destruímos o prédio.

Forcei e bati em toda a extensão da parede. Os ecos eram abafados, o que significava que havia vigas cruzadas segurando a madeira. A escada também estava isolada, sem um acesso fácil. Eles teriam simplesmente abandonado um andar inteiro do subsolo?

A divisória de madeira acabava numa fileira de armários, muito pesados até para meus músculos de peep. Bati com o pé no chão, tentando adivinhar o que estaria escondido lá embaixo. Do alto, os olhos vermelhos das câmeras de segurança brilhavam, zombando de mim na escuridão.

Então me dei conta de algo: todas as câmeras estavam mais ou menos apontadas para *mim*. Estariam me vigiando?

Afastei-me alguns metros, voltando ao canto mais frio, mas as câmeras não me seguiram. Permaneceram direcionadas ao mesmo ponto: a fileira de armários. O responsável pelo sistema de segurança não se importava com o resto da academia; bastava vigiar aquele local específico.

Andei pela frente dos armários, tocando-os com os dedos e sentindo o cheiro de meias sujas e roupas de banho impregnadas de cloro lá dentro. O metal ficava mais frio à medida que eu avançava.

No meio da fileira, um dos armários pareceu particularmente gelado, e pelas frestas de ventilação aquele odor meio familiar — que eu não conseguia identificar — saía numa corrente de ar frio. Olhei de novo para as câmeras: estavam todas apontadas para mim.

O cadeado era de um modelo simples, mas de quatro pinos, em vez de três, como os mais baratos. Ajoelhei-me e segurei-o como um celular, encostando-o na cabeça. Girei os números para a esquerda, para a direita, e logo ouvi os pequenos dentes se conectando e os mecanismos se alinhando... até que o cadeado se abriu com um barulho que, aos meus ouvidos, parecia um tiro de espingarda.

Puxei a porta.

Não havia coisa alguma no interior. Um *nada*. Nenhuma roupa pendurada. Nenhum gancho ou prateleira. Apenas uma escuridão que sugava a luz fraca da academia. Um vento frio trouxe o odor familiar, mais aguçado dessa vez.

Enfiei a mão no armário, fazendo-a mergulhar na escuridão e no frio e desaparecer no meio do nada.

Deixe-me explicar algo a respeito da minha visão noturna: quando estou em casa, a única luz que fica acesa é o indicador do carregador de celular. Consigo ler letras miúdas só com a luminosidade das estrelas. Sou obrigado a cobrir o relógio do mostrador do tocador de DVD, senão fica claro demais para dormir.

Mas eu não via *bulhufas* dentro daquele armário.

Existe uma coisa chamada *escuridão de caverna*, que é dez vezes mais escura do que se esconder num armário, com toalhas embaixo da porta e as mãos tapando os olhos. Em essência, é mais escura do que qualquer outra situação, exceto no interior de uma caverna. As mãos desaparecem diante do rosto; torna-se impossível saber se os olhos estão abertos ou não; luzes vermelhas piscam aleatoriamente na visão periférica, um sinal de que o cérebro entrou em curto devido à total ausência de luz.

— Que ótimo — disse em voz alta.

Segurando a mochila, mergulhei no vazio.

A lanterna-padrão da Patrulha Noturna tem três configurações. A primeira é um modo de luz fraca desenvolvido para não ofuscar a visão noturna dos peeps. A segunda é a configuração normal, indicada para pessoas normais. A terceira é um canhão de dez mil lumens, destinado a afastar peeps e afugentar hordas de ratos — normalmente, indica pânico. Se mantiver a lanterna a poucos centímetros da pele, nesse modo, você consegue até se bronzear.

Acendendo a luz mais fraca, descobri que estava num corredor estreito, espremido entre o cimento das paredes da fundação e a parte de trás do revestimento de madeira absurdamente reforçado. O chão estava coberto de montinhos de uma substância pegajosa. Ajoelhei-me e só então me dei conta do que estava farejando desde o início: manteiga de amendoim misturada a veneno de rato. Alguém havia espalhado uma centena de potes de pasta envenenada. A parte de baixo da parede falsa tinha sido besuntada para evitar que o revestimento de madeira fosse roído.

Avancei com cuidado, para não pisar nos obstáculos pegajosos, e o corredor me levou ao canto em que devia estar a escada perdida. Naquele ponto exato, havia uma porta de metal industrial, reforçada com metros de correntes e chumaços de palha de aço enfiados na fresta.

A palha de aço é um material que os ratos não conseguem roer. Alguém estava trabalhando especificamente na questão dos ratos. Com sorte, aquilo significaria que Chip estava viajando na idéia do monstro gigante, e tudo que haveria lá embaixo seria a ninhada abandonada de um peep.

As correntes estavam enroladas entre a barra de empurrar e uma argola de aço cimentada na parede, presas com cadeados pesados, fechados à chave e não por combinação. Para economizar tempo, peguei um alicate na mochila e arrebentei as correntes. Como pedaços de elástico, elas se partiram e caíram no chão.

Engraçado, correntes não servem para evitar ratos, pensei.

Ignorando aquele fato incômodo, empurrei a porta com força. Ela moveu-se alguns centímetros para dentro. Pelo vão, pude ver que a esperada escada levava a odores mais fortes, ares mais gelados e uma escuridão mais intensa. Ouvi sons: patinhas correndo, narizes minúsculos farejando, dentes afiados mordiscando. Ratos numa festa de arromba. Mas o que estavam *comendo* lá embaixo?

Imaginei que não fosse chocolate.

Botei luvas de borracha grossa nas mãos. A abertura da porta era do tamanho exato para eu passar espremido. Comecei a descer a escada com um dedo no botão de arrebentar os olhos na lanterna, pronto para disparar se houvesse um peep por ali. Eu não ouvia nada maior do que um rato. Porém, como já disse, parasitas positivos conseguem prender a respiração por muito tempo.

Os ratos deviam ter me ouvido cortando as correntes, mas não pareciam nervosos. Estariam acostumados a receber visitas?

No pé da escada, minha visão noturna começou a se ajustar à escuridão profunda, pondo a imagem do subsolo em foco. De início, achei que o piso fosse inclinado; depois, percebi que o ambiente era dominado por uma piscina comprida, mais funda na outra ponta. Os arcos das escadas cromadas reluziam nos dois lados, e uma plataforma se projetava na extremidade.

A piscina, porém, continha algo muito pior do que água.

No fundo, havia uma massa de ratos, uma superfície agitada de pêlos, rabos escorregadios e pequenos músculos angulosos. Eles se amontoavam nos cantos da piscina, reunidos numa degustação afoita, em torno de pilhas de algo que eu não conseguia enxergar. Todos tinham o aspecto rastejante de ratos de áreas profundas, que, gradualmente, perdem a pelagem acinzentada e até a visão, depois de passarem gerações longe da luz do sol.

Um número considerável de esqueletos de ratos estava amontoado num lado do subsolo. Os ossos eram finos como palitos de dente. Parecia que alguém tinha disposto armadilhas com cola numa fileira bem-arrumada.

Havia muitos cheiros — como você pode imaginar —, mas um se destacava, deixando meus pêlos da nuca em pé. Era o odor característico de um predador. Na aula de Introdução à Caça, tínhamos aprendido a chamá-lo pelo nome de sua molécula ativa: 4-mercapto-4-metilpentano-2-1. Mas a maioria das pessoas diz simplesmente "urina de gato".

Que merda um gato estaria fazendo ali embaixo? Sim, existem felinos bravos em Nova York. Acontece que eles vivem na superfície, em prédios abandonados e terrenos baldios, numa distância acessível da humanidade. Ficam longe do Submundo, e os ratos ficam longe deles. Quando se trata de ratos, os gatos estão do *nosso* lado.

Se um gato tivesse caído por lá, já teria se tornado aperitivo àquela altura.

Tirei a última imagem da cabeça e enfiei a mão na mochila para pegar uma câmera infravermelha. Assim que a pequena tela se acendeu, a horda de ratos transformou-se numa tempestade de neve manchada. Ajeitei a câmera no canto da piscina, apontada para a confusão. A Dra. Rato e seus amigos do setor de Pesquisa e Desenvolvimento seriam capazes de assistir àquilo durante horas.

Então me dei conta de algo: não sentia mais cheiro de cloro.

Ao meu nariz, até uma piscina seca há anos mantém o odor químico penetrante. A conclusão era de que a piscina nunca havia sido enchida, ou seja, a invasão dos ratos tinha ocorrido *antes* da conclusão das obras no local. Olhei de novo: a linha preta que indicava a altura da água havia sido abandonada pela metade.

Lembrei-me da lista de verificação da Dra. Rato. Minha primeira tarefa era descobrir se a ninhada tinha acesso à superfície. Comecei a andar pelos cantos do subsolo, mantendo a lanterna na configuração baixa e me movendo cuidadosamente, atento a qualquer buraco na parede.

Os ratos mal me notaram. Se aquela fosse a ninhada responsável pela infecção de Morgan, achariam meu cheiro reconfortante, afinal, nossos parasitas eram muito próximos. Por outro lado, verdadeiros ratos do Submundo poderiam se comportar daquela forma com qualquer um. Sem ter visto um ser humano na vida, os olhinhos cor-de-rosa não sabiam o que pensar.

As paredes pareciam firmes, sem apresentar uma mínima rachadura no cimento. Como o prédio tinha pouco mais de um ano, a fundação deveria permanecer à prova de ratos por mais uma década, pelo menos.

Dei uma olhada na beira da piscina. No fundo, onde devia estar o ralo, havia uma massa agitada de ratos. Os corpos lutavam entre si, alguns encobertos, outros se esgueirando até o topo. Percebi que a ninhada tinha como sair do subsolo. Mas o caminho não passava pela superfície...

Descia.

Engoli em seco. A Patrulha Noturna ia querer saber o tamanho exato da abertura. Da largura de um rato? Ou haveria algo maior acontecendo?

Andei de volta até a parte rasa e peguei a câmera infravermelha. Segurando-a em uma das mãos e a lanterna na outra, dei um passo hesitante para dentro da piscina.

A sola do meu sapato não fez barulho. Havia uma camada de alguma coisa macia espalhada no fundo da piscina, agitando-se sob as garras dos ratos que corriam. Estava muito escuro para enxergar.

Quando algo passou correndo pela minha bota, tremi.

— Certo, amigos. Vamos respeitar o espaço dos outros aqui — disse em voz alta, antes de dar mais um passo.

Alguma coisa reagiu às minhas palavras; alguma coisa que não era um rato. Um grito longo e agudo ecoou pelo lugar, como o choro de uma criança...

Na ponta da plataforma, dois olhos reflexivos se abriram, e pude ouvir outro rosnado de irritação.

Um *gato* olhava para mim. Seus olhos sonolentos pareciam flutuar à frente do pêlo negro invisível. Um grupo de grandes e barulhentos ratos alfa mantinha-se ao seu redor, como servos em torno de um imperador, em vez de fugir para salvar a vida.

Os olhos piscaram uma vez, estranhamente vermelhos sob a luz da lanterna. O gato parecia um gato normal, do tamanho normal de um gato, mas aquele *não* era um lugar normal para um gato.

Os gatos, porém, não carregam o parasita. Se carregassem, *todos* nós seríamos peeps atualmente. Afinal, eles vivem conosco.

Desviei a atenção dos olhos do felino e vi o que os ratos estavam comendo: pombos. Eram as penas que formavam a camada macia no fundo da piscina. O gato andava caçando para sua ninhada — exatamente como um peep faria. Então ouvi um som por baixo dos guinchos dos ratos; o gato estava ronronando baixinho, como se quisesse me acalmar.

Era da minha família.

De repente, o chão começou a tremer, numa vibração que subiu pelas minhas botas de caubói até o estômago tenso. Minha visão falhou, como se tivessem enfiado uma escova elétrica no meu cérebro. Um novo odor subiu do ralo da piscina, algo que eu não conseguia reconhecer; um cheiro velho e viciado que me fazia pensar em cadáveres. Eu queria sair correndo e gritando.

Enquanto isso, o ronronar satisfeito do gato preenchia todo o ambiente.

Fechei os olhos com força e botei a lanterna no modo de potência máxima.

Só pude ouvir — e sentir — o que aconteceu em seguida. Milhares de ratos em pânico, saindo da piscina e correndo para os cantos escuros do lugar, passando pelas minhas pernas num turbilhão peludo. Outras centenas se amontoavam para fugir pelo ralo, para a escuridão inferior, com as garras arranhando o concreto numa luta para escapar da terrível luz. Corpos inchados de ratos reis caíam da plataforma sobre a massa em desespero, gritando como brinquedos de apertar quando são jogados de uma altura elevada.

Tirei um par de óculos escuros do bolso e, então, abri um olho minimamente. O gato permanecia imperturbável, na extremidade da plataforma, de olhos fechados para se proteger da luminosidade. Parecia um gato qualquer deitado alegremente ao sol. Até bocejou.

O tremor do chão começou a parar; a confusão de ratos em fuga já diminuía. O buraco do ralo, àquela altura, parecia ter mais de um *metro* de diâmetro. A parte mais funda da piscina havia rachado, levando a uma cavidade maior. Os ratos continuavam correndo, sumindo em seu interior como pedaços de cocô descendo pela privada.

Ao olhar mais uma vez para o gato, notei que ele havia se levantado. Estava se espreguiçando e bocejando, mostrando uma língua obscena.

— Fique aí mesmo, bichano — gritei, dando mais um passo na direção do ralo.

Qual seria a profundidade do buraco? Do tamanho de um gato? Do tamanho de um peep? Do tamanho de um *monstro*?

Queria apenas dar uma olhada e sair dali.

Em meio à confusão formada pela luz da lanterna, os guinchos dos ratos e os sons de patas agitadas ecoando nas laterais da piscina, eu estava quase cego e praticamente surdo. Mas o cheiro da morte começava a se dissipar. Quando os últimos ratos finalmente se espalhavam, senti um leve sopro de algo novo no ar. Algo próximo...

Ouvi um silvo agudo atrás de mim, de alguém sugando o ar. Quando me virei, a lanterna escapou dos meus dedos úmidos...

Ela caiu no piso da piscina e tudo ficou muito escuro.

Eu estava completamente cego, mas, antes de deixar a lanterna cair, havia visto de relance uma forma humana na ponta da piscina. Seguindo a imagem clara marcada nas minhas retinas, avancei alguns passos até a parte alta e saí da piscina, segurando a câmera como uma arma.

Enquanto golpeava o ar, senti o perfume novamente. Parei na hora certa.

Xampu de jasmim misturado a medo humano e manteiga de amendoim... eu sabia quem era.

— Cal? — perguntou Lace.

10. Macacos e larvas de mosca... ou parasitas pela paz

Os bugios são macacos que vivem nas selvas da América Central. Eles possuem um osso especial de ressonância que amplifica seus gritos. Embora tenha apenas 60 centímetros de altura, um bugio pode ser ouvido a cinco quilômetros de distância.

Principalmente quando carregam larvas de mosca da bicheira.

A mosca da bicheira vive na mesma selva dos bugios. São bem parecidas com as moscas domésticas, porém maiores. Não são propriamente parasitas. Mas sua prole é.

Quando chega a hora de ter seus bebês, as moscas da bicheira procuram um mamífero ferido em que possam depositar seus ovos. Elas não são muito exigentes quanto ao tipo de mamífero e também não precisam de uma ferida muito grande. Um arranhão do tamanho de uma picada de pulga é suficiente.

Quando os ovos eclodem, as larvas estão com fome. À medida que crescem, devoram a carne ao seu redor.

A maioria das larvas é muito criteriosa e só come carne morta; por isso, não representa um problema para o hospedeiro.

Na realidade, as larvas podem até ajudar a limpar as feridas em que se instalam. Em emergências de combate, os médicos ainda as usam para esterilizar as feridas dos soldados.

Mas as larvas de mosca da bicheira são diferentes. Nascem com apetite voraz e consomem tudo em que conseguem botar os dentes. À medida que devoram a carne saudável do animal, a ferida cresce, atraindo mais moscas da bicheira a virem e depositarem seus ovos. Estes ovos eclodem, e a ferida cresce ainda mais...

Eca. Argh. De novo.

Ao fim do ciclo, uma morte dolorosa aguarda muitos dos bugios.

As moscas da bicheira, porém, também trazem uma mensagem de paz.

Como todos os primatas, os bugios querem parceiros, comida e território — justamente as coisas que tornam divertido ser um bugio. Por isso, competem entre si. Em outras palavras, envolvem-se em lutas.

No entanto, não importa o quão raivosos estejam, os bugios *nunca* usam os dentes ou as garras. Ainda que um dos macacos seja muito maior, tudo o que faz é dar uns tapas e gritar sem parar.

Simplesmente não vale a pena se meter numa briga para valer. Mesmo que o macaco menor seja massacrado, se ele conseguir causar *um minúsculo arranhão* no adversário, os dois saem perdendo. Afinal, um mero arranhão é tudo de que uma mosca da bicheira precisa para depositar seus ovos.

Vários cientistas acreditam que os bugios desenvolveram a incrível habilidade de gritar *por causa* das larvas da mosca da bicheira. Todos os macacos que resolviam seus conflitos com arranhões e mordidas (sofrendo os previsíveis contragolpes) acabavam devorados por larvas. Fim de linha para os genes responsáveis pelos arranhões e mordidas no comportamento dos bugios.

No fim das contas, só restaram macacos que não arranhavam. Sobrevivência dos mais adaptados. Nesse caso, dos que não arranhavam.

Acontece que ainda havia parceiras e bananas em disputa. Assim, os macacos desenvolveram uma arma para competir sem arranhar: o grito. Sobrevivência do mais barulhento. Foi assim que nasceram os bugios.

Entendeu? Nem todos os parasitas são maus. Alguns pegam primatas que poderiam estar se matando e os obrigam simplesmente a gritar.

11. Incidente grave de revelação

— O que você está *fazendo* aqui? — gritei.

— O que *você* está fazendo aqui? — devolveu Lace, agarrando meu uniforme com as duas mãos, na escuridão. — E onde estamos? Aquelas coisas eram *ratos*?

— Sim, eram ratos!

Ela começou a pular.

— Merda! Foi o que eu achei. Por que ficou tudo escuro?

— Deixei minha lanterna cair.

— Ei, vamos sair daqui!

E foi isso que fizemos. Eu só conseguia ver as faixas marcadas pela lanterna nas minhas retinas, mas os olhos de Lace não eram tão sensíveis. Ela me arrastou escada acima. Enquanto percorríamos o corredor coberto de manteiga de amendoim envenenada, minha visão começou a se restabelecer. A luz da academia de ginástica passava pela porta aberta do armário.

Lace espremeu-se para sair e eu fui logo atrás dela, fechando a porta com força. As lâmpadas fluorescentes zumbiam no teto, e o subsolo parecia incrivelmente normal.

— O que *era* aquilo lá embaixo? — perguntou Lace.

— Espere um pouco.

Afastei-a das câmeras de segurança, até uma fileira de bancos para levantamento de peso. Sentado, tentei apagar os pontos que marcavam minha visão. Lace permaneceu de pé, de olhos arregalados, sem parar quieta.

— Que porcaria foi aquela? — voltou a perguntar.

Olhei bem para ela, meio cego e ainda surpreso por sua presença ali. Depois lembrei do porteiro ajustando os controles do elevador; ele tinha deixado tudo destravado para que eu pudesse voltar ao térreo.

Eu não havia prestado atenção. A culpa era toda minha. Eu tinha descumprido a regra número um das investigações da Patrulha Noturna: garantir a segurança do local. Mas podia jurar que havia fechado a porta do armário atrás de mim.

— Como você chegou aqui embaixo? — perguntei. — Pensei que a academia ficasse fechada à noite.

— Cara, você acha que eu desci aqui para me *exercitar*? — Ela continuava pulando de um pé para o outro. — Eu estava saindo, e o Manny disse: "Sabe aquele cara que veio aqui com você hoje à tarde? Ele está no prédio, espalhando veneno de rato." Fiquei surpresa, e ele continuou. "É, você sabia que ele era exterminador de ratos? Está lá embaixo, na academia, querendo matar uns ratos!" — Lace abriu os braços. — Mas *você* disse que estava à procura da Morgan. Então me explique isso tudo!

Em vez de responder, apenas suspirei.

— E quando cheguei aqui — prosseguiu ela, sem parar para respirar — as luzes nem estavam ligadas. Achei que Manny tivesse enlouquecido ou algo parecido. Quando a porta do elevador fechou, ficou tudo escuro. — Ela apontou para a frente. — A não ser o armário, que, de repente, estava... brilhando.

Soltei um gemido. Na potência máxima, a lanterna da Patrulha Noturna tinha ficado visível até lá em cima.

Ainda possessa, Lace seguiu em frente:

— E havia um corredor oculto, e o chão estava coberto por uma gosma esquisita, e havia uma escada no fim, com uma barulheira insuportável vindo lá de baixo. Gritei seu nome, mas só consegui ouvir barulho de ratos!

— E aí você ficou *com vontade* de descer? — perguntei.

— Não! — gritou Lace. — Só que, nessa hora, percebi que você estava em algum lugar, aqui embaixo, talvez em perigo.

Meus olhos se arregalaram.

— Você veio aqui para me ajudar?

— Cara, as coisas não pareciam muito bem aqui embaixo.

Eu não tinha o que dizer. Ninguém mais poderia ter causado uma confusão tão grande quanto aquela. As coisas já estavam suficientemente complicadas com um grande reservatório de ratos no Submundo, além de um gato esquisito que parecia um peep e algo grande o bastante para fazer a terra tremer. E, no meio de tudo isso, ainda consegui envolver Lace. Um Incidente Grave de Revelação.

Eu estava ferrado. Mas, naquele momento, via Lace com admiração.

— Quantos ratos... — Um tom de cansaço marcava sua voz depois que a histeria havia diminuído. — Acha que eles vão nos seguir?

— Não. — Apontei para o sapato dela. — Esse negócio aí vai impedi-los.

— Que porcaria... — Ela ficou num pé só para olhar a sola do outro sapato. — Que porcaria é essa, afinal de contas?

— Tome cuidado! É venenoso!

Ela cheirou a substância.

— Parece manteiga de amendoim.

— É manteiga de amendoim *envenenada*!

Lace deu um suspiro.

— E daí? Eu não ia comer. Um recado para você, Cal: não como coisas que estão grudadas no meu sapato.

— Tudo bem. Mas é perigoso.

— Isso está claro. Este lugar inteiro deveria ser condenado. Havia, sei lá, *milhares* de ratos naquela piscina.

Concordei com um lento movimento de cabeça.

— É. No mínimo.

— Então o que é isso tudo? O que você está fazendo aqui, Cal? Você não é exterminador. Não venha me dizer que investiga DSTs *e* espalha veneno para ratos.

— Hum, geralmente não.

— Então este prédio está contaminado pela *peste* ou algo parecido?

Os ratos e a peste tinham mesmo uma relação. Mas eu não sabia se Lace acreditaria. Comecei a tentar pensar numa saída.

— Não, cara — disse ela, com firmeza, ficando de pé e botando um dedo na minha cara. — Não fique parado aí, pensando numa história. Conte a verdade.

— Ahn... não posso.

— Você está tentando *esconder* isso? É ridículo!

Também fiquei de pé e pus as mãos em seus ombros.

— Escute: não posso dizer nada. Fora o fato de que é muito importante que você não conte a ninguém sobre o que há lá embaixo.

— Pode me dizer por que eu ficaria quieta? Há uma piscina cheia de ratos no subsolo do meu prédio!

— Você tem de confiar em mim.

— Confiar em você? Vá se ferrar! — Ela tinha uma expressão agressiva, e sua voz estava mais alta. — Uma doença que faz as pessoas escreverem com sangue nas paredes está se espalhando pelo meu prédio, e eu devo guardar segredo?

— Hum... Deve?

— Bem, preste atenção numa coisa, então, Cal. Você acha que devo guardar segredo? Espere até eu contar o que vi lá embaixo para o Manny. E para o Max, a Freddie e todas as pessoas do prédio. E, aproveitando, para o *New York Times*, o *Post* e o *Daily News*. Não vai mais ser muito segredo depois disso, vai?

Tentei não parecer preocupado.

— Não. Aí vai ser apenas um prédio de Nova York com ratos no subsolo.

— Não com aquele negócio na minha parede.

Fui obrigado a admitir que o argumento era forte. Com a pichação de cartilagem na jogada, a Polícia de Nova York teria uma razão para reabrir o caso de desaparecimento do morador do 701, o que poderia levar a uma série de direções inconvenientes. Geralmente, a Patrulha Noturna era bem eficiente em acabar com investigações, mas aquele caso seria complicado.

Diante da situação, eu tinha de ligar para a Analista imediatamente, para contar o que havia acontecido. O problema era que eu já sabia o que ela me diria. Lace teria de desaparecer para sempre. Tudo por ter tentado me ajudar...

Fiquei em silêncio, paralisado.

— Só quero a verdade — disse Lace, mais calma.

Ela sentou-se num banco de musculação, como se sua disposição nervosa houvesse se esgotado.

— É muito complicado, Lace.

— É, tudo bem, e para mim é muito simples... eu *moro* aqui, Cal. Alguma coisa horrível está acontecendo debaixo dos meus pés, e algo inimaginável ocorreu bem na minha sala. Isso está começando a me deixar *apavorada*.

Sua voz sumiu após essas últimas palavras.

Ela podia sentir. Depois de tudo que tinha visto, Lace podia sentir a Natureza, com N maiúsculo, em efervescência lá embaixo. Não a natureza de pelúcia do zoológico, nem mesmo a natureza mortal, porém nobre, do Nature Channel. Aquela era a versão assustadora e cruel do mundo real. Dos olhos de caracol sendo devorados por trematódeos; dos ancilóstomos vivendo dentro de um bilhão de seres humanos, sugando seus estômagos; dos parasitas controlando mentes e corpos e transformando as pessoas em ambiente de reprodução.

Sentei-me ao seu lado.

— Ouça. Entendo que esteja assustada. Mas saber a verdade não vai ajudar. A verdade é uma merda.

— Pode ser. Mas continua sendo a verdade. Você só mentiu para mim desde que nos conhecemos, Cal.

Pisquei os olhos. Ela não.

— Sim, mas...

— Mas o quê?

Naquele instante, percebi o que eu realmente desejava. Depois de seis meses com a natureza se tornando mais terrível a cada dia e meu corpo se virando contra mim, eu estava tão assustado quanto Lace. Precisava de alguém com quem partilhar o medo, alguém em quem me apoiar.

E eu queria que fosse ela.

— Talvez eu possa explicar uma parte. — Respirei lentamente, sentindo um leve arrepio. — Mas tem de prometer que não vai contar a mais ninguém. Isto aqui não é uma tarefa da turma de jornalismo, certo? É muito sério. Tem de permanecer em segredo.

Lace pensou por alguns segundos.

— Tudo bem — concordou, antes de erguer um dedo ameaçador. — Desde que você não minta para mim. Nunca mais.

Fiquei preocupado. Ela tinha concordado muito rápido. Como poderia acreditar na promessa? Afinal, ela estava estudando para se tornar uma *repórter*. Por outro lado, minha única alternativa era a ligação que a faria desaparecer para sempre.

Olhei bem para o rosto de Lace, tentando adivinhar se a promessa era sincera, o que acabou não se mostrando uma boa idéia. Seus olhos castanhos continuavam arregalados pelo choque. Sua respiração continuava acelerada. Toda a minha atenção concentrava-se nela — uma confusão de sentidos tentando desvendar seus pensamentos.

Acho que foi o parasita dentro de mim quem fez a escolha. Ao menos, em parte.

— Certo. Estamos combinados — disse, estendendo a mão para ela.

Quando Lace a apertou, algo estranho aconteceu: em vez de vergonha, senti alívio. Depois de guardar o segredo por meio ano, eu finalmente o contaria a alguém. Era como tirar as botas ao fim de um dia bem longo.

Lace segurou minha mão por um tempo, apertando com mais força, enquanto dizia:

— Mas você não pode mentir para mim.

— Não vou mentir. — As coisas estavam mais claras; minha mente funcionava de maneira lógica pela primeira vez desde que a terra tinha começado a tremer. Percebi qual deveria ser meu próximo passo. — Mas, antes de contar, preciso cuidar de algumas questões.

143

Lace me olhou com desconfiança.

— Por exemplo?

— Preciso isolar o subsolo. Botar uma corrente na porta grande e trancar o armário. — Concluí que poderia deixar minha mochila lá embaixo. Os ratos não a roubariam. E eu precisaria dos equipamentos na próxima vez que descesse. Mas tinha de pegar uma última coisa antes de ir embora. — Ei, você tem uma lanterna? Ou um isqueiro?

— Tenho um isqueiro. Cal, diga que você não vai descer essa escada de novo.

— É só por um segundo.

— *Para quê?*

Observei seus olhos castanhos, retomados pelo medo. No entanto, se Lace queria saber a verdade, era hora de descobrir o quão terrível podia ser.

— Bem, como já estamos aqui embaixo, acho que tenho de capturar um rato.

— Muito bem. Estou rastreando uma doença. Essa parte da história era verdadeira.

— Não me diga. Ratos, loucura, fluidos corporais. O que mais poderia ser?

— Ah, certo. Só podia ser isso.

Estávamos no apartamento de Lace. Ela bebia chá de camomila e observava o rio; eu tirava a manteiga de amendoim venenosa da sola das botas, torcendo para que aquilo desviasse minha atenção do fato de que Lace estava de roupão. Um rato batizado de Possível Nova Linhagem, PNL, permanecia sob um escorredor de macarrão virado ao contrário, preso por uma pilha de livros de jornalismo, desfiando impropérios na língua dos ratos.

Eu havia capturado o PNL no alto da escada, segurando-o com a mão protegida por uma luva, enquanto ele cheirava as pegadas deixadas por Lace na manteiga de amendoim.

Lace limpou a garganta.

— Então, isso é uma espécie de ataque terrorista? Ou um experimento de engenharia genética que deu errado?

— Não, é apenas uma doença. Uma doença normal, mas secreta.

— Tudo bem. — Ela não parecia convencida. — E como eu me protejo?

— Bem, você pode se contaminar com sexo sem proteção ou se alguém a morder e tirar sangue.

— *Morder*?

— Sim, é como a raiva. A doença faz com que o hospedeiro queira morder outros animais.

— Tipo "tão bonitinho que eu tive de comê-lo"?

— Exatamente. O canibalismo é outro sintoma.

— Você chama isso de *sintoma*? — Ela tremeu e tomou outro gole de chá. — E o que os ratos têm a ver com isso?

— No Departamento de Saúde e Higiene Mental, os ratos são chamados de "elevadores de germes", porque levam germes que estão lá embaixo, no esgoto, para onde as pessoas vivem, como um edifício. Uma mordida de rato foi provavelmente a forma como Morgan, ou outra pessoa daqui, acabou infectada.

Vi outro tremor passar pelo roupão que ela vestia. Lace havia tomado banho enquanto eu pedia a Manny que trancasse o acesso à academia de ginástica. Seu rosto estava avermelhado, depois de ser esfregado intensamente, e seu cabelo molhado ainda parecia liberar vapor. Lembrei-me de me concentrar nas botas.

145

Ao ouvir a menção a ratos, ela tirou os pés do chão e os enfiou debaixo do corpo, na cadeira.

— Está bem. Sexo e ratos. Há mais alguma coisa com que eu deva me preocupar?

— Bem, acreditamos que já existiu uma linhagem que infectava lobos, devido a certas... evidências históricas. — Decidi não mencionar as criaturas maiores que preocupavam Chip. Ou qualquer que fosse a causa dos tremores no subsolo. — Contudo, pelo que sabemos, os lobos existem em número muito pequeno hoje em dia para sustentar um parasita. Demos sorte.

— Ah, claro. Eu estava mesmo muito preocupada com os lobos. — Ela me encarou. — Então é um parasita? Como um carrapato?

— Isso. Não é como uma gripe ou um resfriado comum. É um animal.

— Que *tipo* maldito de animal?

— Uma espécie de solitária. Ela começa como um esporo minúsculo, mas cresce até tomar conta do corpo inteiro. Provoca mudanças nos músculos, nos sentidos e, principalmente, no cérebro. O hospedeiro se transforma num assassino maluco, num animal.

— Caramba, isso é muito esquisito e nojento, Cal — comentou Lace, apertando o roupão.

Eu é que sei, pensei. Ainda que tivesse prometido dizer a verdade, meu histórico médico não era da conta dela.

— E essa doença tem um nome? — perguntou.

Parei para pensar nos diversos nomes usados ao longo dos séculos: vampirismo, licantropia, zumbificação, possessão demoníaca. Nenhum deles, porém, ajudaria Lace a lidar melhor com a situação.

— Tecnicamente, o parasita é conhecido como *Echinococcus cannibillus*. Mas, como é meio longo, dizemos simplesmente "o parasita". Os portadores da doença são "parasita positivos". Para simplificar, costumamos usar "peeps".

— Peeps. Que bonitinho. — Ela franziu a testa. — E quem faz parte desse *nós* de que você fala? Você não trabalha de verdade para a Prefeitura, trabalha? Deve ser da Segurança Doméstica ou alguma coisa parecida.

— Não, eu trabalho mesmo para a administração municipal. O governo federal não sabe de nada disso.

— *O quê*? Está dizendo que há uma doença maluca se espalhando e o governo não tem conhecimento? Isso é loucura!

Suspirei, imaginando se aquilo tinha sido uma boa idéia. Lace não entendia sequer as informações básicas. Eu só havia conseguido assustá-la. A Analista mantinha um departamento inteiro de especialistas em psicologia para contar as novidades a novos portadores, como eu; eles dispunham de uma biblioteca cheia de livros embolorados, mas impressionantes, e um laboratório repleto de luzes e espécimes esquisitos. Enquanto isso, tudo o que eu fazia era responder perguntas a esmo, de modo totalmente amador.

Puxei uma cadeira e sentei-me diante dela.

— Acho que não estou explicando isso direito, Lace. A situação não é emergencial. É crônica.

— O que isso significa?

— Que essa doença é ancestral. Faz parte da biologia e da cultura humana há muito tempo. Quase destruiu a Europa no século XIV.

— Espera aí. Você disse que não era a peste.

— E não é. Mas a peste bubônica foi um efeito colateral. No século XIV, o parasita começou a passar de humanos para ratos, que haviam acabado de chegar da Ásia. Contudo, como não conseguiu atingir a virulência ideal em roedores nas primeiras décadas, limitava-se a matá-los. À medida que os ratos morriam, as pulgas que carregavam a peste passavam para hospedeiros humanos.

— Sei. Perdoe minha pergunta, mas *do que você está falando?*

— Desculpe, acho que fui rápido demais — reconheci, batendo com as mãos na cabeça.

Para mim, os seis meses anteriores tinham sido um curso intensivo sobre parasitologia. Eu havia quase me esquecido de que a maioria das pessoas não passava os dias pensando em hospedeiros finais, reações imunológicas e virulência ideal.

Respirei fundo.

— Bem, deixe-me começar de novo. O parasita é muito antigo. Na verdade, é anterior à civilização. A entidade para a qual trabalho, a Patrulha Noturna, também é muito antiga. Já existia antes dos Estados Unidos serem criados. É nosso trabalho proteger a cidade da doença.

— Fazendo o quê? Prendendo ratos embaixo de escorredores de macarrão?

Solte-me!, gritou o PNL.

— Não. Encontrando pessoas que têm o parasita e cuidando delas. E destruindo suas ninhadas... bem, quer dizer, matando todos os ratos que carregam a doença.

Ela balançou a cabeça.

— Não faz sentido, Cal. Por que manter isso em segredo? Vocês do Departamento de Saúde não deviam *educar* as pessoas sobre doenças? Em vez de mentir para elas?

Mordi os lábios.

— Não há razão para tornar isso público, Lace. A doença é muito rara. Surtos graves só acontecem em intervalos de décadas. Afinal, ninguém *se esforça* para ser mordido por um rato.

148

— Hum, acho que não. Mas, mesmo assim, esse negócio de segredo não parece boa idéia.

— A Patrulha Noturna de Boston tentou isso uma vez... um programa de educação para manter os cidadãos alertas a possíveis sintomas. Acabou com uma enxurrada de acusações de bruxaria, um punhado de garotas de 17 anos garantindo ter feito sexo com o diabo e um monte de curiosos inocentes virando churrasco. Foi necessário um século para que as coisas se acalmassem.

Lace levantou uma das sobrancelhas.

— É, nós encenamos essa peça na escola. Mas isso não aconteceu há muito tempo? Antes da ciência e coisas desse tipo?

Olhei-a nos olhos.

— A maioria das pessoas não entende nada de ciência. Elas não acreditam na evolução porque isso as *incomoda*. Ou acham que a Aids é uma maldição de Deus. Como essas pessoas lidariam com o parasita?

— Ah, tudo bem, as pessoas são estúpidas. Mas você não manteria a existência da Aids em segredo, manteria?

— Não. Só que o parasita é diferente. É especial.

— Como assim?

Fiz uma pausa. Aquela era a parte mais perigosa. Na minha própria preparação, os psicólogos da Patrulha Noturna haviam apresentado todos os dados científicos por horas, antes de falarem das lendas. E já tinha passado pelo menos uma semana até que pronunciassem a palavra que começa com V.

— Bem, alguns medos são mais antigos do que a ciência, mais profundos do que a racionalidade. Você encontra lendas ligadas a peeps em quase todas as culturas do mundo. Alguns dos sintomas causados pelo parasita originam histórias assustadoras. Se acontecer um surto de grande porte, haverá um caos.

— Alguns dos sintomas? Quais?

— Pense bem, Lace. Peeps são canibais que têm medo da luz, carregam uma doença e se divertem com sangue.

Assim que as palavras saíram da minha boca, percebi que havia falado coisas demais, rápido demais. Lace deu um riso debochado.

— Cal, você está falando de *vampiros*?

Enquanto eu me esforçava para encontrar as palavras certas, sua expressão de diversão sumiu.

— Cal, você *não pode* estar falando de vampiros. — Ela se curvou para perto de mim. — Responda. Lembre-se de que não pode mentir para mim!

Dei um suspiro antes de responder.

— Sim, os peeps são vampiros. Ou zumbis no Haiti, ou *tengu* no Japão, ou *nian* na China. Mas, como já disse, preferimos o termo parasita positivo.

— Ah. Vampiros — repetiu Lace, em voz baixa, desviando o olhar.

Ela sacudiu a cabeça. Achei, por um instante, que o restinho de confiança em mim havia se perdido. Depois, no entanto, percebi que seu olhar estava fixado na parede em que as palavras escritas com sangue, muitos meses antes, tinham aparecido.

Lace deixou os ombros caírem e apertou o roupão mais um pouco.

— Ainda não consigo entender por que você tem de mentir sobre isso.

— Muito bem. Imagine se as pessoas fossem informadas de que os vampiros existem de verdade. O que elas fariam?

— Não sei. Ficariam apavoradas?

— Algumas ficariam. E algumas não acreditariam, e outras tentariam conferir por conta própria — expliquei. — Projetamos que pelo menos mil amadores desceriam às entranhas de Nova York atrás de aventura e mistério. E eles se tornariam elevadores humanos de germes. Seu prédio é apenas um caso mais grave. Existem dezenas de reservatórios de ratos cheios de parasitas lá embaixo. Um número suficiente para infectar todos que forem à sua procura.

Fiquei de pé e comecei a andar pela sala, lembrando das palestras motivacionais em algumas das aulas de Introdução à Caça de Peeps.

— Lace, a doença está embaixo de nós como uma fogueira apagada. Tudo de que ela precisa é que alguns idiotas comecem a remexer as brasas. Os peeps eram mortais o bastante para aterrorizar pessoas em pequenos vilarejos. Agora, imagine surtos de grandes proporções numa cidade moderna, com milhões de pessoas amontoadas, próximas o suficiente para cravar os dentes em qualquer passante desconhecido!

Lace ergueu os braços num gesto de derrota.

— Cara, eu já prometi que não vou contar nada a ninguém, a não ser que você minta para mim.

Respirei fundo e voltei a me sentar. Talvez aquilo fosse melhor do que eu havia imaginado.

— Vou cuidar de tudo pessoalmente. Você só precisa ficar quietinha.

— Ficar quietinha? Ah, claro! Aposto que Morgan estava sentada quietinha quando foi mordida. Deve haver um túnel de rato aqui que vem lá do subsolo!

Os olhos de Lace percorreram o apartamento, à procura de rachaduras nas paredes, buracos que poderiam permitir a entrada da pestilência. Os antigos temores já estavam se agitando dentro dela.

— Talvez houvesse um ano atrás — sugeri, tentando acalmá-la. — Mas hoje o que temos é palha de aço enfiada embaixo da porta trancada com correntes. E uma tonelada de manteiga

151

de amendoim atrás da parede falsa. A doença está provavelmente contida neste momento.

— Provavelmente? Está pedindo que eu confie minha vida a um punhado de palha de aço e *manteiga de amendoim*?

— Manteiga de amendoim *envenenada*.

— Cal, por mim pode ser até manteiga de amendoim *nuclear*.

Ela se levantou e foi para o quarto. Ouvi barulho de vinil arrastando no chão, zíperes e cabides. Fui até a porta e vi que ela estava arrumando uma mala.

— Está indo embora?

— Isso mesmo, Sherlock.

— Ah. — A visão de Lace arrumando a mala me provocou uma pontada. Eu havia acabado de lhe contar meu maior segredo, e ela estava partindo. — Bem, acho que é uma boa idéia. A limpeza lá embaixo não vai demorar muito, agora que sabemos o que está acontecendo. Mas acho que deveria me dizer para onde está indo, para que eu possa manter contato. Avisar quando estiver seguro.

— Sem problemas. Eu vou para sua casa.

— Ahn... você vai para *onde*?

Ela parou de dobrar uma camisa e olhou para mim.

— Eu disse ontem à noite: não vou voltar para o sofá da minha irmã. O namorado dela fica o tempo todo lá, e ele é um completo idiota. E meus pais se mudaram para Connecticut no ano passado.

— Mas você *não pode* morar comigo.

— Por que não?

— Por que você faria isso? Nem me conhece. E se eu... for um psicopata ou algo parecido?

Lace continuou dobrando a camisa.

— Você? Toda vez que você parece estar falando maluquices, lembro do que vi no subsolo ou do que está lá fora — disse

152

ela, apontando para a sala, onde se escondia a mensagem na parede. — E, maluco ou não, você tem informação de primeira para uma *grande* matéria. Acha mesmo que eu ia embora ler uns livros? Por que acha que decidi estudar jornalismo?

Minha voz subiu uma oitava.

— Uma *matéria*? E quanto a manter isso em segredo? Você prometeu. Não devia seguir uma ética jornalística ou algo do gênero?

— Claro. — Ela sorriu. — Mas, se você quebrar a promessa e mentir para mim, também poderei quebrar a minha. Talvez eu dê sorte.

Abri a boca e soltei um som meio esganiçado. Como explicaria que eu *era* um psicopata e que havia um parasita irrequieto dentro de mim, querendo desesperadamente se disseminar, de qualquer forma possível? Que simplesmente ficar no mesmo lugar que ela já era uma tortura?

— Além disso — prosseguiu ela —, você não vai querer que eu fique em outro lugar, se for para guardar segredo.

— Não vou?

Ela acabou de dobrar a camisa.

— Não. Eu falo sem parar quando estou dormindo.

Quando saímos do apartamento, era tarde da noite.

Enquanto descíamos, fiquei apertando o botão da academia de ginástica como louco. Não acendeu.

— Ei, não faça isso — disse Lace.

— Só estou conferindo se Manny travou o acesso.

Lace trocou a mala de mão.

— Sei, mas amanhã vai estar liberado de novo, não vai?

— Não por muito tempo.

De manhã, eu poderia solicitar uma ordem judicial falsa. Daria para isolar o subsolo por mais ou menos uma semana.

Assim que fosse possível, eu desceria lá com a Dra. Rato e uma equipe completa de extermínio, levando veneno suficiente para acabar com aquele pedaço específico do Submundo até metade do caminho que levava ao centro da terra.

O turno de serviço já havia mudado. Enquanto atravessávamos a entrada, o novo porteiro nos observou através de suas grossas lentes, que refletiam as imagens dos monitores do circuito interno. Aquilo me deu uma idéia.

— Converse com ele por um minuto — sussurrei.

— Sobre o quê?

— Qualquer coisa.

— Tipo o que você está levando na sacola?

Vou me vingar!, veio o guincho abafado do PNL. Ele estava preso entre o escorredor de macarrão e um prato. Tudo vedado com fita isolante, enrolado numa toalha para não fazer barulho e enfiado numa sacola da Barneys que eu carregava. Calculei que seus pequenos pulmões de rato só teriam mais um minuto de oxigênio se eu não tirasse a toalha.

— Não! Apenas distraia o cara. Rápido.

Virei Lace para a mesa do porteiro e a cutuquei até que ela começou uma conversa sobre a água que demorava a esquentar. Enquanto o empregado tentava acalmá-la, fui dando a volta, até um ponto em que eu conseguisse enxergar os monitores.

As pequenas telas mostravam o interior dos elevadores, os corredores, a calçada do lado de fora. Nada do subsolo. Estava explicado por que ninguém tinha notado nossa movimentação: as câmeras do piso inferior não funcionavam mais.

Ou funcionavam? Eu lembrava de ter visto as luzes vermelhas brilhando no escuro. Aquele prédio era de propriedade de uma família antiga. Eles não tinham apenas isolado a invasão de ratos; tinham deixado uma passagem secreta por dentro do armário e posicionado as câmeras em sua direção. Alguém estava interessado no que acontecia lá embaixo. Podia haver imagens de nós dois, em algum lugar, esperando para serem assistidas...

— Vamos — disse, interrompendo Lace no meio de uma frase.

O ar do lado de fora estava frio e úmido. Parei para abrir a toalha e permitir que o PNL respirasse. Ele voltou a prometer vingança e rebelião. Lace olhou para a sacola e se afastou.

— Você está me devendo um prato e um escorredor, cara.

— E você me deve uma história secreta capaz de abalar o mundo.

— Prefiro ficar com o escorredor de macarrão.

— Tudo bem. Pode levar o meu quando você for embora. — Na altura da Leroy, apontei para o leste. — Podemos pegar a linha B.

— O quê? Pegar o metrô? Ir por *debaixo da terra* até o Brooklyn? — Ela estremeceu. — Não mesmo. Vamos de táxi.

— Mas vai custar uns 20 dólares!

— Divididos por dois, são só 10. Vamos, podemos pegar um na Cristopher.

Lace saiu andando, e fui atrás pouco depois, percebendo que meu estilo de vida começava a mudar antes mesmo de a minha hóspede botar os pés no meu apartamento. Eu havia pensado em deixar as chaves com ela e levar o PNL para análise imediata, mas a imagem de Lace zanzando sozinha na minha casa tinha acabado com a idéia — livros espalhados detalhavam os poucos segredos da Patrulha Noturna que eu ainda não havia contado. Tinha prometido lhe contar a verdade sobre a doença; não dar um curso universitário sobre o assunto.

Quando subíamos a Leroy, reparei nas áreas de carga dos grandes prédios industriais, pensando se alguma das ninhadas

155

tinha conseguido chegar às ruas. Havia dois ratos sentados numa pilha reluzente de sacos de lixo, mas eles apresentavam a aparência peluda de moradores da superfície, e não a oleosidade pálida da ninhada encontrada no subsolo de Lace.

Então notei outra forma — esguia e lisa — movendo-se nas sombras. Suas passadas indicavam um predador. Um gato.

Eu não conseguia identificar qualquer marca peculiar, além da silhueta negra e do brilho do pêlo. O gato do subsolo também era de um preto absoluto, assim como outros milhões de gatos no mundo.

De repente, o bicho parou e passou a olhar diretamente para mim. Seus olhos capturaram a luz de um poste e as células reflexivas por trás deles se acenderam. Desacelerei o passo até parar.

— O que houve? — perguntou Lace, alguns metros à frente. Ao ouvir sua voz, o gato piscou e logo desapareceu na escuridão. — Cal? Alguma coisa errada?

— Hum, acabei de lembrar de algo que não lhe contei. Outro vetor da doença.

— Era exatamente do que eu precisava. Mais uma fonte de preocupação.

— Bem, não é nada muito provável, mas você deve tomar cuidado com os gatos desta vizinhança.

— Gatos? — Ela seguiu meu olhar pela escuridão. — Eles também podem ser contaminados?

— Talvez. Ainda não tenho certeza.

— Ótimo. — Ela se encolheu dentro do casaco. — Sabe, Cal... os vizinhos de cima da Morgan contaram que ela tinha um gato. Um bem barulhento.

Senti um arrepio — mais uma lembrança daquela noite fatídica. *Havia* um gato no apartamento de Morgan, recebendo-nos quando passamos pela porta e observando enquanto me vestia para ir embora na manhã seguinte. Teria sido o mesmo do subsolo?

Ou aquele que tinha nos observado momentos antes?

— Isso me lembra de uma coisa, Lace. Você é alérgica a gatos?

— Não.

— Que bom. Vai gostar do Cornélio.

— Você tem um gato? Mesmo sabendo que eles podem espalhar *a doença*?

— Esse, não. Os ratos têm medo dele. Agora vamos embora.

Cornélio estava esperando, miando desde o momento em que eu havia enfiado a chave na fechadura, em busca de comida e atenção. Assim que a porta se abriu, ele saiu para o corredor, fez um oito entre as minhas pernas e voltou para dentro. Entramos.

— Ei, neném — disse, pegando Cornélio no colo.

Protejam-me da fera!, gritou o PNL de dentro da sacola da Barneys.

As garras do Cornélio saltaram enquanto ele subia dolorosamente pelo meu casaco e descia pelas minhas costas. Pulou no chão e começou a mexer na sacola e a miar alto.

— Ahn, Cal? — disse Lace. — Acho que estou vendo uma possível situação entre vetores aqui.

— Hein? Ah.

Peguei a sacola e levei para um armário longe de Cornélio. Depois de chutar uma pilha de roupa suja para o canto, coloquei o sistema de contenção do PNL no chão e fechei a porta.

— Isso é o suficiente? — perguntou Lace. — Um armário?

— Como já expliquei, o parasita só pode se espalhar por mordidas. Não é como a gripe. Ele não viaja pelo ar.

157

— *Miaaaaaau* — reclamou Cornélio, provocando sons de pânico dentro do armário.

— Mas vamos ter de ouvir isso a noite inteira?

— Não. Observe. — Peguei uma lata de comida de gato e revirei a gaveta atrás de um abridor de latas. — Hora da papinha.

Assim que o abridor entrou na lata, um milhão de anos de evolução predatória foram soterrados no cérebro de Cornélio pelo cheiro de Atum Crocante. Ele voltou para a cozinha e se sentou, olhando ansioso para mim.

— Viu? Cornélio tem prioridades — expliquei, botando uma colher de atum na tigela.

— Hora da papinha? — perguntou Lace.

Eu não estava muito acostumado a me controlar nas conversas com meu gato. Lace era a primeira visita a botar os pés no meu apartamento. Entre a caça a peeps e a leitura de guias de parasitologia, eu não tinha muito tempo para uma vida social. Principalmente com mulheres.

A situação me deixava nervoso, com uma sensação de invasão. Mas tentei lembrar que não perderia o controle, como quase tinha acontecido na varanda. Aquele havia sido um momento de medo e excitação num espaço *muito* apertado.

Pensava, no entanto, em botar mais um elástico no pulso.

— É só algo entre mim e Cornélio — expliquei, colocando a vasilha no chão.

Lace não respondeu. Ela estava conhecendo o apartamento — um ambiente único — da cozinha ao colchonete espremido num canto. Era de um tamanho comum, mas de repente me senti envergonhado. Tendo conseguido um apartamento num prédio chique, Lace provavelmente havia perdido o entusiasmo por barracos.

Em seguida, ela resolveu inspecionar meu porta-CDs.

— Ashlee Simpson?

— Ei, espere aí, não é nada disso. É uma obsessão de uma antiga namorada. — Na verdade, estava mais para um anátema, ultimamente. Quando encontrei Marla, a garota azarada com quem eu tinha ficado na festa de ano-novo, numa estação abandonada embaixo da rua 18, resolvi levar um som cheio de discos da Ashlee para me defender. — Kill Fee é mais meu estilo.

— Kill Fee? Eles não tocam heavy metal?

— Não, eles tocam metal *alternativo*.

Ela revirou os olhos.

— Tanto faz. Você sabe que ter uma namorada que gosta de Ashlee Simpson não é muito melhor do que gostar você mesmo, não sabe?

— *Ex*-namorada — corrigi, percorrendo o apartamento e escondendo os livros da biblioteca da Patrulha Noturna. — E ela nem foi... Foi algo bem passageiro.

— Mesmo assim, você arrumou um monte de músicas de que ela gostava? Muito sutil.

— Olha, você pode ficar aqui, mas não precisa ficar *espionando*.

Lace observou uma camiseta no chão.

— Bem, pelo menos, não trouxe meu bastão de luz ultravioleta.

— Ei, aquilo era um instrumento de trabalho. Não costumo procurar fluidos corporais. — Peguei o colchonete e o ajeitei no chão. — Por falar nisso, vou botar lençóis limpos aqui. Você pode ficar com ele.

— Escute, não quero expulsar você da sua própria cama. — Ela olhou para meu sofá acabado. — Posso ficar ali. Não vou querer dormir tão perto do chão *nunca mais*, principalmente com um rato infectado a três metros de distância.

Olhei para o armário, mas o PNL parecia não ter comentários.

— Não, eu posso ficar no sofá — insisti.

— Você é muito alto. Vai acordar todo torto. — Lace sentou-se, ainda vestindo o casaco xadrez. — Eu estou tão cansada que nem vou notar a diferença. Estou cansada demais até para me preocupar com seus ácaros de pombo. Então fique com sua cama, tudo bem?

— Hum, claro.

Pelo menos, o sofá e o colchonete ficavam a uma distância razoável. O perfume de jasmim de Lace já começava a tomar conta do apartamento, fazendo minhas mãos suarem. Ela deitou-se de casaco mesmo.

— Me acorde antes das dez.

— Você não vai escovar os dentes?

— Esqueci de trazer a escova. Tem alguma sobrando?

— Não, sinto muito.

— Cara, esqueci de quase tudo. Isso acontece quando algo me assusta.

— Sinto muito.

— A culpa não é sua.

Depois que ela fechou os olhos, fui para o banheiro, tentando manter o silêncio. Qualquer ruído que eu provocava agitava minha superaudição. Decidi esconder a escova de dente, para o caso de Lace ficar desesperada de manhã. Não é uma boa idéia compartilhar a escova de dente com um positivo, pois a gengiva sangra um pouco a cada escovada. Não se trata de um vetor muito provável, mas pode acontecer.

Quando saí do banheiro, Cornélio já tinha terminado a refeição e estava de olho no armário. Ajoelhei-me para acariciá-lo um pouco, fazendo-o ronronar. Cornélio não tinha força para abrir a porta, mas eu não queria que ele e o PNL passassem a noite toda gritando. Como sempre, guardei o pêlo que caía numa embalagem Ziploc.

Fui dormir sem trocar de roupa. Lace não havia se mexido desde que tinha fechado os olhos. Ela parecia bem cansada, encolhida no sofá. Senti culpa por ter ficado com a quase-cama e por ter destruído seu mundo.

Demorou um tempo para o silêncio chegar. No início, eu estava muito atento ao ronronar de Cornélio, aos meus pés, e às curtas exalações de pânico do apavorado PNL dentro de sua prisão metálica. Podia sentir o cheiro de comida de gato, da descamação de Cornélio e até da estranha sugestão de família que vinha do rato infectado. Também sentia o perfume do xampu de jasmim de Lace e dos óleos de seu cabelo. Pelo ritmo de sua respiração, eu sabia que ela ainda não estava dormindo.

Finalmente, ela se mexeu e tirou o casaco.

— Cal? — chamou ela, em voz baixa. — Obrigada por me deixar ficar aqui.

— Tudo bem. Sinto muito por bagunçar sua vida.

Ela fez um movimento sutil.

— Talvez você a tenha salvado. Eu sabia que aquele maldito apartamento era bom demais para ser verdade. Mas não imaginava que tentaria me matar.

— Não vai conseguir.

— Não, graças a você. — Ela suspirou. — O que estou dizendo é que sempre achei que um dia seria uma repórter corajosa. Mas e o *seu* trabalho? Ir até o subsolo sabendo o que havia lá? Procurar os tais peeps em vez de fugir? Você deve ser muito corajoso, cara. Ou muito idiota.

Aquilo me deu uma sensação de orgulho, mesmo que ela não soubesse a verdade patética. Eu não tinha escolhido meu trabalho; tinha sido infectado por ele.

— Ei, você foi atrás de mim lá embaixo — lembrei. — Foi muito corajosa.

— É, mas isso foi antes de eu saber sobre os canibais.

— Ahn.

— Enfim, acho que eu nem conseguiria dormir esta noite, se estivesse sozinha. Obrigada.

Ficamos em silêncio. O calor das palavras de Lace permaneceu dentro de mim por um longo tempo. Seu perfume era intenso, espalhado por toda parte, e eu parecia me expandir ao inspirá-lo. Queria me levantar e dar um beijo de boa-noite nela. E não era um desejo do parasita. Não inteiramente.

De alguma forma, aquilo tornava mais fácil ficar deitado ali, sem me mexer.

Depois de um tempo, a respiração de Lace tornou-se mais lenta. Meus ouvidos acostumaram-se aos ruídos de gato e rato. O barulho do aquecedor e do trânsito lá embaixo foi diminuindo gradualmente. No fim, tudo o que restava era o som pouco familiar de alguém respirando perto de mim. Era algo que eu não ouvia desde a noite em que a Patrulha Noturna tinha me informado que qualquer pessoa que se relacionasse comigo no futuro acabaria louca.

Não saía da minha cabeça a idéia de que Lace confiava em mim — um cara que ela havia conhecido um dia antes. Talvez fosse algo *além* de confiança. Antes do parasita, eu costumava imaginar a toda hora se uma garota ou outra gostava de mim; porém, há longos seis meses eu não pensava naquilo seriamente. O fato de que a resposta era irrelevante não impedia que meu cérebro remoesse aquilo incessantemente. Não passava de tortura, mas, curiosamente, aquilo era melhor do que nada. Melhor do que estar sozinho.

Fiquei escutando por horas enquanto Lace mergulhava num sono mais profundo, depois retornava lentamente, quase alcançando a consciência para pronunciar algumas palavras saídas de um diálogo imaginado, e em seguida voltava ao vazio absoluto.

Todos os sons sumiram quando entrei num estado de semiconsciência, preso na minha mente em meio ao barulho da besta, o zumbido da guerra sem-fim que se desenrolava dentro de mim, o lamento da virulência ideal... até que algo estranho e maravilhoso aconteceu.

Caí no sono.

12. O mestre dos parasitas

Conheça a Wolbachia, a bactéria que deseja dominar o mundo.

A Wolbachia é minúscula, menor do que uma célula, mas seus poderes são enormes. Ela é capaz de modificar geneticamente seus hospedeiros, mexer com seus descendentes que nem sequer nasceram e criar espécies completamente novas de portadores... tudo que for preciso para encher o mundo de Wolbachias.

Ninguém sabe quantas criaturas estão infectadas no mundo. Ao menos 20 mil espécies de inseto, bem como inúmeros vermes e piolhos, carregam a Wolbachia. São *trilhões* de portadores, pelo que sabemos. E, cada vez que os cientistas analisam um novo ambiente, encontram mais.

Então você deve ficar preocupado com a Wolbachia? Voltaremos ao assunto mais tarde.

Eis o aspecto mais estranho da Wolbachia: nenhuma criatura viva foi propriamente infectada. Isso mesmo. Você não *pega* Wolbachia; você *nasce* com ela.

Ahn?

A Wolbachia é como um daqueles supervilões esqueléticos com uma cabeça gigante. Ela é fraca: nunca pode deixar o

165

corpo do hospedeiro, nem mesmo numa gota de sangue. Em algum ponto de sua história evolucionária, a Wolbachia desistiu do negócio de pular de uma criatura a outra e adotou uma estratégia para se manter em território seguro. Por isso, passa a vida inteira dentro de um único hospedeiro.

Mas como ela se espalha? Muito astuciosamente. Em vez de se arriscar no mundo exterior, a Wolbachia infecta novos portadores *antes de seu nascimento*. Isso mesmo: cada criatura infectada adquire a doença da própria mãe.

E o que acontece quando a Wolbachia nasce num hospedeiro macho? Os machos não podem ter filhos, portanto são um beco sem saída para a infecção, certo?

Essa é a parte perversamente genial.

Em várias espécies de inseto, a Wolbachia embaralha os genes do hospedeiro macho com um código secreto. Apenas outra Wolbachia (vivendo no interior de uma fêmea) sabe como decodificar os genes e fazê-los voltar a funcionar corretamente. Assim, quando um inseto infectado tenta se acasalar com um saudável, os filhotes nascem com mutações terríveis e todos morrem.

Reproduzindo-se somente entre si ao longo de centenas de gerações, os insetos infectados lentamente evoluem para formar uma nova espécie. E essa espécie é completamente infectada pela Wolbachia e depende do parasita para procriar. (Risada maquiavélica.)

E esse não é o único truque de mutação de espécie da Wolbachia.

Em alguns tipos de vespa, a Wolbachia usa uma solução ainda mais sacana para resolver o problema do macho: simplesmente transforma todos os filhotes não-nascidos em fêmeas. Nenhum macho nasce. Depois, a Wolbachia dá um poder especial a essas fêmeas: a capacidade de procriar sem acasalar. E, obviamente, toda *essa* prole também nasce do sexo feminino. Em outras palavras, os machos tornam-se totalmente irrelevantes. Por obra da Wolbachia, algumas espécies de vespa são inteiramente de fêmeas. Todos os machos estão mortos.

Na verdade, cientistas acreditam que os truques da Wolbachia podem ser responsáveis pela criação de grande parte das espécies de insetos e vermes no nosso planeta. Algumas dessas espécies, como as vespas parasíticas, acabam infectando *outras* criaturas. (Isso mesmo, até *parasitas* têm parasitas. A natureza não é linda?) Dessa forma, a Wolbachia vai lentamente recriando o mundo à sua imagem, sem deixar a segurança de casa.

E quanto a você? Não sendo um inseto ou verme, por que se preocupar com a Wolbachia?

Conheça a filária, um parasita que infecta moscas que picam. É uma das grandes histórias de sucesso da Wolbachia. *Todos* esses vermes são infectados. Quando uma filária é "curada" com antibióticos, nunca mais procria. Ela é dependente dos seus parasitas — uma das muitas espécies geneticamente modificadas para funcionar como portadoras de Wolbachias.

E o que acontece quando uma mosca infectada com filária pica você? Os vermes entram na sua pele e depositam ovos nela. Os ovos eclodem, os filhotes nadam pela corrente sangüínea, e alguns deles acabam em seus globos oculares. Felizmente, os bebês de vermes não fazem mal aos olhos. Infelizmente, a Wolbachia que eles carregam emite um alerta vermelho ao seu sistema imunológico. Seu sistema de defesa ataca seus próprios olhos, e você fica cego.

Por que a Wolbachia faz isso? Por que sua estratégia evolucionária provoca cegueira em seres humanos?

Ninguém sabe a resposta. Mas uma coisa é certa:

A Wolbachia quer dominar o mundo.

13. Monstros promissores

— Cara, acorda.

Meu cérebro despertou lentamente, assustado com a interrupção de seu primeiro sono verdadeiro em muito tempo. Então senti o cheiro de jasmim do cabelo de Lace, ouvi as garras de Cornélio arranhando a porta do armário, percebi a contaminação do rato no ar... e todas as memórias do dia anterior apareceram de uma vez.

Existia um reservatório mortal aproximando-se da superfície perto do rio Hudson. O parasita tinha passado a um novo tipo de vetor. Eu havia traído a Patrulha Noturna e posto em risco toda a civilização como eu a conhecia. E a coisa mais importante: pela primeira vez em seis meses, tinha passado a noite com uma garota, ainda que num sentido estritamente técnico.

De repente, eu estava acordado e me sentindo muito bem.

— Vamos lá, cara — disse Lace, batendo com a ponta do sapato no meu ombro. — Tenho que ir para a aula. Mas antes quero mostrar uma coisa a você.

— Tudo bem.

169

Levantei da cama, com os olhos sujos e as roupas grudadas no corpo. Lace já tinha tomado banho e se arrumado. Um cheiro maravilhoso, ainda mais maravilhoso que o dela, tomava conta do apartamento.

— Isso é café? — perguntei.

Com um sorriso, ela me entregou uma xícara.

— Isso mesmo, Sherlock. Cara, você parece um cachorro dormindo.

— Ahn, acho que eu estava precisando. — Dei um gole no café, forte e revigorante, e fui até a geladeira pegar um pacote emergencial de salsichas. Depois de perder os habituais lanches noturnos, meu parasita gritava por carne. Rasguei o plástico e enfiei o cilindro de carne fria na boca.

— Nossa — exclamou Lace. — Café-da-manhã dos viciados.

— É a fome — expliquei, com um bolo de carne na boca.

— Desde que você acorde...

Lace sentou-se à pequena mesa que separava a cozinha da sala e apontou para uma folha de papel.

Cornélio miava por comida, circundando meus pés. Pela força do hábito, abri uma lata.

— Tirei isso aqui do bolso do seu casaco — disse Lace. — E percebi algo muito estranho.

— Espere aí. Você fez o quê? — Olhei por cima do ombro de Lace. As plantas que Chip havia imprimido para mim estavam abertas sobre a mesa. — Você mexeu nos meus bolsos?

— Cara, havia um pedaço aparecendo. Além disso, não existem mais segredos entre mim e você. — Ela fez uma careta. — *Com exceção* da comida. Feche a boca enquanto mastiga.

Segui as ordens e engoli a maçaroca de carne.

— Esse é o subsolo do meu prédio, não é? Não, não precisa abrir a boca. Eu sei que é. — Então ela apontou para um dos cantos da impressão. — E essa é a piscina de ratos embaixo da academia de ginástica. Você conseguiu essas plantas nos registros da Prefeitura?

— Aham.

— Muito interessante. Porque isso aqui não corresponde à realidade. Não há nenhuma piscina aqui.

— Você entende de plantas?

— Sei pesquisar e sei ler. — Seus dedos passaram por cima de uma seqüência de pequenos quadrados que tomavam um dos cantos da página. Bem ao lado, havia as palavras *Unidades de Armazenamento* escritas. — Está vendo? Nada de piscina.

Analisei os mapas em silêncio por um instante, lembrando do que Chip havia dito no dia anterior. A piscina tinha poucos metros de profundidade, apenas o suficiente para alcançar o Submundo. O acréscimo da piscina havia causado a infecção de Morgan. E depois a minha, a de Sarah e a de Marla...

— Uma pequena e simples mudança — eu disse em voz baixa. — Que irônico.

— Cara, que se ferre a ironia. Eu só queria mostrar como nós estudantes de jornalismo somos inteligentes.

— Você quer dizer como são enxeridos.

Lace deu um risinho e depois ficou olhando para minhas roupas amassadas e meu cabelo arrepiado.

— Cara, você está todo acamotado.

— Eu estou o quê?

— Acamotado. Sabe, todo desarrumado depois de passar um tempo na cama.

As engrenagens do meu cérebro moviam-se lentamente.

— Hum, não seria amarrotado?

— Sim, claro, mas minha versão faz mais sentido. — Lace conferiu as horas no celular. — De qualquer maneira, preciso ir. — Ela pegou a bolsa na mesa e foi em direção à porta. Depois de abri-la, virou-se para mim. — Ah, eu não tenho a chave daqui.

— Talvez eu chegue meio tarde hoje. Já estou com tarefas atrasadas. — Apontei para uma prateleira perto da porta. — Há uma chave extra dentro da lata de café.

Lace enfiou os dedos na lata, revirando as moedinhas guardadas lá dentro, e conseguiu encontrar o molho de chaves.

— Certo. Obrigada. Hum, acho que nos vemos à noite, então.

— Até a noite — respondi, sorrindo.

Ela ficou parada por um instante, antes de comentar:

— Caramba, todo o constrangimento de uma noite casual, sem a parte do sexo. Até mais, cara.

A porta bateu, enquanto eu permanecia de pé, pensando no que exatamente significava aquilo. Que ela não se sentia à vontade comigo? Que ela odiava estar ali?

Que ela *queria* ter feito sexo na noite anterior?

Então me dei conta de outro detalhe: eu havia contado o maior segredo do mundo àquela mulher e nem sabia seu sobrenome.

— Existe mesmo um *formulário* para isso?

— Bem, não especificamente para gatos. — A Dra. Rato apertou algumas teclas. — Sim, aqui está. ZTM-47/74: Transmissão Zootrópica para Nova Espécie.

Ela apertou outra tecla, e a impressora começou a funcionar. Eu não conseguia acreditar. Havia imaginado um alerta da Patrulha para a cidade inteira, a formação de uma equipe de extermínio para se dirigir ao West Side, talvez até uma reunião com o Prefeito da Noite. Tudo menos um formulário de uma página.

172

— É só isso? — perguntei.

— Olhe aqui no alto: está escrito "Processe imediatamente". Isso quer dizer algo.

— Mas...

— Por que está tão preocupado, Garoto? Você isolou o lugar, não isolou?

— Ahn, claro. Mas isso acontece sempre? Uma nova *espécie* inteira sendo infectada?

— Você não lembra das aulas de Pragas e Pestilências? — perguntou a Dra. Rato, demonstrando desapontamento. — A semana inteira que dedicamos ao século XIV?

— Lembro. Mas não acho que uma vez nos últimos setecentos anos possa ser considerada *sempre*.

— Não se esqueça dos lobisomens e daqueles morcegos no México, no século passado — mencionou ela, recostando-se na cadeira e admirando os mistérios escondidos numa fileira de gaiolas de ratos.

A toca da Dra. Rato me deixa meio assustado, com todas aquelas gaiolas barulhentas e os apetrechos brilhantes arrumados num dos lados da mesa de dissecação. (Há sempre algo nas mesas de dissecação.)

— Sabe — prosseguiu a Dra. Rato —, talvez até haja registros de linhagens afeitas a gatos. A Inquisição Espanhola achava que os gatos eram parentes do diabo e jogou vários deles na fogueira. A tese era de que os gatos roubavam sua respiração à noite.

— Entendo por que eles achavam isso — observei, lembrando das vezes que eu havia acordado com os sete quilos de Cornélio sobre meu peito.

— Mas é paranóia se concentrar num punhado de casos de transmissão, Cal — disse a Dra. Rato. — Você deve manter o foco no cenário principal. A evolução sempre produz mutações, e os parasitas estão constantemente experimentando novos hospedeiros. Algum tipo de verme morde seu intestino quase sempre que você come um bife malpassado.

— Ah, que legal. Obrigado por me passar essa imagem.

— A questão é que a maioria fracassa, Garoto. A evolução, em sua maior parte, envolve mutações que *não* funcionam. É parecida com o mercado fonográfico. — Ela apontou para o aparelho de som, que tocava Deathmatch naquele exato momento. — Para cada Deathmatch ou Kill Fee, existem centenas de bandas inúteis de que você nunca ouviu falar e que nunca darão certo. O mesmo acontece com o exuberante desfile da vida. Foi por isso que Darwin chamou as mutações de "monstros promissores". Funciona como um jogo de dados: a maioria não passa da primeira geração.

— Os Monstros Promissores. Belo nome para uma banda.

A Dra. Rato pensou naquilo por um instante.

— Muito metido a besta.

— Tanto faz. Acontece que aquele gato peep pareceu muito bem-sucedido para mim. Tinha uma ninhada enorme e andava capturando pássaros para alimentá-la. Isso não soa como uma adaptação para disseminar o parasita?

— Não é novidade. — A Dra. Rato jogou um lápis para o alto e o pegou. — Os gatos levam pequenos presentes para seus donos a toda hora. É assim que alimentam seus filhotes. Às vezes, eles ficam confusos.

— Bem, aquele gato peep parecia saudável. Não tinha jeito de fracasso evolucionário.

A Dra. Rato assentiu e começou a bater com os dedos na gaiola do PNL. Ela já havia coletado o sangue do rato e colocado o tubo de ensaio numa centrífuga no canto da sala. A máquina girou até transformar o tubo num borrão, fazendo um barulho intenso.

— Nada mau, se considerarmos quantas mutações de parasitas acabam matando os hospedeiros em poucos dias. Mas a evolução não quer saber da sua vitalidade ou saúde, se você não for capaz de *reproduzir*.

— Claro... mas a ninhada era muito grande. Milhares de ratos.

— Pode ser. A pergunta é: como essa nova linhagem vai chegar a *outro gato*?

— Está perguntando para mim? Você é que é a especialista.

— Eu também não sei, Garoto. E esse é o ponto-chave. Se a nova linhagem não tiver como entrar em outro hospedeiro final felino, a adaptação não passa de um beco sem saída. Como o toxoplasma nos seres humanos, ela não vai a lugar algum.

Tentei concentrar meu cérebro naquilo. Se a nova linhagem não achasse uma maneira de infectar mais gatos, morreria quando o gato peep morresse. Fim de papo. Olhei com esperança para a Dra. Rato.

— Então pode ser que não estejamos diante de uma ameaça de fim da civilização?

— Admito que os gatos seriam excelentes vetores para que o parasita passasse dos ratos para os seres humanos. Muito mais pessoas são mordidas por gatos anualmente do que por ratos. Porém, é provável que essa seja apenas uma mutação anormal isolada. Na verdade, é ainda *mais* provável que você tenha simplesmente se assustado e perdido a noção do que estava vendo.

Pensei no subsolo tremendo e no cheiro terrível. Talvez essas coisas tivessem sido alucinação, mas o gato peep eu realmente havia visto.

— Bem, obrigado pelas palavras de incentivo — disse, ficando de pé. — Espero que esteja certa.

— Eu também — disse a Dra. Rato, olhando para o PNL.

Peguei o ZTM-47/74 na impressora. Haveria muitos outros formulários a serem preenchidos naquele dia: minha mão doía só de pensar.

Parei na porta.

— De qualquer maneira, depois me conte o que achou do vídeo. *Parecia* que o gato peep estava sendo adorado pela ninhada de ratos. Acho que essa dinâmica levaria algumas gerações para se aperfeiçoar.

— Vou assistir a isso agora mesmo — disse a Dra. Rato, segurando a fita que eu tinha lhe entregado. Ela apontou para a centrífuga. — E também avisarei se o Possível Nova Linhagem é seu parente. Aliás, tenho uma pergunta.

— Qual?

— Ele parece, pelo cheiro?

Parei para sentir o cheiro do PNL mais uma vez, aspirando os sopros de satisfação liberados enquanto o rato comia a folha de alface dada pela doutora. Ela entendia muito de odores — as substâncias químicas que dão o aroma distintivo a cada fruta ou flor —, mas nunca teria o olfato de um predador. Seu nariz era obrigado a funcionar indiretamente por meio de nós portadores.

— Sim. Ele tem cheiro de família.

— Bem, acho que seu nariz sabe o que sente. Mas ligarei quando obtiver resultados concretos. Enquanto isso, tenho algo que pode ser útil. — Ela me jogou um frasco com um líquido amarelo. — É a Essência de Cal Thompson. Seu cheiro. Pode ser útil se a ninhada tiver parentesco com você. Mas use com cuidado. Você não vai querer provocar um tumulto de ratos.

O líquido parecia urina num vidro de perfume, e segurá-lo me dava uma sensação igualmente incômoda.

— Nossa, obrigado.

— E mais uma coisa, Garoto.

Metade do meu corpo já estava fora do escritório.

— O quê?

— Por que usou um escorredor de macarrão? Eles não fornecem mais gaiolas a vocês?

— É uma história muito longa. Até mais.

Caminhando pelos corredores da Patrulha Noturna, comecei a sentir culpa.

Enquanto conversava com a Dra. Rato, não tinha me sentido tão mal em relação às indiscrições da noite anterior. Éramos amigos, e quase cheguei a acreditar que ela entenderia minha decisão de abrir o jogo com Lace. Porém, à medida que os implacáveis arquivos apareciam dos meus dois lados, no caminho até o Registro, crescia o peso do Incidente Grave de Revelação nas minhas costas. Na noite anterior, tudo havia parecido racional, com Lace ameaçando procurar os jornais, mas, naquela manhã, só restava a sensação de ser um traidor.

Por outro lado, eu não tinha mudado de idéia. Ainda não queria que Lace desaparecesse.

Quando botei os pés no escritório de Chip, ele me olhou de uma forma que sugeria reprovação.

— Bom dia, Garoto.

— E aí, Chip. — Tentei apagar os pensamentos de culpa. — Descobri o que aconteceu. Eles acrescentaram uma piscina.

— Quem acrescentou o quê?

Apontei para as plantas do prédio de Lace, que continuavam abertas sobre a mesa, meio encobertas por folhas de papel e livros.

— Uma piscina de alguns metros de profundidade, bem no piso mais baixo. Foi assim que o reservatório de ratos subiu.

Chip observou as plantas e, em seguida, os projetos amarelados do túnel da PATH. Seus dedos encontraram o ponto em que os dois se cruzavam.

— Sim, com um sistema de escoamento, seria possível — disse ele, olhando para mim.

— Havia um buraco grande no lado mais fundo — contei. — E senti algo bem fedorento saindo lá de dentro. Também senti um tipo de... tremor. Como se algo grande estivesse passando debaixo de mim.

— Como uma composição de metrô?

Franzi a testa. Aquela explicação não havia me ocorrido.

— Talvez. De qualquer maneira, foi pelo buraco que os ratos sumiram, quando botei a lanterna na potência máxima.

— A lanterna que você quebrou.

— É, a lanterna que eu quebrei. Quem lhe contou isso?

— Eu fico sabendo das coisas. Você já...?

— Sim, vou entregar um DE-37.

Mostrei a pilha crescente de formulários que eu levava na mão, e ele riu, balançando a cabeça.

— Não agüento vocês caçadores. Se eu quebrar um lápis, querem arrancar minha cabeça.

— Entendo que isso seja muito injusto, Chip. Principalmente quando esse lápis tenta matá-lo com dentes e garras, ou soltar sua ninhada de milhares de clipes de papel em cima de você.

Chip voltou a rir, mas, desta vez, ergueu os braços em rendição.

— Certo, certo. Não vou mais falar mal dos caçadores. Só não diga que o Registro nunca o ajudou. Conseguimos dados interessantes sobre os moradores do sétimo andar hoje de manhã. Tenho a impressão de que você os achará úteis.

— Sabe onde eles estão?

— Temo que não. Eles desapareceram completamente. — Chip pegou um envelope e tirou cinco fotografias de dentro. — Mas a aparência deles é essa. Ou era no ano passado. Aqueles que continuam vivos devem estar mais magros.

Reconheci Morgan, com seu cabelo preto, pele clara e sobrancelhas perfeitamente arqueadas.

— Obrigado — disse, pegando as fotos de sua mão e guardando-as no bolso da jaqueta.

— E mais uma coisa — lembrou Chip, desdobrando uma camiseta sobre o peito. — Isso aqui é para você.

Observei o rosto sorridente, a guitarra coberta de lantejoulas, a barriga simpática caindo por cima do cinto: era Garth Brooks.

— Ahn, Chip, será que perdi alguma coisa?

— É um anátema, Garoto! — Ele riu. — Encontramos algumas mensagens de dois dos seus desaparecidos. Patricia e Joseph Moore. Ambos são grandes fãs de Garth Brooks.

— Aí você saiu e *comprou* esse negócio?

— Não. Acredite se quiser: a Equipamentos Hunt tinha no almoxarifado.

— Nós tínhamos uma camiseta do Garth Brooks no almoxarifado?

— Sim. Lembra-se daquele grande surto no Upper West Side, oito anos atrás? Alguns daqueles caras gostavam muito de música *country*. — Ele jogou a camisa para mim. — Use-a na próxima vez que tiver de descer. Para o caso de nossos desaparecidos terem se tornado subterrâneos.

— Ótimo. — Enfiei a camiseta na mochila. — Mais alguma coisa?

— Não. Mas não se preocupe. Continuaremos investigando.

— Façam isso. E se descobrirem que Morgan gostava de Ashlee Simpson, não se preocupem. Já cuidei disso.

A Dra. Rato estava certa sobre o ZTM-47/74: era um formulário que fazia as coisas acontecerem. Infelizmente, não eram as coisas que eu *queria* que acontecessem. Em vez de uma equipe de extermínio bem armada rumando ao prédio de Lace naquela tarde, havia apenas eu.

Mas eu não estava de mãos vazias. Tinha um frasco da *Eau de Cal* produzida pela Dra. Rato, um Ziploc cheio de descamação de Cornélio, a camiseta do Garth Brooks vestida debaixo do uniforme, uma nova lanterna e outros equipamentos na mochila. E uma ordem de serviço assinada pelo próprio Prefeito da Noite, instruindo-me a capturar o suposto gato peep. Ele era a razão de eu estar agindo sozinho. Aparentemente, um grande grupo de inimigos carregando veneno poderia assustar o bichano, e o bichano era necessário para a realização de testes.

Aquilo significava que eu estava sozinho.

No caminho, atravessando a cidade, parei numa loja e comprei duas latas de Atum Crocante e um abridor. Talvez o extrato experimental de Cal produzido pela Dra. Rato atraísse o gato peep, mas eu preferia as estratégias tradicionais.

Manny, que estava na porta de serviço, deu uma piscada cúmplice para mim.

— Está subindo ou descendo, meu amigo?

— Descendo, infelizmente.

Joguei um documento falso do Saneamento Público sobre a mesa. Os olhos de Manny se arregalaram enquanto ele examinava o papel.

— Ei, cara. Está me dizendo que vamos ser isolados?

— Só a academia de ginástica. Encontramos ratos. Um monte deles.

— Ah, isso não é nada bom — disse ele, balançando a cabeça.

— Não há razão para preocupação. Você pode dar a explicação que quiser para o isolamento. Diga aos moradores que houve um vazamento de gás ou algo parecido.

— Pode deixar. — Ele soltou o ar por entre os dentes. — Mas os proprietários não vão gostar disso.

— Diga que o serviço de extermínio não custará nada. A cidade arcará com as despesas.

— Sério?

— Sim, cuidei de tudo pessoalmente. Só que há mais uma coisa.

Ele tirou os olhos do documento.

— Vou precisar das chaves do elevador. De *todas* as cópias. Não queremos ninguém perambulando pelo subsolo. Nem funcionários do prédio.

— Sério?

Cheguei mais perto dele.

— Esses ratos... são *muito* perigosos.

Manny hesitou em entregar as chaves. Contudo, depois de ligar para o número falso que constava do documento falso do Saneamento, ele recebeu a confirmação de um falso funcionário municipal de que tudo ficaria bem, desde que houvesse cooperação. Em pouco tempo, eu estava novamente a caminho da escuridão.

Primeiro, cuidei das câmeras de segurança, colando um pedaço de fita isolante em cada lente. Muito fácil. E, talvez, eu ainda conseguisse informações com aquilo. Se alguém se desse ao trabalho de "consertar" os equipamentos, eu saberia que havia pessoas prestando atenção.

Abri a porta do armário, mergulhei na escuridão completa, liguei minha nova lanterna e comecei a percorrer o corredor escondido. As pegadas deixadas por mim e por Lace permaneciam lá, marcadas na manteiga de amendoim. Não havia nenhuma nova.

Arrebentei a corrente da porta de novo. Depois de fechá-la, lembrei de voltar a tapar a fresta com a palha de aço.

Com o lugar isolado, desci as escadas, segurando a lanterna.

A piscina estava quase em completo silêncio.

Sob a luz vermelha, vi poucas dezenas de ratos e esqueletos limpos de pombos, imperturbáveis. Aparentemente, não era hora da comida. O gato peep não estava à vista.

Encontrei a mochila que havia deixado para trás e transferi todos os itens necessários para a nova. Em seguida, entrei na piscina vazia. Minhas botas pisaram suavemente nas penas de pombo. Com interesse superficial, os poucos ratos nas beiradas da piscina me observavam descer até o lado mais fundo. Um mais gordo esticou a cabeça na plataforma, para me ver lá de cima.

Sem milhares de roedores em pânico no caminho, eu podia ver o ralo muito melhor. O concreto ao seu redor havia desmoronado. Do buraco aberto, a escuridão exalava um odor de terra úmida. Não havia cheiro de morte.

O buraco era grande o bastante para uma pessoa magra passar. Agachado na beirada, abri uma lata de comida de gato. O cheiro de Atum Crocante espalhou-se pelo ar, e pude ouvir os narizes minúsculos farejando em torno de mim. Mas nada se aproximou para investigar.

A Dra. Rato tem uma palavra para definir os ratos: *neofóbicos*. Eles não gostam de coisas novas. Aparentado ou não, eu era algo novo naquele ambiente, assim como o Atum Crocante.

Empurrei um pedaço de Atum Crocante pelo buraco. Ouvi o barulho do impacto lá embaixo. A altura era grande; dava para perceber pelo eco.

Depois de alguns minutos de espera, desliguei a lanterna. Cego no escuro, eu esperava que meus ouvidos começassem a escutar melhor. Os poucos ratos ao meu redor continuavam cuidando de suas vidas, limpando-se ou metidos em disputas. Poucos tiveram a coragem de passar correndo por mim e se enfiar no buraco. Cheiraram o bocado de comida de gato lá embaixo, mas não ouvi nenhum dente corajoso mordendo. Aquele era um bando cuidadoso.

Os ratos trocam sinais químicos entre si — emoções transmitidas por odores. Um indivíduo nervoso pode causar ansiedade num grupo inteiro de ratos. O medo espalha-se pela população como um boato maldoso. Às vezes, um bando deserta um lugar de uma vez, depois de decidir que as vibrações são negativas.

Fiquei pensando se a ninhada do gato ainda estava agitada por causa da luz da minha lanterna na noite anterior. Talvez tivessem abandonado o subsolo para sempre, fugindo para as profundezas do Submundo.

Então ouvi um miado.

Veio de uma grande distância, soando sonolento e incomodado, através de um prisma de ecos. O gato permanecia ali embaixo.

Mas ele não viria até mim; eu teria de ir até ele.

O concreto era frágil; bastaram alguns bons chutes para que o buraco permitisse minha passagem. Baixei a mochila o máximo que pude e a larguei. O barulho do metal indicou que o chão estava a cerca de três metros.

Segurando a lanterna com cuidado, deixei meu corpo cair. Minhas botas bateram no chão firme com um estrondo que lembrou um tiro.

Liguei a lanterna no modo mais fraco.

Havia um túnel que se estendia para ambos os lados e se perdia na distância. A poeira tinha se acumulado por décadas no chão. O lugar era revestido de pedras irregulares, presas precariamente com uma argamassa colocada um século antes. Eram frias e úmidas ao toque — as toneladas de terra em cima de mim pressionavam o lençol freático como uma mão fechada em torno de um pano molhado.

Uma leve brisa passou transportando cheiro de ratos, terra e fungos. Porém, nada tão vicioso e terrível quanto o que eu tinha sentido no dia anterior.

O ar parecia fresco; só podia vir de algum tipo de abertura na superfície. Decidi ir contra o vento. Assim eu poderia sentir o cheiro do que estivesse à minha frente sem que ninguém pudesse me farejar.

Eu já havia estado em muitos pontos dos subterrâneos de Nova York — túneis de metrô, esgotos, tubulações de vapor —, mas aquele lugar era diferente. Não havia papéis, lixo ou cheiro de mijo. Talvez tivesse ficado livre de perturbação humana desde sua construção, servindo de passagem apenas para o ar, os ratos e um ocasional gato peep, sob as ruas da cidade. O túnel inclinava-se levemente à medida que eu avançava. Um rastro no chão mostrava onde a chuva tinha caído naqueles cem anos.

Então senti o cheiro de algo humano no ar. Bem... algo parcialmente humano.

Peeps têm um odor suave. Seus corpos calorosos consomem quase tudo que ingerem, deixando poucos cheiros para serem exalados. Sua pele seca não libera o suor salgado de uma pessoa normal. Mas nenhum metabolismo é perfeito: meu nariz de predador era capaz de detectar um traço de carne podre e um sopro de células epiteliais mortas, como se fosse couro fresco pendurado numa fábrica de sapatos.

A brisa passou. Fiquei esperando que voltasse. Não queria que meu cheiro vagasse à minha frente. Um instante depois, o ar começou a se mover novamente, e o odor íntimo de alguém da família me envolveu.

Aquele peep era um parente.

Com o máximo de cuidado, botei a mochila no chão e tirei um injetor do bolso do meu uniforme.

Desliguei a lanterna e passei a rastejar. Meus nervos estavam à flor da pele. Aquele era o primeiro peep completamente desconhecido que eu caçava. O único anátema de que dispunha era a camiseta do Garth Brooks, que eu, por alguma razão, não achava adequada à tarefa. A escuridão parecia se estender indefinidamente diante de mim. Mas, de repente, uma leve luminosidade surgiu na minha frente. Gradualmente, consegui enxergar as pedras nas paredes, minhas mãos diante do meu rosto... e mais alguma coisa.

Algo que se parecia com pequenas nuvens movia-se junto ao chão, ao sabor da brisa. Elas flutuavam na minha direção, silenciosas e delicadas, e, quando aproximei a mão, se agitaram.

Penas.

Peguei uma delas e a segurei diante dos olhos. Era branca e macia — saída do peito de um pombo. À medida que a luz ficou mais forte, notei que o túnel inteiro estava coberto de penas caídas. Elas passavam pelas pedras do teto e pela minha roupa, rolando como uma onda lenta e fantasmagórica.

Em algum ponto à frente, havia um monte de pássaros mortos.

Começaram a aparecer penas maiores: tons cinzas e azulados de asas de pombos e gaivotas levados pela brisa. Segui rastejando em silêncio pelo chão coberto, sentindo a maciez sob as palmas da mão e tentando não pensar em ácaros.

Eu podia ouvir uma respiração adiante, lenta e relaxada demais para pertencer a um peep.

O túnel acabava num poço que subia até a superfície. A luz que vinha de cima iluminava a escada de ferro encravada na parede de rocha. Havia um monte de penas embaixo. Alguns pássaros inteiros jaziam sobre ele com os pescoços quebrados.

Permaneci parado, observando o vento remexer as penas, até que pude ver a projeção de uma sombra se movendo. O peep estava no alto da escada.

Com o ar frio de outono descendo pelo poço, ele ainda não podia sentir meu cheiro. Tentei entender por que ele estava aninhado lá em cima, em vez de se esconder nas sombras. Deixei a lanterna no chão para liberar as mãos e rastejei até o fim do túnel. Olhei para cima, ofuscado pela luz do sol.

Ele estava agarrado à escada, quatro metros acima de mim, observando o mundo como um prisioneiro na janela de uma cela. A luz avermelhada do fim da tarde suavizava seu rosto chupado.

Agachei-me, segurei o injetor e pulei o mais alto que pude.

No último segundo, ele me ouviu, olhando para baixo bem no momento em que eu pulava para enfiar a agulha em sua perna. Bastou um desvio providencial, e o golpe passou longe. Consegui agarrar a escada, mas o peep gritou e jogou o pé contra mim, acertando um chute na minha boca. Minha mão se soltou e... caí.

Alcancei um degrau com a mão e me projetei para a frente, batendo na parede de pedra. Agüentei por alguns segun-

186

dos, sem fôlego. Então vi o peep caindo sobre mim, sibilando, com os dentes arreganhados. Seu corpo me acertou em cheio e fez meus dedos soltarem o degrau. Caímos juntos sobre o monte de penas de pombo; podia sentir seus músculos me pressionando.

Depois que unhas negras passaram perto do meu rosto, consegui me soltar e corri para o túnel, batendo com a cabeça no teto baixo. Desorientado pelo impacto, virei-me para encará-lo, com as mãos erguidas.

O peep pulou espalhando penas e cortando o ar com suas garras. Segurei o injetor para repeli-lo e senti o impacto de sua mão no apetrecho. Ouvi um grito curto antes que o injetor saísse voando na escuridão. O golpe seguinte do peep acertou minha cabeça e me jogou no chão.

Ele ficou de pé, delineado pela luz do sol, balançando como se estivesse bêbado. Tentei me afastar, andando de caranguejo. O peep soltou outro grito...

E aí desmoronou no chão. A injeção o havia derrubado.

O velho metabolismo de peep: rápido como um raio.

Pisquei algumas vezes, sacudindo a cabeça para tentar afastar a dor.

— Ai, ai, ai! — Senti um galo crescendo na minha testa. — Maldito túnel!

Depois que a dor diminuiu um pouco, verifiquei seu pulso. Lento e irregular, mas ele estava vivo. Ao menos, dentro dos parâmetros dos peeps. A injeção o manteria fora de si por horas, mas, por via das dúvidas, algemei-o ao primeiro degrau da escada e botei um bracelete eletrônico em seu tornozelo. O esquadrão de transporte poderia rastrear o sinal até ali.

Finalmente, pude me sentar e sorrir, deixando a sensação de orgulho sobrepujar a dor. Mesmo que ele fosse um parente, era minha primeira captura fora do meu círculo de ex-namoradas. Virei o corpo para ver seu rosto. Mais magro que na fotografia, com o malar muito alto e os cabelos desgrenhados, aquela era uma versão quase irreconhecível de Joseph Moore. Ele parecia muito esguio para um peep de sete meses, levando-se em consideração a pilha de penas que havia acumulado.

O que ele estaria fazendo no alto da escada, sob a luz do sol?

Subi a escada e reparei que as paredes do poço eram muito lisas para um gato, ou mesmo um rato, subir. Só um ser humano poderia usar aquele caminho.

Lá em cima, a luz do fim de tarde passava pela grade de aço. A vista dava para o rio Hudson, poucos centímetros acima do nível da água. Ouvi sons de risadas e de patins *in-line*.

Percebi que eu estava *dentro* da amurada na extremidade da ilha, bem embaixo da pista em que as pessoas corriam e patinavam todos os dias, a poucos metros da vida normal à luz do sol.

Em seguida, vi uma coluna escura quebrada, uma viga de um antigo píer, um pedaço de madeira apodrecida grande o bastante para que um pombo ou uma gaivota pudesse se empoleirar. Havia cocô de pássaro por toda parte. E dava para alcançar com o braço.

Joseph Moore andava caçando.

Então me dei conta de algo. Segurei firme nos degraus e me lembrei dos ossos de pombo e penas na piscina. Joseph Moore estava magro demais para ter comido todos aqueles pássaros no fundo do poço; a maioria havia sido levada dali. Ele andava caçando para a ninhada. Com seus braços longos, havia trazido alimento que eles não conseguiam alcançar.

No entanto, diferentemente da maioria dos peeps humanos, Joseph Moore não estava no centro da ninhada. Ele ha-

188

via se isolado na periferia solitária, enfrentando a luz do sol que o cegava, forçado a abrir mão de suas caças para alimentar o bando.

Não passava de um servo do verdadeiro mestre da ninhada.

— O gato tem pessoas — concluí em voz alta.

14. Bolas de lama salvam o mundo

Lembra das bolas de lama? Aquelas que carregam platelmintos dendríticos? Acontece que elas fazem mais do que infectar vacas, caracóis e formigas. Também ajudam a salvar o mundo.

Certo, tudo bem. Não o mundo *inteiro*. Mas eles garantem que os cantos do mundo em que as formigas, vacas e caracóis vivem não sejam destruídos. Funciona assim:

Quando as vacas procuram algo para comer, evitam grama que esteja muito verde. A grama verde lhes faz bem, mas a cor é conseqüência das tortas de vaca que a fertilizam. Bem, as tortas em si não causam problemas — as vacas são suficientemente espertas para não as comerem. Mas essas tortas contêm platelmintos dendríticos. Portanto, há caracóis infectados por perto, o que também significa que existem formigas contaminadas sentadas na grama, esperando para serem comidas.

Assim, as vacas evoluíram para evitar a grama mais verde. Afinal, não querem ser infectadas com platelmintos dendríticos.

O problema ocorre quando há muitas vacas sem grama suficiente por perto. As vacas acabam comendo a grama verde e recebendo platelmintos dendríticos no estômago. Quanto menos grama à disposição, mais vacas doentes. A questão é que vacas doentes têm menos bezerros. A população cai e sobra mais grama para todo mundo.

Deu para entender? Os parasitas realizam um controle populacional. São parte do equilíbrio da natureza.

E o que acontece se você se livra dos parasitas? Coisas ruins.

Há pouco tempo, alguns criadores de gado decidiram aumentar seus rebanhos usando remédios antiparasitários. Eles medicaram todas as vacas até que os parasitas sumissem. Como resultado, as vacas tinham mais e mais bezerros, e eles comiam toda a grama — verde ou não. Mais hambúrgueres para todo mundo!

Por um tempo.

No fim das contas, a grama mais verde e cheia de parasitas era importante. Ela segurava a camada superficial do solo. Sem parasitas para conter as vacas, cada centímetro quadrado de grama acabou comido e logo o pasto transformou-se num deserto. Outras plantas apareceram: arbustos desérticos que tornaram impossível a volta da grama.

Todas as vacas morreram. Todos os caracóis morreram. Até as formigas sumiram.

Sem nossos parasitas para nos conter, todos nós estamos encrencados.

15. O caminho inferior

Joseph Moore permanecia inconsciente, roncando baixinho sobre as penas, talvez sonhando com seu mestre felino.

Imaginei se a Dra. Rato tentaria explicar a novidade como outro mero monstro promissor. Certamente um ser humano que servia a um gato peep levaria algumas gerações para evoluir. Obviamente, as pessoas e os gatos se relacionam há milhares de anos, desde a época em que os egípcios os veneravam como deuses. Talvez fosse apenas mais um desdobramento daquilo — ou da história do toxoplasma.

O que quer que fosse, eu tinha de capturar aquele gato. O miado que eu havia ouvido da piscina devia ter vindo da outra ponta do túnel de ventilação, na direção do vento, o que significava que ele sentiria meu cheiro quando me aproximasse.

— Que ótimo — comentei, baixinho.

Mas eu tinha outra lata de Atum Crocante.

Diante do túnel, percebi que tinha perdido minha visão noturna. Encarar o sol da tarde no outro lado do Hudson havia me deixado meio cego; tudo que eu enxergava eram pontos e traços no meio da escuridão. Fechei os olhos, para permitir que se acostumassem de novo, e comecei a caminhar lentamente pelo túnel.

Nessa hora, ouvi um ruído: passos leves no chão empoeirado.

Meus olhos abriram-se, mas o túnel permanecia completamente negro. Os únicos odores vinham de trás, do monte de penas e do peep adormecido. Reclamei em voz baixa, sem o orgulho habitual dos meus instintos de caça. Exatamente como Joseph Moore, eu havia me deixado encurralar, cego e a favor do vento. E meu injetor reserva estava na mochila.

Agachei-me, assumindo posição de defesa, e me esforcei para ouvir algo.

Nenhum som saiu da escuridão. Eu teria imaginado o som de passos?

Minhas coisas tinham de estar por ali, provavelmente a poucos metros de distância. Cerrei os dentes e corri para a frente, tateando a poeira com os braços, em busca do metal gelado da lanterna.

Mal registrei uma breve imagem antes de ela me acertar, saltando do escuro sobre mim, com o impacto de uma sacola cheia de livros. O golpe me deixou sem ar e me jogou no chão. Unhas compridas passaram pelo meu peito, rasgando o uniforme. Sem enxergar, dei um soco a esmo. Acertei um músculo rígido, arrancando um grunhido do peep.

— Patricia — gritei, por intuição.

Ela reagiu com um guincho e recuou, afastada pelo anátema do próprio nome. Eu estava certo: era a mulher de Joseph. A luz vinha de trás dela, iluminando um halo de penas presas ao cabelo e à pele. Com as unhas compridas e o rosto encovado, ela parecia um ser humano parcialmente transformado numa ave predadora.

Patricia se preparou para pular em mim.

— *I've got friends in low places* — cantei.

Foi a única música de Garth Brooks que me veio à mente. O refrão a deteve por tempo suficiente para que eu pudesse rasgar o resto do meu uniforme.

Então Patricia Moore olhou horrorizada para o meu peito; o alegre cantor *country* retribuiu o olhar.

— É isso aí! *She's my cowboy Cadillac!*

Seus olhos abriram-se ainda mais e ela gritou, virando-se para correr em direção à luz.

Outro anátema a esperava: o marido, de rosto virado para o chão. Virei-me e continuei tateando na escuridão, vasculhando o chão de modo desesperado. Onde estava a maldita lanterna?

Meu cérebro agitado imaginava o tempo que ela devia estar na minha cola. Estaria me seguindo desde que eu havia entrado no túnel? Talvez ela sempre se movesse furtivamente atrás do marido, assim como Sarah costumava se manter perto de Manhattan.

De repente, meus dedos roçaram numa superfície de metal, empurrando a lanterna mais para longe. Estiquei o braço, apalpando. Naquele exato momento, meus tímpanos quase estouraram com o grito de Patricia Moore — o medo pelo marido e o horror causado pela imagem do rosto amado misturados num único berro que ecoou pelo túnel.

Minha mão alcançou a lanterna.

Ela já estava voltando, pulando e agitando braços e pernas, rosnando como um lobo.

Cobri os olhos com uma das mãos, apontei a lanterna para ela e acionei a potência máxima. Seus grunhidos animalescos perderam força, e o túnel foi tomado por uma luz tão forte que os vasos sangüíneos das minhas pálpebras ficaram marcados na visão.

Um momento depois, desliguei a lanterna e abri os olhos. Contra o sol que vinha do poço, eu podia ver Patricia Moore agachada, no meio do túnel, a cabeça enfiada entre as penas espalhadas no chão. Estava imóvel, paralisada pela agressão aos seus nervos óticos.

Ajustei a lanterna para o modo fraco e localizei minha mochila, a poucos metros de mim. Depois de pegar e carregar o injetor reserva, finalmente grato pelos exercícios tediosos das aulas de Introdução à Caça, virei na direção de Patricia. Ela ainda não tinha se mexido.

Talvez Patricia tivesse entrado em desespero, achando que o marido estivesse morto, ou talvez não conseguisse lutar contra armas que incluíam minha interpretação de "Cowboy Cadillac". Qualquer que fosse a razão, ela não moveu um músculo, enquanto eu me aproximava.

Estiquei o braço e enfiei o injetor no seu ombro. Quando a agulha a penetrou, ela estremeceu. Depois, ergueu a cabeça e farejou o ar.

— Você é uma das crias da Morgan? — perguntou.

Pisquei os olhos. Embora minha visão continuasse cheia de marcas, pude notar uma expressão pensativa, quase curiosa, nela. Sua voz, parecida com a de Sarah, era seca e dura, mas seu modo de falar parecia muito contido e humano.

— Sim — respondi.

— Você é equilibrado?

— Hum... acho que sim.

— Ah. Achei que você tivesse se tornado mau, como Joseph. — Seus olhos se fecharam sob o efeito da droga. — Ela diz que a hora está chegando...

196

— Hora de quê? — perguntei.

Ela chegou a abrir a boca novamente, mas perdeu os sentidos sem dizer mais nada.

Talvez eu devesse ter voltado à superfície para descansar, recarregar e compartilhar aquelas revelações sobre os novos truques do parasita. Talvez eu devesse ter esperado ali mesmo pelo esquadrão de transporte, orientando a equipe por GPS e celular.

Meus dois prisioneiros tinham agido de modo pouco característico aos peeps. Joseph havia encarado a luz alaranjada do fim de tarde como se aquilo não o perturbasse. Patricia havia falado de maneira muito clara depois de identificar meu cheiro.

Você é equilibrado?, tinha sido sua pergunta.

Claro que sim. Não era eu que vivia num túnel.

Aquilo, porém, havia me lembrado da mudança de Sarah depois de ser encurralada, perguntando sobre Elvis, olhando nos meus olhos sem medo. Talvez eu devesse ter contado o episódio a alguém imediatamente.

Talvez eu devesse ter pensado mais sobre *o que* estava chegando.

Mas não fiquei esperando. Ainda havia um gato peep a ser capturado.

Depois de algemar Patricia Moore, liguei para o esquadrão de transporte, fornecendo a localização exata dos prisioneiros. Eles nem sequer precisariam incomodar Manny e os moradores para recolher os peeps. Poderiam simplesmente vestir uniformes da companhia elétrica, montar um canteiro de obras falso na pista do rio Hudson e entrar pela grade de metal que fechava o túnel de ventilação.

Não precisavam de mim. E com a ordem de serviço de alta prioridade do Prefeito nas mãos, fazia todo o sentido seguir o túnel na outra direção: descer com a brisa nas costas, na direção do barulho dos imensos exaustores.

Novamente embaixo da piscina, fiquei ouvindo os ecos que desciam pelo ralo destruído. Os sons do subsolo eram os mesmos: poucas dezenas de ratos correndo e discutindo em meio às penas. A ninhada não tinha retornado e ninguém tinha tocado na comida de gato deixada para trás.

Imaginei que distância o cheiro percorreria; se as moléculas de Atum Crocante tentariam o gato peep a se expor. Com o vento nas minhas costas, seria praticamente impossível pegá-lo de surpresa. Mantive a lanterna na intensidade média para que não fosse jogado na escuridão mais uma vez.

O declive tornou-se mais acentuado à medida que o túnel se estendia. O ar ficou mais gelado, e gotas d'água começaram a cair do teto. O ruído dos exaustores crescia, numa pulsação similar à de um gigantesco coração, no meio de uma cidade.

De repente, um som distinto veio pelo túnel, um lamento impaciente que atravessava o ruído ainda baixo. O gato podia sentir meu cheiro e sabia que eu estava me aproximando. Imaginei se também sabia que dois de seus peeps tinham sido despachados.

Que nível de inteligência teria aquela criatura?

Os ecos dos miados do gato sugeriam a existência de um amplo espaço aberto mais adiante. A força da brisa atrás de mim havia aumentado, e a batida pulsante dos exaustores era mais nítida.

Então senti alguma coisa — um tremor na terra. Sem relação com o barulho dos exaustores, o movimento crescia sob meus pés, até que fez as pedras nas paredes do túnel vibrarem de modo perceptível. Ajoelhei-me na poeira que trepidava, sentindo-me repentinamente acuado no túnel estreito. Olhei para a escuridão, de ambos os lados, em busca do que estivesse a caminho enquanto tentava conter o pânico.

O tremor ficou mais intenso. Porém, logo em seguida, começou a perder força, sumindo na distância, como se fosse... o som de um trem que passava.

Chip tinha razão. O túnel da PATH ficava próximo. E, naquele momento, o movimento da hora do rush estava apenas começando. O distúrbio não havia sido causado por uma violenta criatura das profundezas, mas por um trem cheio de moradores de Nova Jersey voltando para casa. Eu me sentia um idiota.

No entanto, o abalo causado pelo trem tinha deixado algo visível diante de mim: colunas de poeira suspensas no ar. Desliguei a lanterna e pude ver fachos de luz entrando no túnel. Eles ficavam mais ou menos intensos no ritmo do barulho; eu devia estar perto dos exaustores.

O túnel acabou pouco à frente. Saí de sua boca para uma ampla catedral de máquinas. Turbinas em movimento espalhavam no ar um cheiro de graxa e um zumbido elétrico. Acima de mim, eu podia ver um par de imensos ventiladores, girando num ritmo imponente, com pás de 25 metros. Era o sistema de ventilação do Chip.

Por entre as pás que giravam, era possível ver o céu, tingido do azul-escuro do início da noite.

Nos tempos de procura pelo apartamento de Morgan, eu costumava ver aquela construção do lado de fora: uma magnífica coluna de tijolos, de dez andares, sem janelas, como uma prisão à margem do rio. O interior, sem graça, era marcado pelas máquinas lubrificadas, cobertas por uma camada displicente de pintura cinza e dejetos de pássaros. A luz escassa pulsava no ritmo da rotação dos exaustores. O ar era sugado continuamente pelo maquinário, carregando poeira e, ocasionalmente, penas perdidas.

Examinei o espaço com nervosismo; minha audição de peep era inútil. Mas não havia nada de inesperado na mistura de equipamentos de manutenção, lixo e copos vazios de café. Não importava se minha presa era uma mutação ou antiga linhagem da doença; seus peeps não estavam à espreita dos funcionários que cuidavam daqueles exaustores.

Mas aonde teria ido o gato? O último miado só podia ter vindo daquele lugar. As portas para a pista e os píeres no mundo exterior estavam trancadas.

A única saída visível era uma escada metálica que descia pela terra. Bati com a lanterna no corrimão, enviando um tinido às profundezas. Alguns segundos depois, o gato peep soltou um longo *miaaaaaaau*.

A criatura estava me obrigando a descer.

— Estou indo — murmurei, acendendo a lanterna novamente.

Lá embaixo havia um mundo de tubulações e passagens de ar. Água gelada pingava do concreto que segurava o rio, deixando marcas escuras. A escada continuava a descer, afastando-se do rio, até que o cheiro salino do Hudson ficou para trás e as paredes passaram a ser do leito de granito de Manhattan. Eu agora estava *embaixo* do túnel da PATH, na área de serviço que dava acesso ao emaranhado de cabos e passagens. Chip tinha no escritório uma foto da máquina gigantesca que havia aberto aquele túnel: uma furadeira movida a vapor que avançava através da terra. A fonte de todos os seus pesadelos.

Minha lanterna caiu sobre uma placa pendurada em correntes que fechavam a escada:

PERIGO
ÁREA INTERDITADA

Como se estivesse reagindo à minha hesitação, o gato miou novamente, num grito que vinha de baixo de modo fantasmagórico.

Parei para farejar o ar. Os pêlos do meu pescoço estavam arrepiados. Sob a umidade, a graxa e o cocô de rato, havia um odor estranho, intenso e familiar, como uma mão pesada sobre meu peito. Não era o odor típico dos peeps, nem o de terras profundas. Era o mesmo cheiro temoroso que eu tinha sentido no dia anterior. Como a morte. No fundo da minha memória genética, alarmes e luzes entraram em ação.

Engoli em seco e passei pelo aviso. Quando minha mochila esbarrou nas correntes, elas rangeram mal-humoradas, devido à ferrugem.

Naquela profundidade, a terra parecia ferida, com fissuras úmidas separando os blocos de granito. A escuridão engolia a luz da lanterna e devolvia em longos ecos o som dos meus passos. Não via mais copos vazios — os detritos tinham sido degradados pelo tempo. Lembrei-me de Chip contando que os funcionários da PATH haviam abandonado o lugar, e eu entendia perfeitamente por quê.

Ou, pelo menos, podia *sentir*: uma presença gélida além do cheiro maligno.

A escada finalmente acabou numa ruptura na rocha. A fissura era grande o bastante para que uma pessoa entrasse. Foi o que eu fiz. A luz da lanterna refletia no granito coberto de mica. As sombras ao meu redor apareciam recortadas.

Aquele era o lugar mais profundo em que eu tinha botado os pés.

A atmosfera estava parada. Assim, podia sentir o cheiro da ninhada antes de ouvi-la. Eles estavam reunidos num barranco de pedra: alguns milhares de ratos e o gato peep. Uma infinidade de olhos brilhava na minha direção, sem medo da lanterna.

O gato piscou e bocejou. Seus olhos eram de um vermelho radiante.

Vermelho?, perguntei a mim mesmo. Aquilo era estranho. Olhos de gatos deviam ser azuis ou verdes ou amarelos.

— Qual é o seu problema, afinal? — perguntei ao gato peep.

Ele permaneceu sentado.

Uma guarda formada por ratos grandes e gordos o cercava — um grupo de corpos maiores do que os de quaisquer roedores que eu já tinha visto na superfície. Todos tinham cor de chiclete mascado e olhos cor-de-rosa. Depois de gerações na escuridão, haviam se tornado praticamente albinos.

Com cautela, tirei uma câmera de vídeo da mochila e filmei toda a ninhada. A Dra. Rato adoraria dispor de imagens daqueles moradores das profundezas em seu hábitat natural.

Em meio ao silêncio, um som quase imperceptível se fez notar.

Inicialmente, pensei que fosse o trem da PATH passando mais uma vez. Mas o barulho não aumentava gradualmente; ia e voltava num ritmo muito mais lento do que o som dos exaustores. Senti os pêlos dos meus braços movendo-se para um lado e para o outro e concluí que o ar da caverna estava sendo sugado e devolvido, como se houvesse pulmões gigantescos em ação.

Havia algo ali embaixo *respirando*. Algo imenso.

— Não — murmurei.

Como resposta, um som aterrorizante passou pela caverna, trazendo uma brisa fétida, como o lamento de uma besta descomunal. O volume era baixo; senti o ruído mais do que o ouvi. Era como o zumbido dos cabos de energia que meus sentidos de peep às vezes detectavam. Todos os nervos do meu corpo imploraram que eu me levantasse e saísse correndo, numa espécie de pânico que eu nunca mais havia sentido, desde que tinha me tornado um caçador.

O som se dissipou, mas o ar continuava mudando de direção.

O gato peep, satisfeito, piscou para mim.

Certo. Eu ia embora... levando o gato comigo. Botei a mochila de lado. Se aquilo funcionasse, eu teria de correr muito rápido, levando o mínimo de peso possível.

Peguei a outra lata de Atum Crocante e botei as luvas. Não havia sentido em usar o injetor, que poderia levar o gato a uma overdose.

A ninhada agitou-se ao perceber a comida de gato. Esperei, imóvel, deixando o cheiro viajar até o gato peep.

A inteligência quase humana em seu rosto sumiu, substituída pela mesma expressão estúpida de Cornélio na hora da comida: puro desejo animal. Pelo menos, a criatura não era uma espécie de gênio diabólico. Era apenas um gato. Aliás, um gato doente.

— Vem cá, bichano.

Ele deu alguns passos na minha direção e se sentou novamente.

— Você sabe que quer isso — disse, baixinho, na minha voz de gato e espalhando o cheiro.

Na mesma hora, o cheiro da coisa imensa escondida se destacou, e um fio de suor escorreu pelo lado do meu rosto.

O gato se levantou de novo e moveu-se cuidadosamente por entre a horda de ratos, como alguém que desvia de pessoas deitadas numa barraca cheia. Os ratos mal se mexeram enquanto o gato passava.

E então ele parou mais uma vez, a poucos metros de distância.

— Não quer essas delícias? — disse, empurrando o Atum Crocante um pouco mais para perto dele.

203

O gato peep só ergueu a cabeça. Ele não ia se mexer.

Foi quando me lembrei do perfume de Cal produzido pela Dra. Rato — o cheiro da família destilado numa essência pura. Talvez cheirar fosse igual a acreditar.

Peguei o pequeno frasco e o abri, esperando poucos segundos antes de tampá-lo novamente, para que a horda de ratos não ficasse nervosa.

Quando o cheiro se espalhou pelo ambiente, a ninhada se agitou como um ser único, incomodado no meio do sono. As fungadas ecoavam como sussurros delicados ao meu redor. Os ratos acordariam rápido depois que eu desse o passo seguinte.

O gato levantou-se de novo, espreguiçando-se, e em seguida deu alguns passos na direção do Atum Crocante. Estava a centímetros do alcance da minha mão, observando a lata em vez de mim, com o focinho agitado. A suspeita e a curiosidade lutavam no interior do seu pequeno cérebro.

Mas tratava-se de um gato, portanto, a curiosidade venceu...

Arranquei a criatura do chão e a apertei contra meu peito. Fiquei de pé, virei-me e saí correndo pela fissura na pedra. A luz da lanterna refletia-se de modo confuso nas paredes.

O gato soltou um miado insatisfeito. Ouvi guinchos vindo de trás, à medida que o pânico se espalhava entre a ninhada, que se dava conta da partida do seu mestre. Alcancei as escadas e subi, batendo com as botas nos degraus de metal. O gato resistiu, miando e arranhando meu peito, com as garras encravadas no rosto de Garth Brooks como um aperto mortal. Mas ele não conseguia escapar da minha mão protegida pela luva.

Ainda se debatendo, ele soltou um grito, desta vez premeditado e intenso. O zumbido das turbinas e dos exaustores gigantes tornou-se mais forte, mas, antes que tomasse conta dos meus ouvidos, percebi o som da ninhada em movimento lá embaixo, como um gramado em que as folhas se agitam diante de um vento impaciente.

No último lance de escadas, parei e olhei para trás. Os ratos estavam correndo pelos corrimões, como pessoas que caminham sobre cordas esticadas, subindo as escadas e caindo uns sobre os outros, numa massa de pêlos e garras.

Passei pela estrutura de exaustão com a imagem dos ratos em disparada na minha cabeça e os sentidos tomados pela luz pulsante do sol e pelos sons mecânicos. Havíamos aprendido sobre ataques em massa de ratos em Introdução à Caça: como um conjunto de mensagens químicas de pânico poderia levá-los a um estado coletivo de histeria. Quando uma horda de ratos se decidia a subjugar uma presa, nem o clarão de uma lanterna da Patrulha Noturna era capaz de fazê-los mudar de idéia.

Aquilo valia até para ratos *normais*, sem as relações de ninhada e a agressividade exagerada do parasita. O exército que me perseguia tinha um mestre a proteger; tratava-se da perfeição evolucionária atrás de mim, doida para me fazer em pedaços.

A abertura do túnel que levava de volta à piscina estava a 60 centímetros de altura — um pulo fácil para mim, mas uma escalada que podia exigir alguns momentos adicionais dos ratos. Eu precisaria de cada segundo de dianteira para chegar à segurança, depois da porta de metal.

O gato voltou a miar alto e se debateu com mais força. Senti algo úmido e quente no meu peito. Ele estava *urinando* em mim no meio da correria! Os borrifos impregnados com seu cheiro formariam um rastro claro para sua horda.

— Seu merdinha! — gritei, enquanto pulava para o túnel de exaustão.

Uma das pernas do gato se libertou, e ele atacou meu rosto, atingindo a bochecha com uma única garra curva — afiada e

205

dolorosa. Soltei a lanterna, agarrei o gato com as duas mãos protegidas por luvas e o afastei de mim. Ele levou um pedaço da minha pele, causando uma dor equivalente à provocada por um anzol num peixe.

— Aahhh! — gritei.

Ele reagiu com um sibilo.

A lanterna estava perto dos meus pés. Ao zumbido das turbinas, atrás de mim, juntava-se o barulho das patinhas que se aproximavam da entrada do túnel. Avancei às cegas, segurando com as duas mãos o gato que se contorcia.

Então vi algo terrível... luz. Luz do sol.

Parei aos tropeços.

Não fazia sentido. A única luz ali embaixo estava na *extremidade* do túnel, onde os peeps humanos que eu havia capturado esperavam algemados. Bem depois da piscina.

Eu teria avançado demais? Talvez o túnel fosse mais curto do que havia parecido enquanto eu me agachava e me escondia, com ouvidos atentos.

Corri um pouco mais para a frente e avistei os dois algemados sob a luz: Patricia e Joseph Moore. Aquela era a outra ponta do túnel. Um beco sem saída.

Senti um tremor vindo de cima. Era o esquadrão de transporte, com seu caminhão de lixo, pronto para coletar os peeps. Meu coração disparou. Havia aliados a poucos metros.

Mas ainda havia uma grade de aço entre mim e eles. Quando conseguissem passar pelo obstáculo, a horda de ratos já teria me destroçado.

Eu precisava voltar à piscina.

Dei as costas para a luz e corri, ouvindo o rumor dos ratos se intensificar diante de mim — milhares de pequenas garras sobre a pedra, como o som da arrebentação à distância. O gato peep grunhiu de alegria nos meus braços; ele sentia o cheiro de sua ninhada se aproximando.

Pontos brilhantes começaram a aparecer na escuridão, com a luz do sol atrás de mim refletindo nos olhos preparados para enxergar à noite. A ninhada tomava o túnel, espalhando-se pelas paredes, como um reluzente sorriso cor-de-rosa.

Rasguei o que restava do uniforme e embrulhei o gato para silenciá-lo. Depois peguei a Essência de Cal. A doutora tinha dito: *você não vai querer provocar um tumulto de ratos.*

Talvez eu quisesse.

Ajoelhei-me, de costas para a horda, envolvendo o gato com firmeza. Seus grunhidos abafados soavam como o ronco de um estômago com fome.

Depois de tirar a tampa, arremessei o frasco o mais longe que pude e, em seguida, protegi a cabeça encostando-a no chão.

Segundos depois, eles começaram a passar por mim. As garras de ratos perfuravam minha camiseta do Garth Brooks. Seus guinchos ganhavam força à medida que sentiam o que estava por vir.

Os ratos são espertos. Eles aprendem, adaptam-se, suspeitam de manteiga de amendoim grátis. Mas aqueles seres não eram mais ratos; eram uma massa alucinada movida por instintos e por sinais químicos. E, bem diante deles, havia um rastro de urina de gato que levava a um frasco de Essência de Cal, a criatura que tinha seqüestrado seu mestre.

Depois que os últimos passaram, fiquei de pé, mantendo o gato bem firme junto ao meu peito. Ele rosnava inutilmente. A ninhada havia encontrado o frasco e avançado desordenadamente.

Disparei em direção à piscina, quase sufocando o gato peep para mantê-lo em silêncio, na certeza de que logo os ratos voltariam a me perseguir.

207

Da segunda vez, não ignorei a presença ressonante da piscina acima de mim. Subi pelo buraco e corri para as escadas, recolhendo a mochila que eu havia deixado para trás na noite anterior. Alguns ratos sentiram o cheiro do seu mestre, mas mal houve tempo para agitação antes que eu abrisse a pesada porta de metal. Já do outro lado, fechei-a com força, enfiando palha de aço nas frestas e prendendo as correntes partidas com um cadeado da Patrulha Noturna. Para completar a segurança, também espalhei manteiga de amendoim envenenada.

Assim que a porta do armário se fechou atrás de mim, desabei no chão, tremendo no meio da academia escura. O gato peep arfou quando afrouxei o aperto para que pudesse respirar. Ele soltou um rosnado longo e baixo.

Vou acabar com você, diziam seus olhos.

— Ah, é. Você e que exército?

Possivelmente, o exército do qual eu tinha acabado de correr como uma galinha sem cabeça.

Assim que parei de tremer, fiquei de pé e esvaziei a mochila. Enfiar meu prisioneiro rebelde nela não foi fácil, mas, depois de um tempo, consegui fechar o zíper e abafar os miados.

Eu ainda ofegava, meio em choque, porém, ao tirar as luvas, tomei consciência de que havia escapado. Embora minha bochecha arranhada doesse como se tivessem enfiado um lápis nela, a missão no Submundo estava cumprida com sucesso.

E o gato peep nem havia se mostrado tão durão. Talvez a Dra. Rato tivesse razão e a nova mutação não fosse nada de mais — apenas outro experimento evolucionário fora de controle.

Mas ele permanecia irritado. A mochila se sacudia; as garras superafiadas tentavam furar o vinil. Aquele não era um bom sistema de confinamento, mas funcionaria temporariamente. Eu só precisava chegar até o esquadrão de transporte, a poucos blocos dali. Eles teriam uma jaula apropriada. Além disso, tinha de avisá-los sobre a ninhada desorientada e violenta no túnel.

E sobre a outra coisa, aquela coisa grande que respirava, fosse *aquilo* o que fosse...

Os olhos de Manny se arregalaram ao me ver.

— Você está bem, cara? — perguntou ele.

— Estou. Mas eu não desceria lá se fosse você.

Seu olhar passou pelo meu uniforme rasgado, meu rosto ensangüentado e, finalmente, o volume que se debatia dentro da mochila.

— Que porcaria é essa?

— Apenas uma preocupação a menos para você, Manny. Mas tenha cuidado; há outras ameaças lá embaixo.

— Meu Deus. Parece ter o tamanho de um gato! — Ele farejou o ar, sentindo o cheiro de lixo do túnel, das penas de pombo e do xixi de gato espalhado em mim. — O que aconteceu lá embaixo?

— A coisa ficou meio complicada. Mas agora está sob controle.

Ele tapou o nariz com a mão.

— Talvez seja melhor você procurar um médico, cara.

Concordei ao me dar conta de que a Dra. Rato estaria com o esquadrão de transporte.

— Claro. É isso mesmo que vou fazer.

Deixei Manny ali, na portaria, ainda impressionado e intrigado, e desci o rio em direção à entrada do túnel.

No caminho, reparei num gato de rua, à espreita em meio às sombras. Um quarteirão à frente, outro gato espiou de baixo de uma caçamba cheia de lixo. Resolvi andar mais rápido.

209

Não é incomum ver bandos de roedores nas grandes cidades, mas os gatos costumam andar sozinhos. É uma questão matemática na relação predador-presa: centenas de caçados concentram a atração de um único caçador. Sempre há uma grande quantidade de cordeiros para cada lobo.

Os movimentos elegantes dos gatos eram muito diferentes da agitação dos ratos. Em vez de demonstrar a cautela obsessiva de espécies que costumam servir de refeição, os predadores flanam com confiança e graça. Como se o lugar fosse sempre deles e nunca seu.

Disse a mim mesmo que me deparar com dois exemplares não passava de casualidade estatística. Talvez a razão fosse a proximidade da região dos frigoríficos, um lugar com muita comida para ratos e conseqüentemente muitas presas para os gatos ferozes. Ou talvez o fato de levar um felino mutante irritado na mochila simplesmente me fizesse prestar mais atenção do que o normal.

A exemplo do gato que eu tinha notado na noite anterior, aqueles dois acompanhavam meus passos com olhos frios e reflexivos. Meus nervos estavam acabados, depois de um dia longo, mas eu tinha a clara sensação de que eles sabiam que havia um gato na minha mochila e de que não estavam satisfeitos.

Quando avistei a Patrulha Noturna em ação do outro lado da avenida, decidi não esperar o sinal mudar de cor.

— Ei, vejam o que o gato nos trouxe! — gritou a Dra. Rato.

— Pelo contrário: *eu* estou trazendo o *gato*.

Seus olhos brilharam quando notaram a agitação na mochila que eu levava no ombro.

— Você capturou a fera? — perguntou ela.

— Sim. E os amiguinhos dele estão ficando loucos lá embaixo. É melhor avisar ao pessoal do transporte.

— Uma ninhada sem líder? Vou dar o alerta.

Enquanto ela ia conversar com eles, passei por baixo da fita de segurança que isolava o local. O caminhão da companhia elétrica estava estacionado na pista de lazer do rio Hudson, com o motor ligado para manter acesas as lâmpadas que iluminavam a área. O sol já havia quase sumido, manchando as nuvens de vermelho, mas ainda estava mais quente lá em cima do que nas profundezas. Depois de respirar o fedor do Submundo, um pouco de ar fresco fazia bem aos meus pulmões.

Ouvi um rangido metálico vindo do rio e logo caiu uma chuva de faíscas. O pessoal do transporte havia montado uma plataforma na água e começava a cortar a grade. Depois que a Dra. Rato falou com o chefe da equipe, ele e alguns outros decidiram usar todos os equipamentos de extermínio; a Patrulha já podia limpar o túnel da maneira apropriada, agora que o gato peep se encontrava sob custódia.

Tudo estava mais ou menos resolvido.

Pensei na coisa enorme embaixo das torres de ventilação. Alguém acreditaria em algo que eu tinha cheirado e ouvido — e sentido —, mas não tinha visto?

— Deixe-me cuidar desse negócio — disse a Dra. Rato, trazendo um kit de primeiros socorros e usando luvas protetoras de borracha.

Ela esfregou uma substância que ardia nas marcas deixadas pelas unhas de Joseph Moore e depois botou uma bandagem sobre o arranhão de gato na minha bochecha. Embora as infecções não progridam muito em nós portadores, ainda era estranho deixar uma ferida sangrando sem curativos.

— Muito bem — continuou a Dra. Rato depois de cuidar do meu rosto. — Vamos dar uma olhada no seu amigo felino.

— Claro. Apenas tenha cuidado.

— Não se preocupe comigo.

Apertando o vinil, ela empurrou o gato para um canto da mochila. Depois, abriu a parte de cima e enfiou a mão para pegá-lo. Se fosse qualquer outro não-portador, eu ficaria nervoso, mas a Dra. Rato manuseava roedores infectados o dia inteiro.

O gato saiu rosnando. Ela o segurou pelo cangote.

— Não é muito diferente de um gato normal.

Pela primeira vez, dei uma olhada mais atenta no gato peep. Lá em cima, no mundo real, ele não parecia muito assustador — nada de magreza estranha ou musculatura avantajada, nada de saliência na coluna denunciando onde o parasita tinha invadido seu sistema nervoso. Apenas os bizarros olhos vermelhos.

— Talvez o parasita não provoque muitos efeitos em felinos — sugeriu a Dra. Rato.

— Talvez não na aparência externa — opinei. — Mas ele tinha sua própria ninhada!

A Dra. Rato deu de ombros e virou o gato para observá-lo de todos os ângulos. Ele se revoltava com a humilhação.

— Pode ser que os ratos apenas o tolerem porque o cheiro é familiar — disse ela.

— Eu não reparei muito no cheiro. E olha que somos parentes.

Ela não deu importância.

— Bem, até agora não obtive resultados positivos do PNL. Injetei o sangue dele em alguns gatos de teste e não verifiquei qualquer sinal de que possam se tornar positivos. Trata-se de um beco sem saída evolucionário, como eu havia imaginado. — Ela aproximou o rosto do gato, que tentou atingir seu nariz com a pata, errando por poucos centímetros. — Ou talvez esse gato seja o mutante, e sua linhagem do parasita seja a mesma.

— Agora você pode testar a transmissão de gato para gato — sugeri.

— Claro que sim. Só não fique muito agitado, Garoto. — Ela sorriu. — Sei que é emocionante descobrir algo novo. Você espera que seja algo grande e tudo mais. Mas, como costumo dizer, o fracasso é a regra quando se fala de evolução.

— Pode ser. — Desviei o olhar para o rio, na direção das torres de exaustão. — Acontece que esse gato se mostrou muito esperto. Parecia estar me atraindo lá para baixo. E eu acho que havia... alguma outra coisa lá.

A Dra. Rato me encarou.

— Como o quê?

— Uma coisa imensa que fazia tudo tremer. E ela respirava.

— Tremores? — perguntou ela, aos risos. — Provavelmente era o trem da PATH.

— Não era não. Quer dizer... sim, havia um trem lá embaixo, mas isso era algo diferente, mais profundo. Tinha um cheiro que eu nunca havia sentido. E parecia que o gato estava me atraindo com um propósito, como se quisesse... *me mostrar* o que havia lá.

A Dra. Rato franziu a testa, observando o gato preso com desconfiança, e depois olhou bem para meu cabelo suado, meu rosto com curativos e minha camiseta rasgada do Garth Brooks.

— Cal, acho que você precisa descansar um pouco.

— Ei, eu não estou dando uma de maluco. O tal de Chip, do Registro, diz que coisas grandes, antigas e monstruosas podem ser acordadas quando túneis são escavados. E isso aconteceu bem debaixo das torres de exaustão.

— Eu conheço bem o pessoal do Registro. Eles sempre contam histórias que provocam pesadelos em vocês caçadores. Passam muito tempo lendo mitologia antiga. Na Pesquisa e

213

Desenvolvimento, tentamos nos concentrar no lado *científico* das coisas.

— Aquele negócio não era mitológico. Era muito grande e cheirava ao demônio. E estava *respirando*.

Ela baixou o gato que se debatia e olhou para mim, tentando se decidir se eu estava brincando, em algum tipo de choque ou simplesmente maluco. Encarei-a sem ceder.

— Bem, se quiser, pode preencher um US-29.

Formulário de Criatura Subterrânea Desconhecida. Também conhecido como Alerta de Pé-Grande.

— Talvez eu faça isso.

— Mas só amanhã, Garoto. Agora você precisa ir para casa e descansar.

Comecei a argumentar, mas, naquele exato momento, uma onda de cansaço e fome me atingiu. Percebi que podia voltar para casa, para perto de Cornélio e Lace, e dormir de verdade de novo. A área estava isolada, o esquadrão de transporte havia chegado... o lugar estava seguro.

Talvez aquilo pudesse esperar até o dia seguinte.

16. A doença próspera

Mais algumas reflexões sobre a bondade dos parasitas.

Conheça a doença de Chron, uma condição terrível do sistema digestivo. Provoca diarréia e dor intensa no estômago. Não existe cura conhecida. Não importa o que você coma; a dor não pára. A doença mantém as vítimas acordadas noite após noite e pode levar muitas pessoas à depressão.

Com freqüência, pessoas acometidas pela doença de Chron sofrem a vida inteira. Os sintomas podem desaparecer por alguns anos, mas sempre retornam em sua glória destrutiva. Não existe escapatória.

E que tipo de parasita provoca a doença de Chron?

Ah, você foi enganado! Diferentemente de todas as outras doenças citadas aqui, a doença de Chron não é causada por parasitas. Pelo contrário. A causa provável é a *ausência de parasitas*.

Como é que é? Embora ninguém saiba ao certo, eis o que alguns cientistas notaram:

A doença de Chron não existia antes da década de 1930, quando atingiu alguns membros de famílias ricas de Nova York. Com o passar do tempo, a doença se espalhou para o resto dos Estados Unidos. Sempre começava em regiões abastadas e só chegava às zonas pobres da cidade muito depois. As áreas mais carentes do país só passaram a registrar casos na década de 1970.

Atualmente, a doença de Chron ocorre do outro lado do mundo. Apareceu no Japão nos anos 1980, quando muitos japoneses estavam ficando realmente ricos. Ultimamente, tem proliferado na Coréia do Sul, a reboque do crescimento econômico do país.

E preste atenção nessa: a doença ainda não existe nos países subdesenvolvidos. As pessoas pobres não pegam Chron. Isso levou diversos cientistas a achar que a doença é resultado de uma das características primordiais de uma sociedade rica: água limpa.

É isso mesmo: água limpa.

A maioria dos invasores do estômago vem da água suja. Se você tomar água limpa a vida inteira, terá muito menos parasitas. Acontece que isso pode ser um problema. O sistema imunológico evoluiu para contar com parasitas no estômago. Quando nenhum aparece, os mecanismos de defesa ficam meio... inquietos. É como um vigia noturno sem nada para fazer, bebendo café em excesso e limpando a arma sem parar.

Assim, quando seu sistema imunológico inquieto e sem estímulos detecta qualquer problema no estômago, entra em modo de emergência, procurando um ancilóstomo para matar. Infelizmente, não há ancilóstomos dentro de você, porque a água disponível é a mais limpa da história da humanidade. (O que você achava que fosse algo bom.)

Como suas defesas imunológicas precisam fazer *alguma coisa*, atacam o sistema digestivo, deixando-o em pedaços.

Que sorte.

Nós, seres humanos, vivemos com nossos parasitas há muito tempo, nos desenvolvendo juntos e andando de mãos dadas ao longo das gerações. Portanto, não é surpresa que, ao nos livrarmos deles subitamente, coisas estranhas aconteçam. Nossos corpos ficam desorientados na ausência dos nossos amiguinhos.

Então, da próxima vez que você comer um bife malpassado e começar a se preocupar com parasitas, lembre-se: os vermes, fungos e outras pequenas criaturas que tentam descer pela sua garganta não são tão maus.

Afinal, moram dentro de nós há muito, muito tempo.

17. Problemas no Brooklyn

Comprei um pedaço de bacon no caminho de casa.

A inquietação no meu estômago alcançava níveis críticos; meu corpo clamava por carne para manter o parasita feliz. Uma coisa importante sobre portadores: salvar o mundo de felinos mutantes não é desculpa para pular refeições.

Botei uma lata de atum diante de Cornélio e depois acendi o fogão. Logo em seguida, desliguei-o para sentir o ar.

Havia algo de diferente no meu apartamento.

Finalmente, percebi do que se tratava: o cheiro de Lace por todo canto. Ela havia dormido lá, espalhando seu perfume como uma lenta infusão.

Ouvindo meu parasita grunhir de fome e desejo, corri para reacender o fogão, cozinhando até poder encher o maior prato da casa com fatias de bacon. Levei a comida à mesa e me sentei.

Metade do primeiro pedaço já estava na boca quando ouvi o tilintar de chaves. Lace entrou como um raio e largou a mochila no chão.

— Que cheiro bom, cara — comentou.

Por um segundo, esqueci de continuar comendo e deixei um pedaço de bacon pendurado no ar. O rosto dela estava tão animado, tão diferente da noite anterior. Uma expressão quase orgástica de contentamento apareceu quando ela sentiu o cheiro de bacon.

— O que foi? — perguntou ela, diante da minha cara de bobo.

— Ahn, nada. Quer um pouco? — Empurrei o prato para o meio da mesa. Só então me lembrei do negócio de ser vegetariana e puxei-o de volta. — Ah, claro. Desculpa.

— Ei, não tem problema. Não sou do tipo radical.

— Hum, Lace, isso aqui é bacon. Não dá para fazer uma interpretação pessoal sobre isso ser vegetal ou animal.

— Obrigado pela aula de biologia. Mas, como eu disse, o cheiro é muito bom e vou aproveitar.

Ela sentou-se na minha frente. Sorri. No quesito cheiro bom, o de Lace era muito melhor pessoalmente. Decidi me permitir aproveitá-lo, apreciando-o com cuidado entre as garfadas. Eu achava que sua estada no meu apartamento fosse representar uma tortura incessante, mas talvez valesse a pena lutar contra minhas necessidades só para ter aquele simples prazer.

Mesmo assim, comi rápido, para manter a besta sob controle.

— Quer dizer que você é uma vegetariana de mentirinha?

— Não, não sou de mentirinha. Não como carne há, sei lá, um ano. — Ela fez uma cara feia para o prato de carne e virou um saco de papel sobre a mesa: caíram um pote de salada de batata e uma escova de dente nova. — É que a história toda de vampiro tem sido muito estressante. E esse cheiro *é* reconfortante. Lembra minha mãe cozinhando um belo café-da-manhã. Volto no tempo.

— Isso é normal. Quando os seres humanos estavam evoluindo, a parte responsável pelo olfato no nosso cérebro recebeu a tarefa de lembrar das coisas. Assim, nossas memórias sempre envolvem cheiros.

— Ahn. É por isso que vestiários me fazem lembrar da escola?

Fiz que sim e me lembrei da aventura debaixo das torres de exaustão, de como o cheiro da coisa enorme escondida ali havia me afetado. Talvez eu nunca tivesse sentido algo parecido com a besta antes, mas alguns medos eram mais profundos do que a memória. Tão profundos quanto os traços do parasita escondidos na minha medula.

A evolução é um negócio maravilhoso. Em algum ponto, lá na pré-história, devia haver seres humanos que realmente *gostavam* do cheiro de leões, tigres ou ursos. Mas esses humanos, bem como seus filhos, tendiam a ser devorados. Nós descendemos de sujeitos que fugiam a toda quando sentiam cheiro de predador.

Lace havia aberto o pote de salada de batata e comia com um garfo de plástico. Depois de algumas porções, ela perguntou:

— O que houve com seu rosto?

— Ah, isso — disse, tocando a bandagem de leve. — Lembra que eu avisei você sobre os gatos? Bem, fui até o Submundo pela piscina do seu prédio, hoje à tarde. E consegui capturar... ei, o que há de errado?

Lace fazia cara de alguém que tinha comido uma barata. Piscou e depois balançou a cabeça.

— Não me leve a mal, Cal, mas você está usando uma *camiseta do Garth Brooks*?

Olhei para o meu peito. Por baixo da sujeira e das marcas de unha de gato, o rosto sorridente me encarava de volta. Eu havia chegado com muita fome para tomar banho ou mesmo trocar de camisa.

— Ahn, sim, é isso mesmo — respondi.

— Primeiro Ashlee Simpson e agora Garth Brooks?

— Não é o que você está pensando. Na verdade, é uma espécie de... proteção.

— Contra o quê? Contra dormir com alguém?

Engasguei com pedaços de bacon na minha garganta, mas acabei conseguindo engoli-los.

— Bem, isso tem a ver com o parasita.

— Claro que sim, Cal. *Tudo* tem a ver com o parasita.

— Não, é sério. Há uma coisa que acontece aos peeps: eles odeiam tudo que costumavam amar.

A garfada de salada de batata parou a meio caminho da boca.

— Eles *o quê*?

— Tudo bem. Vamos supor que você seja um peep. Antes de ser infectada, você adorava chocolate. O parasita modifica a química do seu cérebro de uma forma que você não agüenta sequer olhar para uma barra de chocolate. Do mesmo modo que os vampiros dos filmes temem os crucifixos.

— Que porcaria é isso tudo?

— É uma estratégia evolucionária que obriga os peeps a se esconderem. Por isso eles vivem nos subterrâneos. Para escapar de sinais de humanidade. E do sol também. Muito deles realmente têm medo de cruzes porque já foram religiosos.

— Está bem, Cal. Agora me explica o que isso tem a ver com o Garth Brooks?

Peguei um pedaço de bacon, que começava a esfriar, e mastiguei com pressa.

— O Registro, um departamento que nos ajuda nas investigações, descobriu que algumas das pessoas que moravam no seu andar eram fãs do Garth Brooks. Por isso, me deram esta camisa, para o caso de haver um encontro debaixo da terra. O que acabou acontecendo — contei.

Ela arregalou os olhos.

— Cara, foi um peep que fez isso no seu rosto?

— Sim, esse arranhão aqui foi obra de um peep. Mas esse outro foi feito por um gato que resistiu um pouco. Provavelmente o gato de Morgan.

— Resistiu um pouco? Parece que você perdeu a briga.

— Ei, eu voltei para casa. O gato, não.

O rosto dela ficou estático.

— Cal, você não *matou* o gato, matou?

— Claro que não. — Ergui as mãos. — Não mato ninguém quando faço capturas. Nenhum vampiro foi ferido na realização deste filme, certo? Caramba, esses vegetarianos.

Peguei outra fatia do prato.

— E onde está esse gato infectado? — perguntou Lace, olhando para o armário em que o PNL havia passado a noite.

— Em outro lugar — respondi, entre mastigadas. — Deixei-o com especialistas. Eles estão realizando testes para saber se pode passar a doença a outros gatos ou não. E a boa notícia é que uma equipe da Patrulha Noturna já está cuidando dos ratos do seu prédio. Pode levar alguns dias até isolarem a piscina, mas depois você poderá voltar para casa.

— Sério?

— Sim, eles são profissionais. Desde 1653.

— Então você achou Morgan?

— Ela própria, não. Mas não precisa se preocupar com Morgan. Ela desapareceu.

Lace cruzou os braços.

— Claro que sim.

— Não a conseguimos encontrar, certo?

— E é seguro mesmo voltar para o meu apartamento? Não está dizendo isso só para se livrar de mim?

— Claro que não. — Fiz uma pausa. — Preste atenção: é *claro* que ficará seguro. E é claro que *não* estou tentando me livrar de você. Nunca faria isso. Pode ficar aqui por quanto tempo quiser... o que, obviamente, não será necessário, porque sua casa está segura e tudo mais.

— Que ótimo. — Lace estendeu o braço por cima da mesa e segurou minha mão. O contato, o primeiro desde que eu a tinha puxado na varanda, causou uma espécie de choque em mim. Ela riu da minha reação. — Não que esteja sendo horrível, cara. Fora não estar com as minhas coisas, ser obrigada a viajar do Brooklyn e agüentar seu gato gordo encostado em mim a noite inteira, tem sido... legal. Obrigada.

Ela soltou minha mão. Consegui sorrir enquanto limpava os últimos pedaços de bacon do prato. Podia sentir o local em que ela havia me tocado, como a ardência de uma queimadura de sol.

— Não há de quê.

Lace olhou insatisfeita para a salada de batata e deixou o garfo cair.

— Quer saber de uma coisa? Isso aqui é uma droga e ainda estou com fome.

— Eu também. Faminto.

— Quer ir a algum lugar?

— Com certeza.

Lace esperou que eu tomasse um banho e trocasse de roupa. Depois, fomos até Boerum Hill, um dos bairros originais do Brooklyn. As velhas mansões elegantes tinham sido transformadas em apartamentos e as calçadas estavam partidas por raízes ancestrais que cresciam sob nossos pés, mas ainda havia alguns toques antigos. Por exemplo, em vez de números, as ruas levavam nomes de famílias holandesas. Wyckoff, Bergen, Boerum.

— Minha irmã mora bem perto daqui — disse Lace. — Lembro de alguns lugares bons nestes lados.

Ela seguiu as placas com certa hesitação, enquanto as memórias voltavam, mas eu não me importava em andar sem rumo ao seu lado. A luz do luar atravessava a cobertura densa das copas das árvores e o ar frio era marcado pelo cheiro das folhas que apodreciam na terra. Eu e Lace andávamos perto um do outro, com nossos ombros se tocando às vezes, como animais que se esquentam. Ao ar livre, estar ao lado dela não era uma experiência tão intensa.

Acabamos num lugar italiano, com toalhas brancas, velas na mesa e garçons usando gravata e avental. Havia um cheiro maravilhoso de carne defumada, cortada e pendurada no teto. Carne por toda parte.

Aquilo parecia tanto um encontro que chegava a ser estranho. Antes mesmo de o parasita acabar com minha vida romântica, levar mulheres a restaurantes chiques nunca tinha sido meu estilo. Fiquei pensando no fato de que qualquer pessoa que nos visse pensaria que estávamos namorando. Empurrando a terrível verdade para um canto da mente, fingi por um tempo que eles tinham razão.

Quando o garçom veio, pedi um monte de salsichas picantes, a escolha perfeita para deixar meu parasita num estado de submissão satisfeita. Na noite anterior, eu tinha finalmente alcançado um sono profundo, depois de uma eternidade. Talvez naquela noite fosse mais fácil.

— Então, cara, você não está preocupado com esse negócio?

Ela estava reparando na minha bochecha machucada de novo. O curativo da Dra. Rato havia saído no chuveiro, e eu não tinha me dado ao trabalho de substituí-lo. A marca me dava uma aparência desleixada de alguém que não sabia se barbear.

— Não está sangrando, está? — perguntei, passando um guardanapo na ferida.

— Não, não está tão feio. Mas e se ficar... infeccionado ou algo parecido?

— É mesmo. — Logicamente, Lace não sabia que eu não precisava me preocupar com o parasita, por já ter vivido aquilo tudo. Dei de ombros. — Não se pega a doença por arranhões. Só mordidas.

Não deixava de ser mais ou menos verdade.

— Mas e se ele estivesse lambendo as patas? — perguntou ela, com inteligência.

— Já passei por coisas piores — respondi, ainda sem dar importância.

Lace não pareceu convencida.

— Só não quero que você vire vampiro ao meu lado no meio da noite... Tudo bem, sei que isso soou meio esquisito — disse ela, olhando para a toalha branca da mesa e arrumando os talheres com os dedos.

Dei uma risada.

— Não se preocupe com isso. Demora no mínimo algumas semanas para se entrar no estágio de matar e comer pessoas. A maioria das linhagens leva mais tempo ainda.

— Você já viu isso acontecer, não viu? — perguntou ela, olhando para mim novamente. Não respondi imediatamente. — Cara, nada de mentir para mim. Lembra?

— Está bem, Lace. Sim, eu já vi uma pessoa se transformar.

— Um amigo?

Fiz que sim, e uma expressão de satisfação surgiu no rosto de Lace.

— Foi assim que entrou nesse negócio de Patrulha Noturna, não foi?

— Sim, foi isso mesmo. — Reparei nas outras mesas para ver se alguém estava escutando e torcendo para que Lace não continuasse por muito tempo com aquele tipo de interrogatório. Eu não podia contar que minha primeira experiência peep havia sido com uma mulher; ela sabia que o parasita era transmitido sexualmente. — Uma amiga minha pegou a doença.

Opa. Talvez eu não devesse ter dito *amiga*.

— Então é como você disse quando fingia ser da saúde pública: está rastreando uma cadeia de infecção. Está atrás de todas as pessoas que pegaram a doença dessa sua amiga. Morgan dormia com alguém que dormia com sua amiga que se transformou, certo?

Agora era eu quem mexia nos talheres.

— Mais ou menos — respondi.

— Faz sentido — disse ela, baixinho. — Hoje eu estava pensando que algumas pessoas devem descobrir sobre a doença sozinhas, por acidente, como aconteceu comigo. Aí a Patrulha Noturna é obrigada a recrutá-las para manter a história toda em segredo. E deve ser assim que vocês arranjam novos funcionários. Afinal, não podem sair anunciando nos classificados.

— Não mesmo, Sherlock. — Tentei dar uma risada. — Você não está procurando emprego, está?

Ela ficou em silêncio por um instante, sem responder à minha piadinha, o que me deixou extremamente nervoso. O garçom trouxe dois pratos fumegantes e tirou a tampa com um floreio. Ele ficou nos rodeando, salpicando pimenta na massa de Lace e servindo mais água para mim. O cheiro da salsicha subiu do prato, agitando meu corpo ainda faminto. Caí de boca na comida assim que o garçom partiu — o gosto da carne cozida e dos temperos me fez tremer de prazer.

Por sorte, as perguntas inconvenientes tinham acabado. Observei Lace enrolando um bocado de espaguete no garfo, um processo que parecia exigir toda a sua concentração. Com o silêncio se prolongando e as calorias chegando à minha corrente sangüínea, disse a mim mesmo que ficasse calmo.

Não era surpreendente que Lace tivesse passado o dia inteiro pensando nas minhas revelações da noite anterior. Era bobagem ficar tão nervoso por causa de algumas perguntas óbvias. À medida que as salsichas se espalhavam pelo meu corpo, aplacando o parasita, comecei a relaxar.

E então Lace voltou a falar.

— Sabe, eu nunca ia querer o *seu* trabalho. Entrar em túneis e coisas desse tipo. Nunca.

Tapei a boca com a mão e tossi.

— Ahn, Lace...

— Mas vocês têm os caras que arranjaram as plantas do prédio. O Registro, não é isso? E vocês precisam pesquisar a história dos esgotos e das linhas de metrô. Pensei nisso hoje. Sabe, foi por causa desse tipo de coisa que resolvi estudar jornalismo.

— Para pesquisar sobre esgotos?

— Não, cara. Para descobrir o que está acontecendo realmente, entrar nos bastidores. Existe um mundo inteiro que ninguém conhece. É muito legal.

Baixei o garfo e a faca com firmeza.

— Escute, Lace. Não sei se está falando sério, mas isso está fora de cogitação. As pessoas que trabalham no Registro vêm de famílias antigas; cresceram com essa história secreta. Sabem falar inglês medieval e holandês e conseguem identificar escreventes que viveram séculos atrás pela letra. Todos se conhecem há gerações. Você não pode aparecer do nada e pedir um emprego.

— Isso é mesmo impressionante — disse ela, dando um sorriso irônico. — Mas eles são péssimos em encontrar pessoas.

228

— Como?

O sorriso de Lace só crescia enquanto ela enrolava mais espaguete no garfo, enfiava a porção na boca e mastigava lentamente. Finalmente, engoliu.

— Eu disse que eles são péssimos em encontrar pessoas.

— O que está querendo dizer?

— Deixe-me mostrar uma coisa.

Ela tirou algumas cópias dobradas de um bolso interno do casaco e me entregou. Empurrei meu prato para o lado e abri os papéis sobre a toalha. Eram as plantas de uma casa — uma casa bem grande. As legendas estavam escritas à mão em letra corrida. E as fotocópias tinham um tom cinza que indicava que os papéis originais eram amarelados.

— O que é isso?

— É a casa de Morgan Ryder.

— Casa de quem?

— Na verdade, é da família. Mas ela está lá atualmente.

— Não brinca.

— Brinco sim, cara.

Balancei a cabeça.

— O pessoal do Registro já a teria encontrado.

Lace encolheu os ombros, enquanto girava o garfo, fazendo os últimos fios de espaguete correrem pelo prato como uma foto de satélite de um furacão.

— Nem foi tão difícil. Tudo que tive de fazer foi olhar na lista telefônica e ligar para todos os Ryders, perguntando sobre Morgan. A primeira dezena disse que não havia ninguém com esse nome. Então uma pessoa ficou toda preocupada, querendo saber quem eu era. — Ela riu. — Fiquei nervosa e desliguei.

— Isso não prova nada — retruquei.

Lace apontou para os papéis sobre a mesa.

— De acordo com o endereço na lista telefônica, esse é o lugar. Está até no registro histórico. Pertence aos Ryders desde a construção.

Observei as plantas, incrédulo. Era impossível que aquilo tivesse passado pelo Registro. A Prefeitura teria verificado diretamente com a família.

— Mas ela não está lá. Eu disse que ela está desaparecida — lembrei.

— Você disse pele clara, não foi? Cabelo preto, meio gótica?

Abri a boca, mas levou um tempo até conseguir emitir algum som.

— Você *foi* lá?

Ela fez que sim e começou a enrolar mais um pouco de macarrão.

— É claro que não bati na porta. Sou mais de investigação do que de confronto. Mas a casa tem janelas largas. E o mais estranho é que Morgan não parece nem um pouco maluca. Só entediada. Sentada na janela, lendo. Os peeps gostam de ler, cara?

Lembrei-me das fotos que Chip havia me dado. Peguei-as no bolso do casaco. Lace só precisou dar uma breve olhada na foto de Morgan.

— É essa a garota.

— Não pode ser — reagi. Minha cabeça estava girando. A Patrulha Noturna não podia ter cometido um erro daquele tipo. Se Morgan estivesse à vista de todos, alguém a teria localizado. — Talvez ela tenha uma irmã — murmurei.

No entanto, possibilidades mais sombrias já passavam pela minha cabeça. A família Ryder era antiga. Talvez estivessem agindo nos bastidores, usando contatos para mantê-la escondida. Ou talvez o Registro estivesse com medo de ir atrás de antigos amigos do Prefeito.

230

Ou talvez eu tivesse preenchido o maldito formulário errado. Qualquer que fosse a resposta, eu me sentia um idiota. Todo mundo costumava brincar que nós, caçadores, éramos muito preguiçosos para cuidar de nossa própria pesquisa e que só ficávamos esperando os investigadores do Registro e do Departamento de Saúde e Higiene Mental nos dizerem a localização dos peeps. Nunca me passou pela cabeça abrir uma lista telefônica e procurar Morgan Ryder sozinho.

— Não faz essa cara de idiota — disse Lace. — Talvez Morgan não esteja infectada, no fim das contas. Ela parecia bem normal. Você disse que os peeps eram maníacos.

Ainda pasmo, balancei a cabeça.

— Bem, ela pode ser uma portadora.

Percebi muito tarde que tinha falado demais.

— Uma portadora? — perguntou Lace.

— Hum, isso mesmo. Carrega a doença, mas não apresenta os sintomas.

Ela ficou parada, segurando o garfo com fios de espaguete pendurados.

— Você quer dizer tipo a Mary Tifóide? Espalhando o tifo por toda parte sem desenvolver a doença? — Lace riu da minha reação. — Não fica com essa cara de surpresa. Li sobre doenças o dia inteiro.

— Lace, você tem de parar com isso!

— O quê? Parar de agir como uma pessoa que tem cérebro? Ah, por favor. — Ela engoliu uma garfada. — Então existem pessoas que apenas carregam o parasita? Infectadas, porém não malucas?

— Sim. Mas é muito raro.

— Ahn, existe uma maneira de descobrir. Podemos ir lá.

— *Podemos?*

— Isso. Estamos praticamente lá. — Ela apontou com o dedo para a porta, sem conter outro sorriso de satisfação. — Fica bem no fim da rua.

A Mansão Ryder ocupava um terreno de esquina inteiro. Era um casarão com todos os detalhes tradicionais: janelas amplas, torres nos cantos, varandas nos observando. Sob o luar, a casa tinha um aspecto intimidante; um pouco bem cuidada demais para fazer o papel de mal-assombrada, mas um quartel-general apropriado para os caras maus.

Enfiei a mão no bolso e senti o metal frio do meu injetor. Eu havia recarregado o dispositivo depois de derrubar Patricia Moore sem entregá-lo ao esquadrão de transporte com a mochila. Por mais que Chip reclamasse, a falta de cuidado com os equipamentos às vezes tinha suas vantagens.

— Você *tem certeza* de que era ela?

— Absoluta, cara. — Lace apontou para um conjunto de três janelas se destacando no terceiro andar. — Estava bem ali, sentada, lendo. O que vamos fazer? Bater na porta?

— Não *vamos* fazer nada! — disse, duramente. — *Você* vai voltar para o meu apartamento e esperar lá.

— Posso esperar aqui.

— Nada disso. Ela pode ver você.

— Cara, está muito escuro.

— Os peeps enxergam no escuro!

— Mas ela é como Mary Tifóide, não é? Sem sintomas.

— Sim, isso está certo em relação ao tifo. Mas os peeps portadores manifestam alguns sintomas, como visão noturna e audição acima do normal.

— E eles são muitos fortes também, não são?

— Escuta, saia aqui. Se ela... — Minha voz sumiu. Do escuro, atrás dos arbustos, um par de olhos havia acabado de piscar, brilhando à luz do luar. — Merda.

— O que foi, Cal?

Dei uma geral na rua sombria. Do meio dos arbustos, de baixo de carros, de uma janela alta da mansão, pelo menos sete gatos nos observavam.

— Gatos — sussurrei.

— Ah, é — disse Lace, também baixando a voz. — Percebi isso hoje à tarde. A vizinhança toda está cheia de gatos. É um mau sinal?

Respirei lenta e profundamente, tentando reproduzir a confiança da Dra. Rato. Levaria gerações para o parasita se adaptar a novos hospedeiros, para descobrir um caminho de gato para gato. As criaturas que nos observavam podiam ser apenas felinos normais, a ninhada de uma senhora apaixonada por gatos, e não de um vampiro. Talvez.

Então os olhos de um dos gatos refletiram as luzes de um carro que passava, ficando vermelhos por uma fração de segundo. Tentei engolir, mas minha boca estava seca.

A maioria dos predadores tem camadas reflexivas atrás dos olhos que os ajudam a enxergar no escuro. Mas os olhos dos gatos refletem verde, azul ou amarelo. Não vermelho. São os olhos *humanos* que refletem vermelho, como todo mundo já viu em fotografias mal tiradas.

Aqueles gatos eram... especiais.

— Certo, Lace. Eu vou entrar lá. Mas você *tem* de voltar para o meu apartamento. Depois contarei tudo o que vir.

Lace parou para pensar.

— E se você for pego? Disse que a Morgan escuta muito bem.

— É, pode acontecer. Mas esse é o meu trabalho. — Senti o peso tranqüilizador do injetor no meu bolso. — Sei como lidar com peeps.

— Claro, cara, mas escuta a minha idéia: enquanto eu estiver voltando para casa, posso me apoiar em alguns carros estacionados e disparar alguns alarmes. Talvez isso encubra o barulho.

233

— Bem pensado. — Segurei-a pelos ombros. — Mas não fique por perto. Esse lugar não é seguro.

— Não vou ficar por perto. Será que eu pareço idiota?

Fiz que não e sorri.

— Na verdade, você é bem esperta.

Ela retribuiu o sorriso.

— Você não viu nada.

Depois da esquina, fora do campo de visão de Lace, escolhi uma casa de pedra de quatro andares para escalar. Foi fácil pular até o peitoril do segundo andar, e a chaminé era repleta de buracos e reparos malfeitos que serviam como apoios perfeitos. Levei uns dez segundos para alcançar o topo — tão rápido que uma pessoa que estivesse assistindo de uma janela próxima não acreditaria nos próprios olhos.

Do telhado, eu tinha uma boa visão dos fundos da Mansão Ryder. Como indicado nas plantas obtidas por Lace, uma varanda se projetava do último andar, com portas de ferro protegendo vidros escuros. Eu só precisava passar para a construção vizinha e descer até a casa dos Ryders.

Pulei para o telhado ao lado, venci um vão de dois metros e escalei outro prédio, acabando poucos metros acima da varanda dos Ryders. Tirei as botas. Mesmo depois que Lace disparasse alguns alarmes, eu teria de agir cuidadosamente. Casas de três séculos de idade costumam ser barulhentas.

O frio começou a deixar meu pé dormente, mas meu metabolismo peep reagiu, produzindo energia a partir do nervosismo e da carne no meu estômago. Fiquei à espera, esfregando os pés, para mantê-los aquecidos.

Alguns minutos depois, o primeiro alarme de carro disparou. Outros se seguiram, numa seqüência que parecia um coro

234

de demônios. Enquanto a cacofonia se espalhava, tive a clara impressão de que Lace estava se divertindo.

Aquela garota era confusão certa.

Pulei na varanda suavemente; as tiras de metal gelado no chão me causaram um arrepio na espinha. Foi fácil abrir a fechadura da porta.

Dentro do quarto, havia uma grande cama de quatro colunas, coberta com um dossel de renda. Não havia qualquer cheiro de peep: só de roupa lavada e naftalina. Atravessei o piso de madeira com cuidado, calculando cada passo para evitar tábuas barulhentas.

Dava para ver luz por baixo da porta, mas, quando encostei a orelha, não consegui ouvir nada além dos alarmes vindos da rua. De acordo com as plantas copiadas por Lace, o quarto ao lado tinha sido uma pequena cozinha de empregados, nos tempos antigos.

A porta abriu sem ranger. Até ali, a casa parecia bastante normal. O balcão da cozinha estava tomado pelas habituais panelas e frigideiras. Não havia nada esquisito, como fatias de carne crua penduradas e pingando sangue na pia.

Mas então meu nariz captou os odores que subiam do piso.

Havia uma fila de catorze tigelas, de diferentes tamanhos, lambidas até ficarem limpas, mas ainda cheirando a comida enlatada de gato — salmão, galinha e gordura de carne, farinha maltada de cevada e farelo de arroz, o cheiro penetrante de ácido fosfórico.

Catorze. Um gato peep era um monstro promissor; catorze eram uma epidemia.

Ouvi vozes por baixo dos alarmes estridentes. A casa rangia com o caminhar de pessoas num dos andares abaixo de mim. Atravessei a cozinha com cuidado, aproveitando os alarmes de carro enquanto podia. Um por um, eles se desligavam, substituídos por um coro de cachorros que latiam em represália. Logo a vizinhança retornaria à paz e ao silêncio.

Passei ao corredor e, debruçado sobre o corrimão, tentei distinguir as palavras em meio à conversa lá embaixo. Então uma sensação de reconhecimento percorreu meu corpo... Ouvi a voz de Morgan. Lace tinha razão. Minha progenitora realmente estava ali.

Apertei o corrimão e, de olhos fechados, senti todas as minhas certezas desaparecerem. O Registro teria mesmo cometido um erro, ou alguém dentro da Patrulha Noturna estaria ajudando Morgan a se esconder?

Como os últimos alarmes já tinham silenciado, decidi descer engatinhando, de barriga para baixo. Eu avançava de centímetro em centímetro, movendo-me apenas durante acessos de risada ou conversas mais altas.

Havia pelo menos três vozes além da de Morgan: outra mulher e dois homens. Os quatro riam e contavam histórias, flertando e bebendo. O gelo fazia barulho dentro dos copos. Eu podia sentir uma garrafa aberta de rum graças às moléculas de álcool que subiam a escada. Um dos homens começou a suar intensamente enquanto contava uma piada. Todos riram para valer no final, no tom ansioso de pessoas que acabaram de se conhecer.

Eu não conseguia sentir o cheiro de Morgan, o que, idealmente, significava que ela também não podia me farejar. De qualquer maneira, eu havia acabado de tomar banho. E, embora minha jaqueta ainda carregasse um sopro do restaurante italiano, o rum e a loção pós-barba dos dois homens lá embaixo encobririam meu cheiro.

Lá fora, o som do último alarme desapareceu no ar.

236

Continuei avançando lentamente, escorregando pela escada como uma lesma gigante. Logo consegui ver as sombras se movendo. Só mais um passo e eu poderia espiar a sala de estar.

Por entre os balaústres, finalmente a vi: Morgan Ryder, vestida de preto, em contraste com sua pele clara, agitando uma bebida na mão. Seus olhos brilhavam; toda a atenção estava voltada ao homem sentado ao seu lado. O grupo de quatro havia se dividido em duas conversas — dois casais.

Então me dei conta de quem era a outra mulher: Angela Dreyfus, a última pessoa desaparecida do sétimo andar. Seus olhos estavam arregalados, numa surpresa infinita, destacados num rosto tão magro quanto o de uma modelo da *Vogue*. Sua voz soava seca e dura, embora continuasse dando goles na bebida. Ela só podia ser uma parasita positiva. Apesar disso, Angela Dreyfus parecia equilibrada e convincente, flertando sem compromisso com o homem que ocupava seu lado no sofá superacolchoado.

Outra portadora.

Minha cabeça girava. Aquilo fazia com que fôssemos três — Morgan, Angela e eu — dos casos decorrentes das pessoas que tinham sido infectadas no prédio de Lace. Porém, apenas um por cento dos seres humanos tem imunidade natural. Portanto, seria necessário um grupo de centenas para gerar três portadores. Ali eram três de cinco.

Aquela era uma senhora aproximação estatística.

Então me lembrei de Patricia Moore conversando comigo de modo quase coerente, depois de receber os tranqüilizantes, exatamente como Sarah. E de Joseph Moore enfrentando a luz do sol, caçando com enorme determinação. Nenhum deles havia se mostrado um vampiro tradicional de olhos injetados.

Gatos, portadores e peeps que não eram loucos. Minha linhagem do parasita era mais do que um monstro promissor. Havia um padrão de adaptações.

237

Mas o que tudo aquilo significava?

Quando algo agitou o ar atrás de mim, meus músculos se enrijeceram. Passos leves vinham do alto da escada, tão leves que as tábuas centenárias não reclamaram. Um flanco macio roçou nas minhas pernas e pequenas patas com garras passaram pelas minhas costas.

Um gato estava andando em cima de mim.

Ele pisou nos meus ombros e, em seguida, sentou-se no degrau abaixo da minha cabeça, olhando nos meus olhos, talvez sem entender por que eu estava descendo a escada daquela maneira. Dei um sopro na tentativa de afastá-lo. Ele piscou, incomodado, mas não saiu do lugar.

Olhei para Morgan, que continuava concentrada em seu alvo, tocando seu ombro de leve enquanto ele preparava mais drinques para todos. Diante daquilo, senti um acesso de ciúmes, e meu coração se acelerou.

Percebi que Morgan e Angela estavam seduzindo aqueles homens, do mesmo modo que Morgan havia me seduzido. Elas queriam espalhar a linhagem.

Teriam *consciência* do que estavam fazendo?

O gato lambeu meu nariz. Segurei um palavrão e tentei empurrar a criatura escada abaixo. Como reação, ele apenas se esfregou nos meus dedos, querendo uma coçada.

Sem opção, fiz carinho em sua cabeça, sentindo o cheiro da descamação. Assim como o gato que tinha visto perto do prédio de Lace, ele não tinha qualquer odor particular. Mas fiquei observando, até que seus olhos brilharam sob a luz que vinha de baixo. Vermelho-sangue.

Permaneci deitado, sem poder me mover, acariciando o gato peep nervosamente, enquanto Angela e Morgan flertavam, brincavam e bebiam, preparando os homens para serem

238

infectados. Quem sabe, comidos. A beleza era suficiente? Despreocupado, o gato ronronou.

Quantos gatos peep mais haveria ali? E como aquilo teria acontecido no Brooklyn, bem debaixo do nariz da Patrulha Noturna?

Depois de um tempo interminável, o gato peep se espreguiçou e desceu o resto da escada. Pensei em voltar sorrateiramente à cozinha dos criados e fugir. Mas, quando o gato atravessou o ambiente na direção de Morgan, meu coração foi à boca.

Ele pulou em seu colo, e ela acariciou sua cabeça.

Não, eu disse sem emitir som algum.

Um ar de estranhamento tomou o rosto de Morgan. Em silêncio, ela levou a mão ao nariz e sentiu o cheiro. Sua expressão era de reconhecimento.

Ela olhou para a escada. Notei o momento exato em que me viu.

— Cal? — gritou ela. — É *você*?

Nós, portadores, nunca nos esquecemos de um cheiro.

Esforcei-me para ficar de pé, atordoado com tanto sangue na cabeça.

— Cal do *Texas*? — perguntou ela.

Morgan havia ido até o pé da escada, sem largar a bebida.

— Há alguém aí em cima? — perguntou um dos homens, levantando-se.

Enquanto eu andava para trás no alto da escada, Angela Dreyfus juntou-se a Morgan lá embaixo. Meu injetor só tinha uma dose. E aquelas mulheres não eram peeps fora de si. Eram tão fortes, rápidas e espertas quanto eu.

— Espere um pouco, Cal — disse Morgan, pondo um pé no primeiro degrau.

239

Virei e saí correndo, atravessando a cozinha e o quarto. Ouvi passos e ruídos de tábuas rangendo indignadas. A casa foi tomada pelo barulho de uma perseguição.

Assim que cheguei à varanda, pulei e me agarrei à ponta do telhado vizinho. Subi e recolhi minhas botas. Ainda de meias, saltei uma altura aproximada de um andar, sentindo o impacto na coluna. Perdi o equilíbrio e caí. De costas, no chão, calcei as botas.

De pé novamente, pulei o vão de dois metros e escalei até o teto da casa de pedra. Parei por um momento e olhei para a Mansão Ryder.

Morgan estava na varanda, balançando a cabeça, desapontada.

— Cal — gritou ela, não muito alto, num volume perfeito para minha audição de peep. — Você não entende o que está acontecendo.

— Pode acreditar que não! — respondi.

— Espere aí — disse ela, descendo dos sapatos de salto alto.

Uma porta bateu em algum lugar abaixo de mim, o que me fez dar um passo em direção à beirada e olhar para trás, por cima do ombro. Percebi movimento na rua. Angela Dreyfus estava se movendo pela escuridão, com um batalhão de pequenos vultos negros acompanhando-a furtivamente.

Eles tinham me cercado.

— Merda — disse, antes de sair correndo.

Pulei no teto vizinho e avancei até um beco sem saída: um vão de quatro metros. Se eu não conseguisse pular longe o bastante, cairia por uma parede de tijolos, sem janelas, até o asfalto quatro andares abaixo.

Havia uma escada de incêndio nos fundos do prédio e, lá embaixo, uma cerca alta isolando um pequeno jardim. Desci os degraus de metal, vencendo cada lance com dois pulos rápidos, causando impactos que faziam a estrutura toda tremer. Assim que cheguei ao chão, atravessei o gramado e pulei a cerca, caindo em outro jardim.

Continuei em frente, pulando cercas, tropeçando em bicicletas e churrasqueiras cobertas com lonas. Na esquina oposta à da Mansão Ryder, um beco estreito, tomado por sacos de lixo, levava à rua. Só havia uma grade de três metros de altura e uma espiral de arame farpado me separando da liberdade.

Joguei minha jaqueta sobre o arame farpado e subi nos sacos de lixo. Ratos correram para todos os lados. Com a montanha de lixo balançando sob meus pés, pulei e passei por cima da grade, sentindo o arame farpado se comprimir como molas gigantes embaixo da jaqueta.

A queda na rua doeu como um soco dado pelo asfalto.

Dolorido e sem fôlego, rolei no chão, tentando ouvir sinais da aproximação de Morgan. Não havia nada além dos passos dos ratos que ainda fugiam. Examinei as ruas, mas Angela também não estava por perto.

No entanto, um gato solitário me observava, debaixo de um carro. Seus olhos eram vermelhos.

Ficando de pé, tentei soltar minha jaqueta do arame farpado, mas não consegui. Deixei-a para trás e, mancando, fui caminhando na direção oposta à da Mansão Ryder. O vento passava pela minha camiseta. Meu ombro sangrava como conseqüência da queda.

Um quarteirão à frente, parei um táxi e entrei no carro, tremendo como um cachorro molhado.

Havia uma epidemia fora de controle no Brooklyn.

Meu apartamento estava às escuras. Apertei o interruptor e nada aconteceu.

Fiquei parado ali, tremendo, enquanto meus olhos se ajustavam ao escuro.

— Tem alguém aí?

Sob o brilho do relógio do aparelho de DVD, vi uma forma humana sentada à mesa da cozinha. Senti o cheiro de jasmim no ar.

— Lace? Por que as luzes estão...?

Alguma coisa atravessou o ar diante de mim.

Ergui a mão e segurei o projétil de plástico. Olhei espantado. Era a espátula que costumava usar para virar panquecas.

— Ahn, Lace? O que está fazendo?

— Você enxerga no escuro — disse ela.

— Eu... ahn...

Ela bufou, contrariada.

— Seu idiota. Achou que eu tinha esquecido de você me levantando na varanda da Freddie?

— É que...

— Ou de quando você *cheirou* aquele negócio na minha parede? Ou de que você não come nada além de carne?

— Comi um pouco de pão hoje à noite.

— E que eu não ia segui-lo por meio quarteirão a tempo de vê-lo escalar um *prédio*?

Sua voz ficou esganiçada nas últimas palavras. Dava para sentir a raiva no ar. Até Cornélio estava quieto diante de sua intensidade.

— Nós tínhamos um acordo, Cal. Você não podia mentir para mim.

— Eu não menti — disse, com convicção.

— Mas que *cascata*! — gritou ela. — Você é um portador e não tinha nem me contado que isso *existia* até hoje à noite!

— Mas...

242

— E o resto que você me contou? "Um *amigo* meu dormiu com Morgan." Não acredito que não percebi nada. Um amigo coisa nenhuma. Você pegou isso dela, não foi?

Suspirei antes de responder:

— Sim, foi isso mesmo. Mas nunca menti para você. Só não contei nada.

— Escute, Cal, há algumas coisas que você tem de contar mesmo que não perguntem. Estar infectado com vampirismo é uma delas.

— Não, Lace — reagi. — Isso é uma coisa que tenho de esconder todos os dias da minha vida. De todo mundo.

Ela ficou em silêncio por um instante. Permanecemos sentados no escuro, olhando um para o outro.

— Quando você ia me contar? — perguntou ela, finalmente.

— Nunca. Você não entende? Ter essa doença significa nunca poder contar a ninguém.

— Mas e se...? — começou a dizer, mas parou no meio da frase, deixando a voz transformar-se num sussurro. — E se você quiser dormir com alguém, Cal? Você terá de contar.

— Não posso dormir com ninguém.

— Pelo amor de Deus, Cal, até pessoas com HIV fazem sexo. Elas só precisam usar camisinha.

Senti meu coração bater rapidamente quando repeti o triste dogma da aula de Introdução aos Peeps:

— Os esporos do parasita sobrevivem até na saliva. E são pequenos o bastante para atravessar o látex. *Qualquer* tipo de sexo é perigoso, Lace.

— Mas você...

— Em outras palavras, Lace: simplesmente não pode acontecer. Não posso nem beijar uma pessoa!

As últimas palavras saíram com raiva. Eu estava furioso por ter de dizer aquilo em voz alta, tornando tudo real e inescapável mais uma vez. Lembrei da minha fantasia patética no restaurante, sonhando que alguém poderia nos confundir com um casal, imaginando-me como um ser humano normal.

— E você não achou que isso fosse importante para mim? — perguntou ela, contrariada.

Meu coração acelerado reverberou com a pergunta, lembrando-se do som de sua respiração tomando conta do ambiente na noite anterior.

— Importante para você?

— Sim.

Ela levantou-se, arrastou a cadeira até debaixo da luminária, subiu e pôs a lâmpada no lugar. Uma piscada, e a luz voltou. Fechei os olhos para me proteger da luminosidade.

— Acho que *tudo* é importante para você. Quer ler meu diário agora? Quer revistar meu armário? Já contei praticamente tudo!

Lace desceu da cadeira e seguiu até a porta. Sua mochila encontrava-se ali do lado, arrumada. Ela estava de partida.

— Praticamente tudo não foi o suficiente, Cal. Você devia ter me contado. Você devia *saber* que eu gostaria de saber. — Ela se aproximou, pôs um papel dobrado sobre a mesa e me deu um beijo na testa. — Sinto muito por você estar doente, Cal. Vou ficar na minha irmã.

Meu cérebro estava a mil, encurralado numa daquelas situações em que você sabe que as palavras seguintes são *realmente importantes*, mas nem sequer consegue abrir a boca. Depois de um tempo, um arroubo de determinação venceu o caos.

— Por quê? Por que você se importa se estou doente?

— Meu Deus, Cal! Porque achei que houvesse alguma coisa entre nós. — Ela encolheu os ombros. — Pelo jeito que você me olha. Desde a primeira vez em que nos vimos, no elevador.

244

— Isso é porque... eu *gosto* de você. — Senti um negócio na garganta, uma coisa nos olhos, mas não queria chorar. — Só que não há nada que eu possa fazer a respeito.

— Você podia ter me contado. É como se você estivesse brincando comigo.

Abri a boca para discordar, mas concluí que ela tinha razão. Ou quase. Eu estava brincando comigo mesmo, sem querer admitir o quanto gostava dela, tentando esquecer que tudo acabaria daquela forma: ela se sentindo decepcionada e traída; eu flagrado nas minhas mentiras, sem palavras.

Mas, como eu não sabia explicar tudo aquilo, acabei sem dizer nada.

Lace abriu a porta e partiu.

Fiquei sentado por um instante, tentando segurar as lágrimas, agarrando-me ao pedacinho de mim que conseguia se sentir bem. Lace também tinha gostado de mim. Caramba.

Depois de um tempo, dei comida a Cornélio e me preparei para uma longa noite acordado, em meio às dores da virulência ideal. Tirei minha escova cheia de esporos e todos os livros da Patrulha Noturna de seus esconderijos. O apartamento voltou a ser o que era antes da chegada de Lace. Até borrifei limpador de vidro no sofá para tentar apagar seu perfume.

Contudo, antes de ir dormir, reparei no pedaço de papel dobrado que ela tinha deixado. Era um número de celular.

Aquilo queria dizer que eu podia ligar para avisar quando seu prédio estivesse seguro? Ou quando eu tivesse um escorredor de macarrão novo para ela? Ou seria um convite para uma amizade *profundamente* frustrante?

Deitei no colchonete e deixei Cornélio se sentar no meu peito, com todos os seus sete quilos me reconfortando. Estava

245

me preparando para enfrentar aquelas e outras perguntas que dançariam atrás das minhas pálpebras pelas oito horas seguintes.

Eu disse oito horas?

Na verdade, quis dizer quatrocentos anos.

18. Plasmódio

Imagine morrer de uma picada de mosquito.

Isso acontece a cerca de dois milhões de pessoas por ano, por causa de um parasita chamado plasmódio. Funciona assim:

Quando um mosquito infectado pica você, o plasmódio é injetado em seu fluxo sangüíneo. Ele se desloca pelo corpo até alcançar o fígado, onde permanece por aproximadamente uma semana. Nesse tempo, muda de forma. Mais ou menos como uma lagarta que se transforma numa borboleta.

Eu disse borboleta? Na verdade, é mais parecido com um tanque em tamanho microscópico. O plasmódio ganha filetes que permitem que ele se arraste pelas paredes dos vasos sangüíneos. Depois desenvolve uma espécie de lançador de mísseis na cabeça. Esse lançador ajuda o parasita a penetrar num dos seus glóbulos vermelhos.

Dentro do glóbulo vermelho, o plasmódio encontra-se em segurança, a salvo do sistema imunológico. Mas permanece ocupado. Ele consome o interior da célula e usa o material para produzir 16 cópias de si mesmo. Essas cópias saem e vão invadir outros glóbulos vermelhos, onde produzirão *mais* 16 cópias de si mesmas...

Não é difícil perceber que isso se torna um problema. E o nome do problema é malária.

Ter malária é um porre. À medida que seus glóbulos vermelhos são consumidos pelo plasmódio, você apresenta tremores e depois uma febre alta que volta em intervalos de poucos dias. O fígado e o baço incham, e a urina fica escura, por causa dos glóbulos vermelhos mortos.

A coisa piora. Os glóbulos vermelhos deveriam transportar oxigênio pelo corpo. Quando se tornam fábricas de reprodução de plasmódio, o fluxo de oxigênio é interrompido. A pele fica amarelada, e você passa a delirar. Se a malária não for tratada, você acabará entrando em coma e morrendo.

Mas por que o plasmódio é tão cruel? Por que um parasita desejaria matá-lo, se isso também significa a morte dele? Esse processo parece ir contra a lei da virulência ideal.

Eis a explicação: os seres humanos não transmitem malária entre si, porque a maioria das pessoas não tem o hábito de se morder. Então, para infectar outros seres humanos, o plasmódio precisa voltar para um mosquito.

É mais complicado do que parece. Quando um mosquito dá uma picada, suga apenas uma minúscula gota de sangue. Porém, o plasmódio não sabe *qual* gota será sugada. Portanto, tem de estar em *todo* o fluxo sangüíneo, mesmo que isso resulte na sua morte.

Nesse caso, virulência ideal significa dominação total.

No entanto, o plasmódio não é completamente privado de sutileza. Às vezes, resolve não matar as pessoas.

Por quê? Porque se muitos habitantes de um lugar pegarem malária ao mesmo tempo, pode haver uma mortalidade geral. Isso seria péssimo para o plasmódio; afinal, ele precisa de seres humanos para procriar. Assim, de tempos em tempos, o plasmódio dá uma folga. Na verdade, uma linhagem pode permanecer no interior do seu corpo por até trinta anos, antes de entrar em ação.

O plasmódio deixa que você pense que está tudo bem, mas continua ali, escondido no seu fígado, à espera do momento certo para libertar os engenhos da destruição.

Bem esperto, não é?

19. Vetor

Acordei de mau humor, disposto a botar para quebrar.

A primeira vítima foi Chip, do Registro.

— Ei, Garoto.

— Certo, vamos combinar uma coisa: *não* me chame de Garoto!

— Caramba, Cal. — Os grandes olhos castanhos de Chip pareciam magoados. — O que deu em você? Não dormiu bem esta noite?

— Não, não dormi. Algo relacionado a Morgan Ryder morar a menos de um quilômetro de mim me tirou o sono.

— O que você fez desta vez?

Suspirei enquanto me sentava numa cadeira. Eu havia praticado minha fala dramática pelo caminho todo, e, ainda assim, Chip me olhava como se eu estivesse falando holandês da Idade Média.

— Vamos lá, Chip. Preste atenção. Encontrei Morgan Ryder, minha progenitora, a peep de alta prioridade que vocês vêm procurando desde anteontem. *No catálogo telefônico!*

— Ahn, bem, não olhe para mim.

— Ahn, Chip, estou *olhando* para você mesmo. — Era verdade. Eu estava olhando para ele. — Este lugar é o Registro, não é? Vocês têm catálogos telefônicos aqui embaixo, não têm?

— Claro, mas...

— Mas vocês andaram me enrolando, não foi?

Ele levantou os braços.

— Ninguém está enrolando você, Cal — disse ele, curvando-se para a frente e baixando o tom de voz. — Pelo menos, ninguém no Registro. Isso eu posso garantir.

Com a boca pronta para soltar outro comentário sarcástico, parei para pensar. Precisei de um tempo para mudar de direção.

— O que você quer dizer com ninguém no Registro?

Ele olhou por cima do ombro antes de responder:

— Ninguém *do Registro* está enrolando você.

O ventilador de teto fez um ruído.

— Quem então? — sussurrei.

Chip respirou fundo e, com um gesto, pediu que eu me aproximasse.

— Tudo que posso dizer é que esse caso foi tirado de nós.

— Defina *tirado*.

— Transferido a um nível mais alto. Alta prioridade, como você disse. Depois que você descobriu o sobrenome dela, algumas pessoas nos pediram para rastrear os outros três moradores, mas deixar Morgan Ryder em paz. Eles queriam cuidar do caso dela de modo especial.

Senti um arrepio.

— O escritório do Prefeito? — perguntei. Chip não disse nada, o que dizia tudo. — Hum, isso acontece com freqüência?

Chip deu de ombros de modo pouco convincente.

— Bem... — Ele mordeu o lábio inferior. — Na verdade, não acontece muito. Principalmente desse jeito.

252

— Que jeito?

Ele chegou mais perto ainda. Eu mal conseguia ouvir o sussurro em meio ao ruído do ventilador de teto.

— Sem ninguém dizer nada a você, Cal. Nós devíamos receber todas as informações encontradas pelo escritório do Prefeito e repassá-las a você. Mas você nem podia saber que nós tínhamos saído do caso. E eu também não devia estar lhe contando isso *agora*, se é que não percebeu ainda.

Deixei meu corpo cair pesadamente na cadeira de Chip, sentindo minha raiva justificada ser pulverizada. Gritar com Chip era uma coisa; soltar os cachorros no Prefeito da Noite era algo que eu não conseguia imaginar. Vampiros de 400 anos de idade têm esse efeito sobre mim.

Então aquilo *era* uma conspiração. Mas o Prefeito da Noite? Ele era o chefão, o maioral. Contra quem poderia estar conspirando?

Todos nós? Toda a Patrulha Noturna?

A humanidade?

Debrucei-me sobre a mesa novamente.

— Ahn, Chip? Considerando que você não devia me contar nada disso, talvez fosse bom fingirmos que realmente não contou.

Chip não disse nada. Apenas apontou para o maior aviso do quadro — maior até que o NÃO TEMOS CANETAS — e então tive certeza de que nosso segredo estava seguro.

Em letras maiúsculas bem grandes, havia as palavras QUANDO ESTIVER EM DÚVIDA, TIRE O SEU DA RETA.

Em seguida, fui conversar com a Dra. Rato.

Se houvesse alguém em que eu podia confiar, era ela. Diferentemente da Analista e do Prefeito, ela não era portadora. Não estava viva havia séculos e não dava a mínima para as famílias antigas. Era uma cientista — sua única lealdade era em relação à verdade.

Mesmo assim, decidi agir com um pouco mais de cuidado.

— Bom dia, Dra. Rato.

— Bom dia, Garoto! — Ela sorriu. — Exatamente quem eu queria ver neste momento.

— Ah, é? — Forcei um sorriso. — Por quê?

Ela se recostou na cadeira.

— Os peeps que você capturou ontem. Sabia que eles conseguem *falar*?

Franzi a testa.

— Sim, claro. Patricia Moore falou comigo.

— Nunca vi algo parecido.

— E quanto a Sarah? Ela também falou comigo.

— Não, Cal, isso aqui é diferente — disse ela, balançando a cabeça. — Sim, muitos peeps recuperam a lucidez momentos depois de serem atingidos com os sedativos. Mas os dois que você capturou ontem têm mantido verdadeiras *conversas*.

— Eles são marido e mulher. E o anátema? Eles não deveriam começar a gritar só de pensar um no outro?

— É o que se espera. Mas eles vêm mantendo contato de uma cela para a outra. Desde que não se *vejam* realmente, não há problema.

— É efeito das drogas?

— Depois de uma única noite? Impossível. E, pelo que posso perceber, não é a primeira vez que os dois mantêm essas conversas. Acho que eles *viviam juntos* no túnel. Dividindo as tarefas de caça, conversando na escuridão. A coisa mais estranha que já vi. Eles são praticamente...

Ela não completou a frase.

— Equilibrados? — perguntei.

— Isso. Quase.

— Bem, exceto pelo fato de serem canibais.

— Não encontramos restos humanos no túnel, Cal. Eles só comiam pombos. Pense bem: aquelas caveiras na toca da Sarah tinham mais de seis meses. Por isso demoramos tanto para encontrá-la. Ela tinha parado de atacar pessoas. Tinha passado a comer ratos.

— Ei. Ex-namorado sentado bem aqui.

Ela me lançou um olhar do tipo não-seja-bobinho.

— Claro, bem, devorar ratos é muito melhor do que comer pessoas. Acredito que sua linhagem seja... diferente.

— E quanto à frase "tão bonitinho que eu tive de comê-lo"?

A Dra. Rato sentou-se novamente à mesa, espalmando as mãos.

— Bem, talvez os sintomas do início da doença sejam iguais aos de um peep normal. Mas, em algum momento, o parasita se acalma. Não parece transformar as pessoas em monstros descontrolados... não para sempre, pelo menos.

Assenti. A teoria encaixava-se ao que eu tinha visto de Morgan e Angela Dreyfus na noite anterior.

— Talvez nós tenhamos provocado isso — prosseguiu a Dra. Rato.

— Hein? Nós quem?

— A Patrulha Noturna. É difícil para peeps malucos perderem o controle numa cidade moderna, principalmente com nosso envolvimento. Essa pode ser uma adaptação à Patrulha Noturna. Talvez você seja parte de uma linhagem inteiramente nova, Cal, uma dotada de um nível mais baixo de virulência ideal. Os peeps são menos violentos e desequilibrados. A transmissão costuma ocorrer por via sexual. Assim, tem maiores chances de sobreviver numa cidade organizada para capturar os maníacos.

255

— Isso quer dizer que mais de uma em cada cem pessoas seria imune?

— Claro. Isso realmente faz sentido. Exceto pela adoração de gatos. — Ela notou minha mudança de expressão e ficou preocupada. — Você está bem, Cal?

— Ahn, estou bem. Você acabou de dizer "adoração de gatos"?

— Disse, sim. — A Dra. Rato sorriu e revirou os olhos. — Os dois que você capturou ontem *não* param de falar do gato peep. O bichano está bem? Podemos vê-lo? Ele está recebendo comida suficiente? — Ela riu. — É como um anátema ao contrário, como se eles odiassem gatos no passado e agora os adorassem. Não entendo. Mutação esquisita, não é mesmo?

— *Mutação*? Uma mutação que leva à adoração de gatos? Que aparece exatamente no mesmo momento de uma mutação para infecção de gatos? — Soltei um lamento. — Isso não parece uma coincidência muito grande, doutora?

— Mas não deixa de ser uma coincidência, Garoto.

— Como pode ter tanta certeza?

— Porque o gato peep não é viável. — Ela levantou-se e caminhou até a parede oposta, onde havia um monte de jaulas cheias de gatos com a aparência desleixada e esperta de gatos de rua. — Está vendo esses bichos? Desde ontem venho tentando obter uma transmissão do gato peep para um deles... e *nada*. Eles podem se lamber, comer da mesma tigela. Nada. É como tentar forçar um mosquito a transmitir malária a outro. É impossível.

— E quanto a uma transmissão por intermédio de ratos?

— Também venho testando essa possibilidade. Já tentei mordidas, ingestão, até transfusão de sangue, e não consegui que o parasita passasse a um único rato, muito menos de rato para gato. O gato peep é um beco sem saída.

256

Engoli as palavras para não levar a conversa adiante. O gato peep *não era* um beco sem saída; eu sabia da existência de uma dezena de outros. Mas como poderia contar sobre eles à Dra. Rato sem revelar tudo o que tinha visto na noite anterior? Se contasse sobre a Mansão Ryder, seria obrigado a mencionar Morgan e Angela e como eu as havia encontrado... o que significaria falar do que Chip havia me confidenciado sobre o escritório do Prefeito. E se eu admitisse minhas suspeitas em relação ao Prefeito da Noite, teria de iniciar minha própria contraconspiração.

De repente, meus pensamentos foram interrompidos pelo cheiro do refúgio da Dra. Rato, um cheiro que estranhamente não tinha se manifestado na noite anterior: ratos. A Mansão Ryder era incrivelmente limpa. Sem montes de lixo, sem dejetos fedorentos. Nenhum sinal de uma ninhada de ratos.

— E se os ratos não tiverem importância? — perguntei.

Ela riu com desdém.

— Cal, você achou uma ninhada imensa lá embaixo, no túnel.

— Não, não foi isso que eu quis dizer. É claro que aqueles ratos carregam o parasita. Eles eram o reservatório. Mas e se eles não tiverem sido o vetor que provocou a contaminação do gato peep?

— Eu já disse que o parasita não é transmitido de gato para gato. Que alternativa existe?

— Seres humanos. — A doutora franziu a testa. — E se essa linhagem for como a malária? Com gatos no lugar dos mosquitos? Talvez ela somente vá e volte entre felinos e pessoas.

— Teoria interessante, Garoto, mas há um problema.

Ela foi até a jaula em que o gato peep estava deitado tranqüilamente, observando a conversa, e enfiou um dedo por entre as barras.

257

— Ahn, Dra. Rato, eu não faria isso...

A reação foi uma risada. O gato cheirou seu dedo, balançando os bigodes.

— Esse gato não é violento. Não morde.

Levei a mão à bochecha.

— Está se esquecendo do que ele fez ao meu rosto?

— *Qualquer* gato ataca se você o deixar irritado o bastante. De qualquer maneira, isso aí é um arranhão, não uma mordida.

Ela se voltou para o gato, acariciando sua cabeça pela grade da jaula. O bicho fechou os olhos e começou a ronronar.

— Mas os gatos são importantes de alguma maneira! — gritei. — Eu sei que são!

— *Os gatos*? No plural? — reagiu ela.

— Ah. Potencialmente no plural.

— Cal, está escondendo algo de mim?

Eu estava escondendo muitas coisas. Mas, naquele instante, um pensamento terrível passou pela minha mente...

— Espere um pouco. E se a linhagem se disseminar entre gatos e humanos *sem* mordidas? Como isso funcionaria?

Sem perder o ar de suspeição, a Dra. Rato me respondeu:

— Bem, poderia acontecer de algumas formas. Lembra-se do toxoplasma?

— Quem consegue esquecer do toxoplasma? Está no meu cérebro.

— No meu também. Os esporos do toxoplasma viajam pelo ar. Os gatos lançam esporos na caixinha de areia, e eles sobem até seu nariz. Mas isso só funcionaria de gatos para seres humanos, não no sentido contrário. Para transmissões de mão-dupla, você e o gato teriam de respirar muito perto um do outro...

Lembrei de algo que a Dra. Rato havia dito no dia anterior e senti um frio no estômago.

— Quer dizer, se o gato tirar seu fôlego?

— Como naquelas lendas antigas em que os gatos eram demônios? — perguntou ela, com um sorriso. — Sim, isso poderia funcionar. Sabe, essas histórias antigas datam da época da peste.

— Sei. A peste.

Os olhos da Dra. Rato se arregalaram. Meu rosto devia ter assumido tonalidades estranhas.

— O que foi que eu disse, Cal?

Não respondi. Uma lembrança terrível tinha passado pela minha cabeça. Algo que Lace havia dito na noite anterior.

— Sim, que ótimo.

— O que é ótimo? — perguntou ela.

— Tenho de ir agora.

— O que há de errado, Cal?

— Nada — disse, sem convicção. — Só preciso ir para casa.

— Está se sentindo mal?

— Não, estou bem. É que essa conversa me lembrou que... Meu gato não está muito bem.

— Ah, espero que não seja nada grave.

Dei de ombros, meio tonto por ter me levantado rápido demais. Minha garganta estava seca. O que passava pela minha cabeça não podia ser verdade.

— Provavelmente não é nada grave. Sabe como os gatos são.

A viagem de táxi até o Brooklyn representou os 20 dólares mais desagradáveis que já gastei. Eu olhava pela janela enquanto atravessávamos a ponte Williamsburg, imaginando se estaria maluco. Imaginando se Cornélio realmente havia contraído a doença de mim.

Meu velho gato nunca havia me mordido. Nem um arranhão no último ano.

259

Viajam pelo ar, tinha dito a Dra. Rato.

Aquilo só podia ser loucura. Doenças transmitidas por fluidos não se tornavam transmissíveis pelo ar da noite para o dia. Se acontecesse, todos nós morreríamos de Ebola, todos nós pegaríamos raiva num simples passeio na floresta, todos nós estaríamos contaminados pelo HIV...

Todos nós seríamos vampiros.

Logicamente, as doenças passam por mudanças. A evolução nunca pára. Contudo, minha linhagem tinha um nível muito avançado de desenvolvimento para ser nova. Infectava gatos; transformava pessoas em adoradoras de felinos e portadores; produzia peeps mais espertos e equilibrados. Um monte de adaptações.

E as antigas lendas sobre gatos que roubavam o fôlego das pessoas... aquelas histórias tinham setecentos anos. Se a linhagem existisse havia setecentos anos, onde teria se escondido?

Então me lembrei dos ratos albinos embaixo da superfície, enterrados até o reservatório aparecer sob a linha de trem da PATH. Seria possível que estivessem lá embaixo, na escuridão, por séculos, mantendo escondida uma linhagem ancestral do parasita?

E havia a coisa de cheiro vicioso que eu tinha sentido, mas não encontrado, lá embaixo. O que uma linhagem escondida do parasita teria a ver com aquela criatura subterrânea desconhecida?

A viagem levou uma eternidade. As palmas das minhas mãos, suadas, deixavam marcas no banco; a luz do sol passava pelos tirantes da ponte; o taxímetro fazia um tique-taque de bomba; e a lembrança que eu havia tido na sala da Dra. Rato se repetia. A voz de Lace dizendo sem parar: "Fora não estar com as minhas coisas, ser obrigada a viajar do Brooklyn e *agüentar seu gato gordo encostado em mim a noite inteira*, tem sido... legal."

— É, muito legal — murmurei.

No caminho de casa, comprei uma lanterna na loja de 1,99.

— Aqui, bichano, aqui, bichano — chamei, assim que abri a porta. — É hora da papinha.

Por um momento, não ouvi nada. Fiquei pensando se Cornélio havia descoberto que eu sabia do seu segredo e fugido do apartamento, para um mundo mais espaçoso. Mas logo ele saiu do banheiro para me receber.

Liguei a lanterna e joguei o facho de luz bem nos seus olhos...

O reflexo era vermelho-sangue. Ele piscou os olhos e ergueu a cabeça.

Desabei no chão e soltei a lanterna. Além de todas as minhas namoradas, eu tinha infectado meu próprio gato. Que merda.

— Ah, Cornélio.

Ele miou.

Como eu não havia reparado em seus olhos durante um ano inteiro? Claro, com minha visão noturna, eu raramente acendia as luzes. Cornélio aproximou-se para descansar a cabeça na minha perna e soltou um miado baixinho. Fiz carinho nele, arrancando um ronronar satisfeito.

— Há quanto tempo? — pensei em voz alta.

Provavelmente havia quase um ano. Cornélio sempre dormia comigo no colchonete e eu mal lembrava de quantas vezes tinha acordado com ele deitado no meu peito, lançando seu hálito de Atum Crocante em mim. Era possível que meu gato tivesse contraído o parasita antes mesmo que eu reparasse nas minhas mudanças.

Talvez Sarah tivesse sido infectada por intermédio de Cornélio. Ela sempre reclamava do peso sobre sua bexiga de manhã.

Talvez o sexo tivesse sido irrelevante. Talvez ela fosse o peep dele, e não meu. Talvez Lace já estivesse...

Levantei-me para alimentar Cornélio, movendo-me no piloto automático e tentando evitar o pânico. Afinal, ela só havia passado uma noite no meu apartamento. E, mesmo que tivesse sido infectada, o caso não seria tão grave quanto o de Sarah. Tratava-se de um diagnóstico precoce. Eu só precisaria submetê-la a tratamento o mais cedo possível.

Obviamente, levá-la a tratamento significava revelar à Patrulha Noturna que eu tinha me envolvido num Incidente Grave de Revelação. E contar tudo o que eu havia visto no Brooklyn e que o escritório do Prefeito estava escondendo alguma coisa. E confiar a vida de Lace a eles, quando eu não podia confiar sequer que usariam o catálogo telefônico.

Comecei a me dar conta da situação de colapso iminente de tudo. A Patrulha Noturna havia se corrompido, e o parasita havia se tornado transmissível pelo ar, com ajuda de Morgan Ryder — uma Mary Tifóide moderna que trazia a novidade de possuir parentes felinos.

Mesmo que Lace não estivesse infectada, eu precisava lhe avisar. Por mais que Patricia e Joseph Moore parecessem não-violentos naquele momento, alguém havia comido o sujeito do 701 e usado suas entranhas para pichar a parede.

Lembrei das simulações computadorizadas motivacionais que a Dra. Rato havia exibido na aula de Introdução à Caça de Peeps, mostrando como nós estávamos ajudando a salvar o mundo. No caminho até se tornarem epidemias, as doenças alcançam um estágio chamado de *massa crítica*, o ponto em que o caos começa a se auto-alimentar: peeps perambulando pelas ruas, lixeiros com medo de trabalhar, sujeira se acumulando, ratos se reproduzindo e mordendo. Aquela linhagem incluiria, ainda, pessoas nervosas arranjando gatos para protegê-las dos ratos e os gatos produzindo mais peeps...

Não é difícil entender. Nos dias e semanas seguintes, as bombas-relógio plantadas por Morgan e Angela começariam a produzir canibais temporários. A cidade de Nova York ficaria perigosa.

Respirei fundo. Eu ainda não podia parar para pensar naquilo tudo. A primeira coisa que tinha a fazer era encontrar Lace e submetê-la a um teste para identificar sinais precoces da infecção. Peguei o número de celular jogado na mesa e liguei.

Ela atendeu no primeiro toque.

— Aqui é a Lace.

— Oi, sou eu, Cal.

— Ah. Oi, Cal. — O tom dela era frio. — Foi bem rápido.

— Ahn, o que foi bem rápido?

— O que você acha? Você ligar para mim, idiota.

— Ah, claro. Bem, eu precisei.

— Precisou?

Agora havia interesse em sua voz.

— Sim... aconteceu uma coisa.

— E o que seria, cara?

— Seria... — *Você contraiu uma doença mortal. Logo poderá começar a comer seus vizinhos. Mas não se preocupe: acabará trocando as pessoas por pombos ou talvez ratos.* — Ahn, não posso falar disso pelo telefone.

— Continua com esse negócio de ultraconfidencial, hein? É algo de que eu preciso saber?

— Sim, é uma coisa de que você *realmente* precisa saber.

Houve um silêncio prolongado, seguido por um suspiro.

263

— Certo. Eu estava meio que torcendo para você ligar. Fui meio dura ontem à noite. É que eu estava irritada com... essa situação.

— Ah, entendi.

Eu tinha um pressentimento de que, em breve, ela ficaria mais irritada.

— Então, onde e quando? — perguntou ela.

— Agora mesmo. Mas estou no Brooklyn. Que tal em 20 minutos?

— Tudo bem. Estou com fome. O que acha de irmos àquele restaurante onde comemos uma vez? Onde ficava?

— O Bob's? Broadway com a Onze. Nos vemos lá. E obrigado.

— Pelo quê?

— Por não desligar na minha cara.

— Vamos ver.

Depois de desligarmos, fiquei pensando em como Lace parecera normal, o que me deu certo alento. Talvez um gato peep precisasse de mais de uma noite para espalhar o parasita. Ou talvez eu estivesse me agarrando a esperanças vãs. Se Lace tivesse sido infectada duas noites antes, o único sintoma que apresentaria àquela altura seria um pequeno incremento na visão noturna.

Fui à porta para sair.

— *Miau* — chamou Cornélio, que estava no meu caminho.

— Desculpe, Cornélio. Não posso ficar.

Ele miou outra vez, mais alto. Usei o pé para afastá-lo da porta.

— Saia daí. Preciso ir. — Cornélio passou por cima da minha bota e voltou para a frente da porta, ainda miando. — Ei, você não pode sair, entendeu? — gritei, pegando-o no colo. Eu pretendia sair primeiro e depois jogá-lo de volta para dentro do apartamento. Ele começou a se debater. — O que há de *errado* com você? — perguntei, enquanto abria a porta.

Lá estavam Morgan e Angela, sorrindo de orelha a orelha.

— Como me encontraram? — consegui perguntar depois de muito tempo.

— *Eu* não me esqueço dos nomes de pessoas com quem dormi, Cal Thompson — respondeu Morgan.

— Ahn.

— E parecia você nas fitas, correndo pelo subsolo do meu antigo prédio, todo corajoso e destemido. — Morgan deu uma risada e se virou para Angela. — Cal é do Texas.

— É, você me contou.

— Olha só, ele tem um *gatinho*! — disse Morgan, esticando a mão para coçar o pescoço de Cornélio. — Não é lindo?

— É mesmo — respondi e joguei Cornélio no rosto dela.

Saí atrás da bola de pêlos já sacando o injetor de sedativos do bolso. Angela ergueu os braços para se proteger. A agulha penetrou em seu antebraço.

— Seu idiota do Texas! — gritou ela, antes de cair no chão.

Ignorei o bolo em que Cornélio e Morgan haviam se transformado e corri para a escada. Na metade da descida, ouvi a voz de Morgan ecoando atrás de mim.

— Pare, Cal! Você está um porre!

Continuei correndo, vencendo cada lance de escadas com um único salto de quebrar os ossos.

— Você sabe que sua Patrulha Noturna não vai ajudar desta vez! — gritou ela.

Eu podia ouvir o barulho dos tênis dela atrás de mim. O que ela dizia não era novidade: a Patrulha Noturna não era mais confiável. Mas eu também não podia confiar na pessoa que havia me infectado. A partir dali, estaria sozinho.

Passei correndo pela entrada do prédio e saí pela porta da frente, na esperança de encontrar um táxi milagroso à espera. Obviamente, não havia um único táxi na rua.

Mas havia gatos.

Eram dezenas deles, talvez uma centena, sobre caixas de correios e sacos de lixo, tomando as entradas dos prédios, todos me observando com uma expressão levemente divertida.

Minhas pernas estavam fracas; minha visão estava meio embaçada. Quase caí no chão. Porém, Morgan vinha bem atrás de mim. Tirei o cinto e prendi com firmeza os puxadores das portas do prédio. Depois, respirei fundo algumas vezes, até a fraqueza passar.

Os gatos ao meu redor não se moveram. Talvez a Dra. Rato estivesse certa e eles não fossem violentos.

Segundos depois, Morgan chegou à porta de vidro e a puxou com força. O cinto resistiu. Levaria um tempo até o couro ceder ou até um passante qualquer ajudá-la a sair.

Cambaleando, afastei-me da porta.

— Cal! — gritou ela, com a voz abafada pela porta. — Pare!

Fiz que não e comecei a andar pela rua, ignorando os apelos.

— Cal! — continuou ela, o som desaparecendo atrás de mim.

Os gatos observavam tranqüilamente, sem sinal de preocupação em suas expressões. No entanto, de alguma forma, aquele olhar coletivo me impedia de sair correndo. Havia uma ameaça implícita sugerindo que, se eu perturbasse a calma da rua, eles se transformariam numa horda raivosa e me devorariam.

Assim, caminhei num ritmo lento, sentindo seus olhos vermelhos acompanhando cada passo.

Dois quarteirões depois, cheguei à avenida Flatbush, um lugar normal e movimentado, sem uma superpopulação de gatos. Estiquei meu braço trêmulo e entrei num táxi para Manhattan.

No meio da ponte, meu telefone tocou. Era a Analista.

— Garoto, precisamos conversar.

— *Não* me chame de Garoto!

Houve um silêncio prolongado do outro lado. Evidentemente, as palavras haviam surpreendido a Analista, tanto quanto a mim.

— Ahn, se você não se importar — acrescentei, meio sem jeito.

— Claro... Cal.

— Ei, espere um pouco. Achei que não gostasse de falar pelo telefone.

— Não gosto. Mas o mundo está mudando, Cal. É preciso se adaptar.

Tive vontade de observar que os telefones tinham um estilo meio 1881 — nada muito moderno —, mas as palavras usadas pela Analista seguraram o comentário na minha boca.

— O mundo está mudando? — repeti, com a voz rouca.

— Você não tinha percebido?

— Hum, eu diria que há algumas coisas estranhas em andamento. — Limpei a garganta antes de prosseguir. — E estou começando a achar que ninguém está me mantendo inteirado do assunto.

— Bem, talvez esteja certo. Talvez não tenhamos sido muito honestos com você.

O táxi reduziu a velocidade na descida da ponte para Chinatown. Alguns segundos de interferência na recepção

267

interromperam a conversa. À minha frente, havia multidões de pedestres, todos colados uns nos outros, um ambiente perfeito para infecções e para um surto de violência saindo do controle.

Quando os ruídos acabaram, continuei a conversa:

— E você vai me contar o que está acontecendo?

— Claro que sim. Eu, aliás, sempre quis que você soubesse o que estava acontecendo. Sempre confiei em você, Cal. A questão é que você é tão mais jovem que nós.

— O resto da Patrulha Noturna?

— Não, Cal, o resto de nós, portadores, com todos os séculos de diferença. E há aqueles que fazem parte das famílias antigas. Alguns pensaram que você não entenderia como as coisas estão mudando. — Ela soltou um suspiro. — Acho que vínhamos tratando você mais ou menos como um ser humano.

— Bem, da última vez que verifiquei, eu era um ser humano.

A Analista deu uma risada.

— Não, Cal, você é um de nós.

Eu não queria entrar numa discussão semântica esquisita.

— Poderia apenas me contar o que está acontecendo?!

— Vou deixar que ela faça isso.

— Ela quem?

— Apenas siga até onde você estava indo. Não se preocupe. Ela estará lá.

Click. Ela havia desligado.

Como a Analista sabia aonde eu estava indo? Eu não podia imaginar o escritório do Prefeito fazendo escuta no meu telefone. Era algo *muito* avançado para eles. Então lembrei de Cornélio, sentado perto da porta, miando. Ele havia sentido o cheiro de Morgan, o que significava que ela podia ter ouvido minha conversa com Lace. Relembrei o que havia

268

dito convenientemente em voz alta... Bob's, na Broadway com a Onze.

Ela estaria esperando? Mas quem era *ela*?

Liguei para Lace. Ela não atendeu. *Fora da área de serviço*, disse a gravação. Estávamos perto da Houston; os carros avançavam quase na mesma velocidade dos pedestres. Paguei a corrida, saí e corri até a Broadway com a Onze, tentando decifrar o significado da ligação da Analista.

A Analista sabia que eu sabia. Meu primeiro pensamento foi de que Chip havia quebrado a promessa e falado com o escritório do Prefeito. Mas então lembrei das palavras de Morgan à minha porta: "*Eu* não me esqueço dos nomes de pessoas com quem dormi, Cal Thompson."

Morgan sabia que eu tinha esquecido seu sobrenome, uma coisa pela qual a Analista sempre havia me repreendido. Mas como Morgan poderia saber daquilo sem que alguém tivesse lhe contado?

Estavam todos juntos naquilo: Morgan Ryder, a Analista, o Prefeito da Noite, outros portadores e as famílias antigas de Nova York. Todos sabiam algo a respeito da minha linhagem do parasita e o que aquilo significava. Tinham me mantido no escuro desde o início.

E se não tivesse sido o trabalho de investigação de Lace, eu *ainda* estaria no escuro.

Lace..., pensei, correndo mais rápido.

Rebecky me recebeu à porta.

— Ei, Cal! Já está com fome de novo?

Tentei não parecer ofegante.

— Estou. Marquei com uma pessoa.

— Eu percebi — disse Rebecky, dando uma piscada. — Nunca me esqueço de um rosto. Ela está lá no fundo.

Fiz um gesto e me encaminhei à mesa do canto, no fundo, ainda com a respiração acelerada, ainda tonto, ainda tentando organizar tudo o que teria de explicar. Estava tão atormentado e distraído que só depois de *desabar* na cadeira percebi que a garota sentada diante de mim não era Lace.

Era Sarah.

20. O parasita do meu parasita é meu amigo

Eis a história de como vespas parasitárias salvaram 20 milhões de vidas.

Para entender esta história, primeiro você precisa saber das larvas de farinha, um tipo de inseto tão desagradável quanto seu nome. As larvas de farinha não são muito grandes — um grupo de milhares é tão pequeno quanto um pontinho branco. Acontece que esse pontinho é capaz de devastar continentes inteiros. Funciona assim:

A larva de farinha média tem 800 filhos, quase todos fêmeas. Cada um destes pode ter *mais* 800 filhos. Faça as contas: cada larva de farinha é capaz de produzir 500 milhões de bisnetos. E eles nem são larvas de verdade. Os jovens voam, carregados de planta a planta pelo vento, espalhando a infecção pelo caminho.

Trinta anos atrás, uma espécie de larva de farinha arrasou a África, atacando um gênero de primeira necessidade chamado mandioca e quase matando de fome 20 milhões de pessoas. É uma mortalidade bem significativa para um parasita microscópico. Felizmente, porém, a larva de farinha que ataca a mandioca tem seu próprio parasita: uma espécie de vespa originária da América do Sul.

Uma palavra para definir as vespas parasitárias: cruéis. Em vez de um ferrão, para matar, elas usam algo chamado *ovipositor*, que injeta ovos em vez de veneno. E, acredite, os ovos são muito piores. No caso do veneno, pelo menos você morre rápido.

Eis o que os ovos de vespa fazem aos seus infelizes hospedeiros: alguns eclodem e se transformam em "soldados", equipados com grandes dentes e rabos cheios de ganchos. Eles vagam na corrente sangüínea da vítima, engolindo as entranhas de todos os filhos de outras vespas. (As vespas parasíticas têm um senso territorial forte.) Outros ovos viram larvas de vespa, que podem ser resumidas como grandes estômagos inchados e dotados de bocas. Protegidos pelos irmãos soldados, eles consomem avidamente o hospedeiro por dentro, sugando todos os fluidos enquanto também se transformam em vespas. Quando já cresceram suficientemente para ter asas, as larvas de vespa abrem caminho até o mundo exterior e saem voando para botar mais ovos. Os soldados não vão embora. Ficam para trás com os hospedeiros secos e à beira da morte, tendo cumprido o dever de proteger seus irmãos e irmãs. (Não é lindo?)

E o que ocorreu na África? Para resumir uma longa história: as plantações foram salvas.

Assim que a espécie certa de vespa foi solta no lugar, as larvas de farinha passaram a ter os dias contados. As larvas se espalham tão rápido quanto o vento, mas, aonde quer que vão, as vespas vão atrás. Afinal, as vespas também voam e possuem uma espécie de sexto sentido para encontrar larvas de farinha. Se houver uma única planta infectada num campo imenso, as vespas encontrarão as larvas e injetarão seus ovos. Ninguém sabe ao certo como as vespas rastreiam as microscópicas larvas de farinha, mas alguns cientistas desenvolveram uma teoria interessante:

A planta infectada pede socorro.

Isso mesmo: quando uma planta da mandioca é atacada por larvas de farinha, começa a enviar sinais a todas as vespas que se encontram na região. Uma substância química desconhecida viaja pelo ar e atrai as vespas, como uma grande placa numa estrada dizendo: *Ajude-me! Ajude-me!*

Outra tradução óbvia para a mensagem é: *Larvas de farinha! Peguem suas deliciosas larvas de farinha quentinhas!*

Pode-se dizer que a mandioca e a vespa parasítica têm um acordo evolucionário: "Eu aviso quando estiver infectada por larvas de farinha, e vocês vêm e depositam seus ovos mortais nelas."

É uma relação fantástica porque o parasita do seu parasita é seu amigo.

21. Ex

— Oi, querido — disse Sarah. — Você está muito bem.

Paralisado pela visão dela, não respondi nada. Sarah parecia totalmente diferente em relação à minha última lembrança, antes de o esquadrão de transporte tê-la levado. Seu cabelo estava limpo; suas unhas, pintadas de rosa e aparadas; não havia brilho demente em seus olhos. Quando seu perfume familiar chegou a mim, em meio ao cheiro de gordura e ovos fritos, o Bob's pareceu tremer, como se o tempo estivesse voltando.

Ela até usava uma munhequeira de couro, uma clara referência ao especial de volta aos palcos de Elvis, de 1968. Muito apropriado.

Rebecky pôs uma xícara de café diante de mim, quebrando o transe.

— Eu tinha reconhecido você — disse ela a Sarah. — Faz um tempo que não vem aqui, não é?

— Estive fora da cidade. A maior parte do tempo em Hoboken, depois uns dias em Montana, dá para acreditar? — contou Sarah. — Mas agora voltei para ficar.

— Que bom. Parece que o Cal sentiu muito sua falta. — Ela me deu um tapinha no ombro, rindo diante da minha expressão vazia. — O mesmo de sempre, Cal?

Confirmei com um gesto. Assim que Rebecky se afastou, recuperei a fala:

— Você também está muito bem, Sarah.

— Na verdade, ganhei um pouco de peso — disse ela, dando uma grande mordida em seu hambúrguer.

— Fica bem assim. Faz você parecer mais...

— Humana? — perguntou Sarah, rindo.

— É, acho que sim. — Meu cérebro lutava para encontrar uma palavra melhor, mas havia um alarme tocando lá no fundo. — Onde está Lace?

— Lace, hein? — Sarah franziu a testa. — Que tipo de nome é esse?

— Vem de Lacey. Onde ela está? Vocês não...

Olhei ao redor à procura do pessoal da Analista. Farejei em busca de sinais de outros predadores. Tudo o que eu sentia vinha do Bob's: batatas, carne e cebola dourando na grelha. E Sarah, que lembrava família.

— Olha, Cal, não sei com quem você veio se encontrar aqui. A Dra. Prolixa me ligou dez minutos atrás e me disse para vir aqui conversar com você. Ela achou que escutaria alguém da sua idade. Que talvez você precisasse de uma sacudida.

— Bem, essa missão você já cumpriu.

— E ela também achou que não seria ruim que visse como estou bem.

— Sim, você parece... muito equilibrada.

— Estou equilibrada. Me sinto bem.

Balancei a cabeça, tentando pensar com clareza em meio às muitas lembranças que vinham à mente. Lace chegaria a qualquer momento. Talvez eu pudesse correr e tentar encontrá-la

276

no caminho. Se Lace dissesse algo errado na frente de Sarah, a Patrulha poderia perceber que ela sabia demais.

Olhei pela janela, procurando o rosto de Lace no meio da multidão que saía para o almoço. Mas minha atenção sempre voltava à garota sentada diante de mim. Sarah. Viva, bem e *humana*.

Eu não podia sair correndo ainda. Precisava descobrir...

— O que *aconteceu*? — perguntei.

Sarah terminou de mastigar um pedaço de hambúrguer, pensativa, e depois engoliu.

— Bem, primeiro um *idiota* completo me passou uma doença.

— Ahn, é mesmo. — Bebi um gole de café, sentindo o gosto amargo. — Nunca pude pedir desculpas por isso. Eu não sabia...

— É, eu sei, eu sei. Acho que nós dois somos culpados. Aquela história de sexo seguro e tal. — Sarah suspirou. — Depois ocorreu meu pequeno colapso. Mas você acompanhou essa parte.

— Até que você desapareceu.

Sarah respirou fundo, com o olhar perdido na janela.

— As partes que você não presenciou também são meio nebulosas para mim. Como uma espécie de longo pesadelo. Sobre estar com fome. — Ela tremeu. — E comer. Então você apareceu de novo, para me salvar.

Ela deu um sorriso desanimado e então mordeu o hambúrguer novamente.

— Para salvar você? — Eu nunca tinha encarado o fato daquela forma. — Era o mínimo que eu podia fazer. Mas, Sarah, como você ficou tão normal? E tão *rápido*?

— Boa pergunta. E isso me lembra de uma coisa. — Ela pegou um frasco de comprimidos, jogou dois na palma da mão e os engoliu. — Dois em cada refeição.

Pisquei os olhos de surpresa.

— Existe uma cura?

— Claro. Eles conseguiram me deixar recuperada seis horas depois da minha chegada a Montana.

— Quando isso aconteceu? Quer dizer, a cura.

— Há pelo menos setecentos anos.

Aquela história de setecentos anos mais uma vez.

— A peste? Isso não faz o menor sentido, Sarah.

— Vai fazer, Cal. Apenas ouça. Estou aqui para lhe contar tudo. Ordens da doutora.

Ela deu outra grande mordida no hambúrguer, com pressa, agora que estava quase acabando.

— Que doutora? A Doutora Prolixa?

— Sim, a Analista. Ela me contou tudo sobre o que está por vir. — Sarah observava o movimento na calçada. — Eles concluíram que eu podia tomar o remédio por causa dos meus hábitos alimentares recentes. — Ela olhou para o hambúrguer com uma suspeita repentina, depois mordeu mais um pedaço. — E porque eles não têm mais tempo para cuidar de mim. Ou de você. É hora de encarar os fatos, Cal.

De repente, o restaurante passou a causar uma impressão de estar cheio, provocando uma sensação claustrofóbica. Eu sentia o cheiro das pessoas sentadas na mesa atrás de nós, a pressão dos pedestres na rua.

— A doença está fora de controle, não está? Um belo dia, vamos acordar no meio de um daqueles filmes apocalípticos de zumbis, com o parasita se espalhando numa velocidade impossível de se conter.

— Não, Cal. Não seja bobo. A doença está *sob controle*, da maneira que deve estar. O parasita está dando as ordens agora.

— Ele está fazendo *o quê*?

278

— Está no comando, fazendo as coisas acontecerem. É desta forma que deve ser. A Patrulha Noturna nunca passou de um arranjo temporário, para controlar a mutação, enquanto esperávamos o retorno da antiga linhagem.

Eu não conseguia acreditar.

— Espere aí. Como é que é?

Sarah levantou o garfo e a faca e ficou olhando alternadamente para os dois.

— Muito bem. Existem duas versões do parasita. A nova e a antiga. Certo?

— Sim, duas linhagens. E eu e você carregamos a nova.

— Não, idiota, nós carregamos *a antiga*. A original. — Ela chacoalhou o frasco de comprimidos. — Isso aqui é basicamente mandrágora e alho. Um remédio antigo. Até setecentos anos atrás, as pessoas mantinham a doença totalmente sob controle.

— Até a peste?

— Isso. Foi quando a nova linhagem apareceu. Você pode botar a culpa disso na Inquisição. Sabe quando os cristãos puseram na cabeça que os gatos eram maus e começaram a matá-los aos montes? Isso foi ruim para a versão antiga do parasita, diante do fato de que ela passa de felinos para humanos e vice-versa.

— Certo... estou sabendo disso. Mas essa é a versão *antiga*?

— Sim. Preste atenção, Cal. Como eu estava dizendo, estamos no ano 1300 e estão todos matando gatos. Assim, quase sem gatos por perto, a população de ratos cresce num ritmo alucinado. Maior contato entre seres humanos e ratos. Evolução de várias doenças. Pulgas, carrapatos, blá, blá, blá. — Ela agitou o braço. — A peste.

— Hum, acho que você pulou alguma coisa aí.

— Não sou *eu* quem estuda biologia. Sou apenas uma graduada em filosofia que come pessoas. Mas eis a versão de biólogos para filósofos: surgiu uma nova linhagem do parasita, uma que passava de ratos a seres humanos, *sem passar* por gatos. É claro que, a exemplo de qualquer linhagem nova, a virulência ideal era um caos. Os peeps eram muito mais violentos e difíceis de controlar. Um filme de zumbis, como você disse.

— E a versão antiga acabou debaixo da terra.

— Muito bem — disse Sarah, com um sorriso. — Eles me disseram que você conseguiria entender.

— Mas isso aconteceu na Europa. Estamos em Nova York.

— Os ratos vão a toda parte, Cal. Adoram navios. É claro que os novos parasitas chegaram ao Novo Mundo. Até aqui, a antiga linhagem foi empurrada para as profundezas.

— E agora está voltando — concluí. — Por que não estamos fazendo nada a respeito? Por que os antigos portadores estão escondendo isso do resto do mundo?

— Ótimas perguntas — disse ela, movendo a cabeça lentamente, enquanto mastigava o último pedaço do hambúrguer. — É isso que vocês cientistas parecem nunca conseguir entender. Os *porquês* são sempre mais importantes do que os *comos*.

— Sarah, conta logo!

— Tudo bem. — Ela pôs as palmas das mãos na mesa. — Está sentindo?

Olhei para a superfície do café; o reflexo das luzes no teto tremia.

— Está falando do trem do metrô passando? — perguntei. De olhos fechados, ela fez um gesto negativo.

— Sinta mais profundamente.

Botei as mãos na mesa e, depois da passagem do trem, senti outro tremor, mais sutil. Como algo perturbado em seu sono, revirando-se. Como o tremor que havia sentido através das minhas botas, na primeira vez que tinha visto o gato peep.

Sarah abriu os olhos.

280

— Nossa linhagem está subindo porque está sendo *empurrada*.

Lembrei da coisa desconhecida que eu tinha farejado no Submundo, e o tremor nas minhas mãos tomou conta do meu corpo inteiro por um momento.

— Pelo quê? — perguntei.

Sarah tirou as mãos da mesa, suspirou e encolheu os ombros.

— Existem muitas coisas lá embaixo, Cal, coisas que os humanos não vêem há muito tempo. Perdemos muito conhecimento durante a peste. Mas os antigos têm uma certeza: quando o chão começa a tremer, é um anúncio de que a antiga linhagem vai subir. Eles precisam de nós.

— Espere um pouco. Quem precisa de *quem*?

— Eles — seus olhos estavam voltados às pessoas que passavam — precisam de *nós*. Somos o sistema imunológico da nossa espécie, Cal. Como as sensacionais células T e células B de que você sempre me falou, somos ativados por invasões. Os portadores da nova linhagem não passam de zumbis, vampiros. Mas nós que temos a doença antiga, a linhagem portadora, somos *soldados*.

Minha mente dava voltas, tentando conciliar o que Sarah me dizia com o que eu tinha visto Morgan fazer, espalhando a doença ao acaso com ajuda de uma horda de gatos.

— Mas por que tudo isso é um segredo? Por que não se tocou nesse assunto nos cursos da Patrulha Noturna? A Dra. Rato sabe disso? O Registro sabe disso?

— Isso é mais antigo do que o Registro. Mais antigo do que a ciência. Mais antigo até do que Nova York. Por isso, os portadores guardaram o segredo do pessoal humano da Patrulha Noturna, Cal. Os próximos meses não serão muito agradáveis para eles. Mas precisamos de todos os soldados que pudermos reunir. E rápido.

— Quer dizer que vocês estão espalhando a doença *de propósito?* — perguntei.

Sarah já tinha tirado os olhos de mim; agora estavam voltados para cima do meu ombro. Havia um sorriso satisfeito em seu rosto.

Senti uma mão no meu ombro.

— Ahn, ei, Cal. Desculpe pelo atraso.

Virei para trás. Lace estava olhando para Sarah, meio confusa.

— Ah, oi. — Percebi que tinha esperado demais: o encontro inevitável havia acontecido. — Essa é Sarah, minha ex.

— E você deve ser Lacey — disse Sarah, estendendo a mão.

— Ahn, isso mesmo. Lace, na verdade.

As duas se cumprimentaram.

— Prato quente a caminho! — disse Rebecky, pondo um bife apimentado diante de mim.

Lace sentou-se ao meu lado, desconfiada da mulher na nossa frente. Rebecky nos observava, intrigada com o constrangimento perceptível da situação.

— Café, querida? — perguntou a Lace.

— Sim, por favor.

— Para mim também — pedi.

— Três, comigo — disse Sarah. — E outro hambúrguer.

— E mais um desse aí — disse Lace, apontando para o meu bife apimentado. — Estou faminta.

— Bife apimentado? Ah, que merda.

— Ei, não é nada ilegal, cara — reclamou Lace, enquanto Rebecky se afastava.

— O que não é ilegal? — perguntou Sarah, lambendo os dedos.

— Comer carne — respondeu Lace. — Às vezes, as pessoas mudam, sabia?

282

Sarah sorriu.

— Ah, você era vegetariana, então?

Parti com voracidade para cima do meu bife apimentado. Se eu não comesse, acabaria desmaiando.

— Ela era. Até pouco tempo.

Sarah olhou para Lace e para mim. Depois soltou uma risadinha.

— Você tem se comportado muito mal, não tem, Cal?

— Foi o Cornélio.

— Alguém pode me explicar o que está acontecendo? — pediu Lace.

Sarah deu um suspiro.

— Bem, Lacey, as coisas estão prestes a ficar meio complicadas.

— Ei, não olhe para mim. Eu nunca dei nem um beijo nesse cara. Na verdade, estou muito irritada com ele neste exato momento.

— Ah, coitadinho do Cal! — disse Sarah. Em seguida, completou com uma voz de criança: — O gatinho foi mais rápido?

— Do que vocês estão falando? — perguntou Lace, ficando impaciente.

Pus o garfo na mesa. As coisas estavam saindo do controle, e eu tinha de tomar alguma providência para botá-las no lugar. Acima de tudo, eu precisava tirar Lace dali, ou ela acabaria em Montana.

Botando o frasco de comprimidos no bolso, empurrei Lace para fora da mesa e a arrastei na direção da porta.

— Que merda é essa? — gritou ela.

— Cal! — chamou Sarah. — Espere um pouco!

— Precisamos ir embora — sussurrei para Lace. — Ela é uma.

— Uma ex-namorada? Deu para perceber. — Lace parou e olhou para Sarah. — Ah, você está falando...?

— Sim!

— Caramba, cara.

Quando alcançamos a porta, olhei para trás. Sarah não estava nos seguindo; apenas assistia à nossa retirada com uma expressão divertida. Ela pegou um celular, mas, em vez de ligar logo, agitou o aparelho para mim. Por alguma razão — lealdade, um resto de insanidade? — estava nos dando tempo para fugir.

A rua estava tomada por pedestres, mas não senti cheiro de predadores na multidão. Era apenas um monte de seres humanos amontoados, prontos para serem infectados e abatidos. Continuei andando, puxando Lace para um lado e para o outro.

— Para onde estamos indo, Cal?

— Não sei. Mas precisamos sair daqui. Eles sabem a seu respeito.

— Sabem o *que* a meu respeito? Que você me contou tudo sobre a Patrulha Noturna? — Não respondi imediatamente, tentando pensar, mas Lace me fez parar. — Cal? Conte-me a verdade, ou então terei de matar você.

Olhei por cima do ombro dela: ainda não havia sinal de perseguição.

— Eles mandaram Sarah me encontrar.

— E você contou a ela sobre mim?

— Não! Você mesma fez isso. Quando pediu o bife apimentado!

Tentei fazer Lace voltar a andar, mas ela me puxou novamente.

— Do que você está falando? O que o bife apimentado tem a ver com tudo isso?

— Você está faminta, não está? Cansada? E passou a manhã inteira com vontade de comer carne...

Ela não respondeu imediatamente; apenas apertou os olhos, finalmente entendendo o que eu estava dizendo.

— Ahn, Terra chamando Cal: eu e você *não dormimos juntos.*

— Pode ter certeza de que sei disso. Mas existe uma nova linhagem... quer dizer, na realidade é uma antiga linhagem que tem relação com gatos. Eles são os vetores com que temos de nos preocupar agora.

Como era de se esperar, a explicação não causou mudança na expressão de perplexidade de Lace. Ela simplesmente ficou parada, olhando para mim. Alguns pedestres esbarraram nela, mas as trombadas mal eram percebidas. Finalmente, depois de dez longos segundos, Lace falou de modo claro e pausado:

— Você está dizendo que seu gato gordo me transformou num vampiro?

— Bem, talvez. Mas posso fazer um teste, e aí saberemos com certeza.

— Cara, eu vou matar você.

— Tudo bem, mas espere até acharmos um lugar onde possamos fazer o teste.

— Que tipo de lugar?

— Um lugar escuro.

Encontrar um lugar completamente escuro em Manhattan, ao meio-dia, não é muito fácil. Na verdade, encontrar um lugar completamente escuro em Manhattan não é fácil a qualquer hora.

Pensei em ir ao apartamento de Lace, mas, se a Patrulha estivesse atrás de nós, provavelmente seria um dos primeiros locais em que procurariam. Também pensei num quarto de

285

hotel, onde bastaria fechar as cortinas, mas, se Lace estivesse infectada, não havia sentido em gastar dinheiro à toa. Talvez tivéssemos de fugir por um tempo.

Eu continuava com os comprimidos na mão: se Lace estivesse doente, poderíamos controlar o parasita. Eu poderia analisar o composto de mandrágora e alho para preservar sua humanidade. Poderíamos escapar de qualquer plano dos antigos portadores para o fim da civilização.

— O que acha de um cinema? — sugeriu Lace.

— Não é escuro o suficiente. — Os avisos de saídas de emergência sempre me deixam louco durante a projeção. — Precisamos de escuridão de caverna, Lace.

— Escuridão de caverna? Não existem muitas cavernas em Manhattan, Cal.

— Isso é o que você acha.

Meus nervos se agitaram com o tremor que chegava através das solas das minhas botas. Estávamos parados sobre uma saída de ar da estação Union Square. Puxei Lace até uma entrada.

Passamos os dois por cima da catraca e fui empurrando Lace escada abaixo e depois até o fim da plataforma, apontando para a escuridão.

— Naquela direção.

— Nos trilhos? Está brincando?

— Existe uma antiga estação abandonada na rua 18. Já estive lá. Escuridão total. — Ela curvou-se sobre os trilhos; uma pequena criatura passou correndo por entre copos descartáveis. — Os ratos não vão morder você. Eu garanto.

— Esqueça.

— Lace, nós entrávamos nos caminhos do metrô a toda hora nas aulas de Introdução à Caça de Peeps.

Ela se afastou, notando um casal que nos observava, e sussurrou:

— Bem, eu não me inscrevi nessa aula.

— Sei que não. Você não pediu para participar de nada disso. Mas precisamos descobrir se está infectada.

Lace me encarou, com os olhos brilhando como tinta fresca.

— E o que vai acontecer se eu for uma vampira? Você vai me subjugar ou algo parecido?

— Você não é uma vampira, Lace. Apenas pode estar doente. E essa linhagem é fácil de controlar. Olhe só. — Tirei o frasco do bolso e chacoalhei os comprimidos. — Vamos sair da cidade. Do contrário, eles vão levá-la para tratamento. Em Montana.

— *Montana*?

Confirmei, apontando para a escuridão do túnel.

— A escolha é sua.

O trem número 6 apareceu. Esperamos até a plataforma esvaziar e então empurrei Lace para o ponto cego da câmera de segurança, perto da escada de acesso aos trilhos. Ela olhou para o túnel.

— E você pode me curar?

— Curar, não. Controlar o parasita. Deixá-la parecida comigo.

— Com superforça e todo o resto?

— Isso aí. Vai ser legal!

Depois que o estágio do canibalismo passasse.

— Mas a doença vai acabar me matando, não vai?

— Sim. Depois de alguns séculos.

— Cara, excelente prêmio de consolação.

Saímos correndo pelo meio dos trilhos.

— Não toque nisso — avisei, apontando para o trilho coberto de madeira entre as duas linhas. — A não ser que queira ser fritada.

287

— O famoso terceiro trilho? — perguntou Lace. — Não esquenta. Estou muito mais preocupada com os trens.

— O trem local acabou de passar. Temos alguns minutos.

— *Poucos!*

— A estação abandonada fica a apenas quatro quarteirões, Lace. Vou sentir se os trilhos começarem a tremer. Supersentidos, lembra? — Apontei para o vão entre as colunas que sustentavam as ruas sobre nossas cabeças: os pontos seguros. — E, se um trem aparecer, é só ficar parada ali.

— Ah, claro, ali parece ser *totalmente* seguro.

Depois que entramos no túnel, tentei fingir não ter percebido que Lace não tropeçava nos trilhos e nos detritos, como se o escuro não a atrapalhasse. De qualquer maneira, ainda não estávamos numa escuridão de caverna. As luzes de serviço oscilavam, lançando sombras deformadas e entrecortadas sobre os trilhos.

O trem expresso saiu de uma curva, bem na nossa frente, fazendo o contorno com um chiado bem alto. Os faróis brancos iluminaram as colunas de aço como a luz de um antigo projetor de cinema. Percebi que Lace havia parado. Como o trem estava na linha expressa, não nos atingiria, mas o barulho das rodas de metal a tinha deixado paralisada.

A massa de metal passou a toda, jogando o cabelo de Lace sobre seu rosto e lançando fagulhas em nossos pés. As luzes das janelas piscavam loucamente na nossa frente. Os rostos de alguns passageiros tinham expressões perplexas. Botei o braço em volta de Lace, sentindo o ritmo da passagem do trem vibrando em nossos corpos. O estrondo cortava o ar, intenso a ponto de me forçar a fechar os olhos.

Assim que o barulho sumiu na distância, perguntei:

— Você está bem?

— Cara, que barulheira!

A voz de Lace soou esganiçada aos meus ouvidos, que zumbiam.

— Nem me fala. Vamos lá, antes que venha outro trem.

Ela assentiu de modo passivo. Tive praticamente de arrastá-la até a estação abandonada.

A estação da rua 18 começou a funcionar em 1904, na mesma época que o resto da linha 6, provavelmente como parte do festival de escavações da virada do século.

Na época, todas as composições do metrô tinham cinco vagões. Nos anos 1940, com a população da cidade em franco crescimento, o número foi duplicado, para dez, o que deixou as antigas plataformas algumas dezenas de metros curtas demais. Durante o projeto de alongamento das estações, considerou-se que algumas paradas intermediárias, como a da rua 18, não valiam o esforço, e estas foram fechadas.

A Autoridade de Trânsito pode ter se esquecido dessas câmaras subterrâneas, mas os locais são lembrados por aventureiros urbanos, grafiteiros e espeleólogos. Pelos sessenta anos seguintes, as estações abandonadas foram pichadas, depredadas e transformadas em objeto de desafios de bêbados, mitos urbanos e *sites* de ficção científica. São pontos turísticos para exploradores amadores e campo de treinamento para a Patrulha Noturna — uma zona de penumbra entre o hábitat humano e o Submundo.

Puxei Lace para a plataforma escura e vazia. Havia seis décadas de pichações ao nosso redor; a tinta outrora viva agora estava coberta pela fuligem acumulada. Mosaicos destruídos indicavam o nome da rua e apontavam para saídas fechadas havia décadas. Enquanto se recuperava na extremidade da plataforma, Lace observava tudo de olhos arregalados. Senti um aperto no coração. Estava muito perto de uma escuridão de caverna; uma pessoa normal estaria tateando para se orientar.

— O que fazemos agora? — perguntou ela.

— Por aqui.

Decidido a submetê-la a um teste para valer, conduzi-a até a porta do banheiro masculino, uma relíquia de sessenta anos atrás. Lá dentro, havia restos de uma pia pendurados numa parede. Portas de madeira quebradas pendiam em ângulos curiosos. O odor de desinfetante tinha desaparecido. Tudo o que restava era um cheiro subterrâneo que lembrava ratos, mofo e podridão. Luzes de serviço distantes refletiam fracamente nas pastilhas sujas. Mesmo com minha visão de peep plenamente desenvolvida, eu mal conseguia enxergar.

Apontei para a última cabine.

— Consegue ler aquilo?

Ela olhou precisamente para a única frase legível entre a confusão de pichações. Por um momento, houve silêncio, e então ela falou:

— Foi assim que isso tudo começou. Lendo uma frase escrita na parede.

— Consegue ver?

— Está escrito: "Vá cagar, Linus."

Fechei os olhos. Lace havia sido infectada. O parasita devia estar trabalhando sem parar, reunindo células reflexivas atrás das córneas dela, preparando-a para uma vida de caçadas noturnas e de distanciamento da luz do sol.

— Quem é Linus? — perguntou Lace.

— Quem vai saber? Isso está aí há um tempo.

— Ah. E o que acontece agora? Cal, você me trouxe aqui embaixo para... se livrar de mim ou algo parecido?

— Me livrar...? Claro que não! — Peguei os comprimidos no bolso. — Aqui, tome dois destes, agora mesmo.

290

Ela tirou dois comprimidos do frasco e os engoliu. Depois, tossiu.

— Aqui embaixo é realmente tão escuro como você diz? Não é um truque seu? Eu consigo mesmo enxergar no escuro?

— Sim, uma pessoa normal estaria completamente cega aqui.

— E eu peguei isso do seu gato?

— Temo que sim.

— Sabe, Cal, eu também não fiz sexo com seu gato.

— Mas ele sentou no seu peito enquanto você dormia e... vocês respiraram muito perto um do outro. Aparentemente, é assim que a linhagem antiga se espalha. Só que ninguém tinha me falado a respeito. As coisas estão totalmente confusas na Patrulha. Na verdade, as coisas estão para sair do controle de uma maneira geral. — Virei-a na minha direção. — Teremos de sair da cidade. Haverá muitos problemas quando as infecções começarem a acontecer.

— Do jeito que você disse quando me falou da Patrulha pela primeira vez? Todo mundo se mordendo, como num filme de zumbis? Por que não damos comprimidos a todo mundo?

Mordi os lábios.

— Porque, por alguma razão, eles querem que a doença se espalhe. Talvez eles acabem usando os comprimidos, e as coisas se acalmem, mas enquanto isso...

Ela olhou para o frasco, prestando atenção no rótulo.

— E isso aqui realmente funciona?

— Você viu Sarah... ela está normal agora. Quando a capturei, comia ratos, escondia-se do sol e vivia em Hoboken.

— Ah, que ótimo, cara. Então é isso que eu devo esperar?

— Tomara que não. — Peguei sua mão. Ela não resistiu. — No começo, Sarah não tinha comprimidos. Talvez você vá direto para o estágio dos superpoderes. Você vai ficar bem forte, ter superaudição e um olfato aguçado também.

— Mas, Cal, e aquele negócio do Garth Brooks?

— Garth Brooks? Ah, o anátema.

— Faz você passar a odiar sua antiga vida, não é?

— Sim. Mas Sarah também já superou essa fase. Ela estava até usando uma munhequeira do Elvis.

— Elvis? Qual é o problema com suas namoradas? — Lace suspirou. — Então o anátema não vai acontecer comigo?

Parei para pensar, tomando consciência de que eu não tinha certeza de nada. Nenhuma das minhas aulas havia tratado da linhagem disseminada por gatos ou do remédio ancestral à base de alho e mandrágora. Tudo aquilo tinha sido mantido em segredo. Eu não sabia que sintomas esperar, nem como ajustar a dosagem, caso Lace começasse a ganhar longas unhas negras ou a temer seu próprio reflexo.

— Bem, teremos de ficar atentos a possíveis sintomas. Há alguma coisa de que você goste muito? Salada de batata? — Xinguei meu cérebro ao perceber que sabia muito pouco a respeito de Lace. — Hip-hop? Heavy metal? Ah, claro, cheiro de bacon. Mais alguma coisa com que eu deva me preocupar caso você comece a desprezá-lo?

Ela fez uma cara de impaciência.

— Achei que já tivéssemos falado disso.

— Do quê? Da salada de batata?

— Não, seu idiota.

E então ela me beijou.

Senti o calor de sua boca contra a minha. Seu coração continuava acelerado por causa da nossa corrida na escuridão, ou da atmosfera assustadora da estação abandonada, ou da notícia de que ela em breve se tornaria uma vampira. Ou talvez só por causa do beijo. Eu sentia as batidas do coração em seus lábios

292

cheios de sangue. Meu próprio batimento parecia ter subido à cabeça, intenso a ponto de pulsar em vermelho nos cantos do meu campo de visão.

Um beijo de predador: interminável, persistente. Meu primeiro beijo em seis longos meses.

Quando finalmente nos afastamos, Lace sussurrou:

— Parece que você está com febre.

Ainda desnorteado, sorri.

— O tempo todo. Supermetabolismo.

— E você também tem superolfato?

— Ah, claro.

Ela farejou o ar e franziu a testa.

— Então, como é o meu cheiro? — perguntou.

Inspirei lentamente, deixando que o perfume de Lace tomasse conta de mim. De algum modo, o cheiro familiar de jasmim acalmou o caos daquelas 24 horas. Percebi que poderíamos nos beijar novamente; fazer qualquer coisa que quiséssemos. Agora era seguro. Mesmo com os esporos do parasita no meu sangue e na minha saliva. Afinal, ela estava infectada, exatamente como eu.

— Borboletas — respondi, depois de pensar um pouco.

— *Borboletas?*

— Isso. Você usa um xampu com perfume de jasmim, não usa? O cheiro é de borboletas.

— Espera aí. As borboletas têm cheiro? E é de jasmim?

Meu corpo continuava agitado por causa do beijo, minha cabeça ainda girava com as revelações daquele dia. Assim, havia algo de reconfortante em receber uma pergunta para a qual eu sabia a resposta. Deixei as maravilhas da biologia fluírem.

— É exatamente o contrário. As flores imitam os insetos. Dão forma de asas às suas pétalas, roubam os cheiros. O jasmim leva as borboletas a pousarem em suas flores, para que carreguem o pólen. É assim que as flores de jasmim fazem sexo entre si.

— Caramba. O jasmim faz sexo? Usando borboletas?

— Sim. O que você acha?

— Ahn... — Ela permaneceu em silêncio por um momento, ainda abraçada a mim, pensando em todas as flores que faziam sexo mediado por borboletas. — Então, quando uma borboleta pousa no meu cabelo, ela acha que está fazendo sexo de jasmim com ele?

— Provavelmente.

Aproximei-me de sua cabeça e deixei meu nariz se perder em seu perfume. Talvez o mundo natural não fosse tão incrivelmente terrível — aterrador, cruel, desprezível. Às vezes, a natureza era doce, de verdade, tão delicada quanto uma borboleta confusa e excitada.

A plataforma do metrô tremeu outra vez — mais um trem a caminho. Em algum momento, teríamos de retornar à superfície, para encarar a luz do sol e a destruição da civilização, para resistir à confusão planejada pelos antigos portadores por ocasião da volta da antiga linhagem. Porém, naquele momento, eu estava satisfeito em ficar ali, com a imagem de um futuro apocalíptico repentinamente menos assustadora. Eu tinha algo que antes parecia perdido para sempre: o calor de outra pessoa nos meus braços. Qualquer coisa que acontecesse depois seria suportável.

— A doença vai me fazer odiar você, Cal? — perguntou ela. — Mesmo que eu tome os comprimidos?

Comecei a dizer que não tinha certeza, mas de repente o tremor sofreu uma mudança, deixando de se intensificar gradualmente. Depois houve outra mudança de rumo, como se algo viesse em nossa direção. Em meio às falsas borboletas do cabelo de Lace, senti um cheiro diferente, ancestral e medonho.

294

— Cal?

— Espere um pouco — pedi, inspirando profundamente.

O cheiro vicioso tornou-se mais forte, passando por nós, como o ar que uma composição em movimento empurra pelas saídas da estação. E então percebi algo com a mesma certeza dos meus ancestrais ao se depararem com o cheiro de leões, tigres e ursos...

Uma coisa muito ruim estava a caminho.

22. Matando a cobra

Na próxima vez que você for ao médico, dê uma olhada nos quadros pendurados na parede. Um deles, geralmente o maior, trará um símbolo curioso: duas cobras subindo por um cajado com asas.

Pergunte ao seu médico o que significa esse símbolo, e a resposta será provavelmente a seguinte: o cajado chama-se caduceu. É o sinal de Hermes, deus dos alquimistas, e símbolo da Associação Médica Americana.

Mas essa é apenas uma meia-verdade.

Conheça a filária. Ela vive em poços e é muito pequena para ser vista a olho nu. Se você tomar água infectada com filárias, uma dessas coisinhas pode chegar ao seu estômago. De lá, seguirá até sua perna, usando truques químicos para se esconder do seu sistema imunológico. Crescerá e poderá alcançar 60 centímetros.

E se reproduzirá.

As filárias adultas conseguem permanecer invisíveis ao sistema imunológico, mas seus filhos usam uma estratégia diferente: acionam todos os alarmes que podem.

Por quê? Bem, defesas imunológicas superestimuladas são coisas complicadas, dolorosas e perigosas. Com todos os filhotes de filária provocando uma balbúrdia, sua perna infectada entra num processo de inflamação. Então, aparecem bolhas enormes, e você sai correndo até o poço mais próximo para aliviar a dor.

Muito inteligente. As filárias jovens sentem o cheiro da água e saem das bolhas. Então se acomodam e iniciam a espera pelo próximo desavisado em busca de água para matar a sede.

Eca, tudo de novo.

Faz muito tempo que as filárias se utilizam dessa estratégia. Na verdade, curandeiros ancestrais encontraram uma cura há *milhares* de anos. Na teoria, o procedimento é simples. Basta tirar o verme adulto da perna da vítima. Mas existe uma armadilha: se você puxar rápido demais, a filária se parte, e o pedaço que fica na perna apodrece, causando uma infecção terrível. O paciente geralmente morre.

Eis as instruções dos médicos do passado:

Puxe, cuidadosamente, uma das pontas do verme e o enrole numa vareta. Por sete dias, vá puxando a filária para fora, como se estivesse recolhendo a linha de uma vara de pescar em câmera *muito* lenta. Isso mesmo: leva sete dias. Não se apresse! Não será a semana mais agradável da sua vida, mas, no fim, você terá seu corpo de volta e em bom estado. E também terá uma vareta com um bicho nojento enrolado.

E essa cobra nojenta se tornará o símbolo da medicina.

Eca.

Mas talvez não seja um símbolo tão esquisito. Os historiadores acreditam que a retirada de filárias foi a primeira forma de cirurgia. Naquela época, tirar uma cobra de dentro do corpo devia ser um feito bastante impressionante. Talvez os médicos costumassem pendurar a vareta com a cobra enrolada na parede só para mostrar que eram capazes de realizar o serviço.

Portanto, da próxima vez que for ao consultório de um médico, preste atenção a esse belo símbolo da antiga arte da cura. (E não acredite nas besteiras sobre o grande deus Hermes; é tudo por causa das filárias.)

23. Verme

— Fique aqui — disse a Lace.

— O que houve?

— Senti um cheiro.

— Cara, sou eu?

— Não! Silêncio.

Agachei-me e botei as duas mãos abertas sobre a plataforma. O tremor no concreto pichado cresceu, depois foi sumindo gradualmente, para mudar de direção mais uma vez, indo e vindo nos domínios do Submundo. Os pêlos da minha nuca se eriçaram, sentindo um som baixo e trêmulo no ar, o mesmo gemido vasto que eu havia ouvido sob as torres de exaustão.

— Cal, que droga está acontecendo?

— Acho que há alguma coisa vindo para cá.

— *Alguma coisa*? Não é um trem?

— Não sei o que é, só sei que faz parte dessa maluquice. E é algo antigo e grande e... está se aproximando.

Um aviso de saída aos pedaços apontava para uma escada, mas eu sabia, desde a aula de Introdução à Caça, que o caminho tinha sido fechado havia muito tempo. Teríamos de voltar à Union Square pelos trilhos.

Mas antes eu precisava arranjar uma arma.

Passei por Lace e fui até uma das cabines do banheiro. Chutei os restos de madeira presos à armação da porta. Arranquei os dois metros de metal enferrujado do cimento e senti seu peso. Brutal e objetivo.

— E eu? — perguntou Lace, da entrada.

— O que tem você?

— Não preciso de um negócio desses?

— Lace, você nem agüenta segurar isso. *Ainda* não tem superpoderes.

Ela me olhou com irritação e pegou um pedaço de metal enferrujado no chão.

— Bem, seja lá o que estiver vindo, não vai me encontrar de mãos abanando. Isso aí tem cheiro de morte.

— Você consegue sentir o cheiro? *Já?*

— Dã. — Ela farejou e fez uma careta. — Rato morto tomando bomba.

Lace estava mudando mais rápido do que qualquer peep que eu tinha conhecido. Parecia que a mutação da nova linhagem acontecia num ritmo acelerado, diferente a cada passagem de hospedeiro. Ou talvez a besta simplesmente cheirasse muito mal. O fedor havia se tornado pungente, acionando reações de alerta e fúria por todo o meu corpo. Embora meu cérebro gritasse para eu correr, meus músculos estavam doidos por uma briga.

E, de alguma forma, eu tinha certeza de que eles conseguiriam o que queriam. Meus instintos me diziam que a criatura sabia de nossa presença; ela estava nos caçando.

— Vamos embora.

Pulamos da plataforma e caímos no leito de cascalho. Enquanto corríamos pela linha, as luzes da estação seguinte refletiam nos trilhos em curva, parecendo ficar mais distantes.

Eram apenas quatro quarteirões. Disse a mim mesmo que conseguiríamos.

Então eu vi — através de um dos poços em que os funcionários se escondem no caso de se depararem com um trem se aproximando — uma escuridão mais profunda do que a do túnel do metrô. Um buraco na terra. Poucos metros adiante, um vento gelado passou por nós, deixando minha pele arrepiada e carregando outra onda do cheiro da besta.

— Ele está chegando — disse Lace, farejando o ar.

Ela estava parada, segurando seu pedaço de ferro bem alto, como se fosse enfiar uma estaca num vampiro. Mas aquilo era maior do que qualquer peep. E eu tinha quase certeza de que não possuía um coração.

— Fique atrás de mim — avisei, apontando para a abertura no chão. — Ele vai sair dali.

Seus olhos se voltaram para o espaço mais-escuro-do-que-a-escuridão por um momento.

— O que é essa coisa mesmo?

— Eu já disse. Não...

Minha voz sumiu com a aproximação da resposta. Não eram bem palavras ou imagens, mas uma *sensação*. Um pavor esquecido havia gerações, um inimigo enterrado por muito tempo, um aviso para que não se esquecessem do antigo conhecimento, porque o sol não pode nos proteger para sempre do que vive nas profundezas. Senti outra vez a revelação arrepiante dos meus primeiros cursos de biologia: o mundo natural está menos preocupado com nossa sobrevivência do que somos capazes de admitir. Como indivíduos, ou mesmo como espécie, estamos aqui num tempo emprestado. E a morte é tão fria e escura e permanente quanto as fissuras mais profundas nas pedras sobre as quais andamos.

— O que é isso, Cal? — perguntou Lace mais uma vez.

— É a razão de estarmos aqui. — As palavras saíram da minha boca espontaneamente. — A razão de os peeps estarem aqui.

— É por isso que estou com tanta vontade de matar essa coisa?

Eu podia ter respondido, mas não tive chance, porque a coisa finalmente mostrou sua cara — se pudermos chamar dessa maneira. A forma pálida e retorcida saiu do túnel, sem olhos ou nariz, sem partes de cima e de baixo definidas. Só havia uma boca: um círculo de espetos num buraco cintilante, como o estômago de um verme mutante e predador, adaptado para mastigar pedras tão facilmente quanto carne.

Seu corpo era segmentado, como o rabo de um rato, e por um momento imaginei se aquilo não seria apenas parte de um monstro ainda maior. A massa branca e gelatinosa emergindo do túnel podia ser a cabeça, um tentáculo com garras ou uma língua bulbosa e cheia de espinhos. Não havia como saber. Eu só sabia o que o parasita dentro de mim queria. Minha fome permanente tinha se transformado, de repente, em energia sem controle. *Ataque*, exigia o parasita.

Numa fúria cega, corri na direção da besta, brandindo o pedaço enferrujado de metal no ar, num gesto de ódio ancestral.

A fera sem olhos sentiu minha aproximação e recuou. A ponta da minha arma mal tocou a carne, arrancando apenas um pêlo da lateral, que se desemaranhou como um fio de uma peça de roupa. Mas não saiu sangue da ferida. Tudo o que emanava era outra onda do fedor da besta.

Enquanto eu tentava me equilibrar, o monstro voltou, a boca se jogando contra mim numa coluna de carne branca. Tropecei para trás, e a boca molhada se fechou a poucos centímetros da minha perna, engolindo o ar, antes de retornar à fera.

Dei outro golpe e acertei o flanco do monstro. A arma, porém, ficou presa no corpo gelatinoso; o reflexo do impacto fazia minha mão tremer. A grande massa branca envolveu o pedaço de metal, como uma pessoa que se curva ao receber um soco no estômago.

Tentei me afastar, mas o pedaço de ferro estava preso, e a boca cheia de presas veio novamente na minha direção. Ela passou pela minha perna, e um dente arrancou um pedaço da minha calça jeans. Dei um salto e caí com uma bota sobre o prolongamento de seu corpo disforme. Meu peso empurrou-o até o chão, porém a pele escorregadia soltou-se do meu pé e me jogou para trás, sobre os trilhos. A besta se desenrolou acima de mim. Ela continuava a sair do túnel para me massacrar.

Nesse momento, Lace apareceu, agitando seu pedaço de ferro no ar e o enfiando no círculo de dentes. O contato fez a criatura soltar um grito de estourar os tímpanos. Era um barulho metálico e estridente, como um saco de pregos jogado num triturador de madeira. A fera se retorceu para trás, batendo na parede do túnel. O impacto daquela massa provocou uma chuva de pedrinhas.

Lace me ajudou a levantar. Depois que consegui soltar o pedaço de metal, recuamos, certos de que havíamos ferido a criatura. Logo, porém, o grito se tornou um silvo violento; uma chuva de fragmentos de metal saídos da boca caiu sobre nós. O círculo de dentes do monstro havia transformado o ferro em estilhaços, que agora eram cuspidos como moedas enferrujadas. Caímos de joelhos. Então, a fera se afastou novamente, e um novo conjunto de dentes saltou da sua pele.

Ergui o pedaço de ferro e senti as mãos de Lace unirem-se às minhas.

— O trilho! — gritou ela no meu ouvido, puxando o metal.

Eu estava sem fôlego para responder, mas havia entendido. Deixei que Lace empurrasse a parte de trás da arma até a extremidade dos trilhos, enquanto a massa monstruosa descia sobre ela, se empalando. Lace pulou para longe da estaca; eu sabia que devia fazer o mesmo, mas a ordem assassina que havia tomado conta de mim desde o momento em que eu tinha sentido o cheiro da criatura manteve minhas mãos na arma, guiando-a até se firmar contra o terceiro trilho.

Uma chuva de fagulhas saiu do ponto de contato. O zumbido louco da eletrocussão atravessou meu corpo. Todos os meus músculos estavam tensos com a energia que passava por mim — uma carga suficiente para mover uma composição do metrô. Apesar da dor, tudo o que eu sentia era a satisfação de saber que o verme, meu inimigo ancestral, estava sentindo a mesma coisa, brilhando por dentro, com redes de veias pulsando no interior de sua pele cintilante.

O prazer durou menos de um segundo. Lace me puxou pela jaqueta, interrompendo o contato mortal com o pedaço de ferro. Mais faíscas saíram voando, mas a besta não emitia nenhum som; apenas se agitava ao acaso, como um músculo gigante atingido pelo martelo de um médico repetidas vezes. Finalmente, ela conseguiu se soltar, voltando para o túnel e deixando para trás um cheiro queimado de ferimento e derrota.

No entanto, de alguma forma, eu sabia que o ferimento não era mortal. Ela era resistente. Soltei um palavrão e caí sobre os trilhos, tremendo. Lace me abraçou.

— Você está bem? Está com um cheiro de... torrado. — Ela abriu minhas mãos, com a carne preta, queimada. — Meu Deus, Cal. Era para você ter soltado.

— Eu tinha de matá-lo! — consegui dizer, apesar dos efeitos da eletrocussão.

— Fica calmo, cara, ele já foi. — Ela olhou para o túnel. — *E agora vem um trem local.*

Aquilo ajudou a me concentrar. Corremos para a entrada do túnel da coisa e saímos do caminho bem na hora em que os faróis do trem apareceram depois da curva. Agachados, vimos a composição passar sobre nós.

— Então é isso que você sente? — gritou ela, em meio ao barulho. — Quando luta contra essas coisas?

— Nunca vi esse negócio antes.

— Sério? Mas parecia... — Ela respirava profundamente. Seus olhos castanhos, bem abertos, brilhavam. — Parecia que era algo que nós *precisávamos* fazer. Como aquela força de que você falou uma vez, das mães que salvam os filhos.

Eu entendia. Parecia muito cedo no caso de Lace, mas não havia como negar que ela tinha lutado bem. O verme e o parasita mantinham uma relação; talvez a visão da besta tivesse acelerado a mudança nela.

Desde o momento em que eu havia posto os olhos na fera, o quebra-cabeça dos dias anteriores tinha começado a se completar no fundo da minha mente. A invasão, as criaturas ancestrais emergindo através das rachaduras centenárias nas fundações da cidade... deter aquilo era a *missão* da antiga linhagem transmitida por gatos. Os peeps tinham sido criados com essa finalidade.

Dava para perceber que havia *mais* daquelas criaturas lá embaixo — uma praga de vermes que a humanidade já tinha enfrentado antes. Lace, Sarah, Morgan e eu éramos apenas a vanguarda; precisávamos de muita ajuda.

Agora eu entendia o que Morgan estava fazendo ao espalhar a antiga linhagem do parasita, arregimentando um novo exército para enfrentar os dias vindouros. E, de repente, eu sentia um impulso similar dentro do meu próprio corpo, tão forte quanto os 625 volts do terceiro trilho. Algo que eu havia reprimido pelos seis meses anteriores.

Segurei a mão de Lace.

— Está sentindo a mesma coisa que eu? Uma espécie de...

— Excitação? — completou ela. — Sim. Estranho, não é?

— Talvez não.

Nossos lábios se encontraram novamente. Um beijo tão intenso quanto o estrondo do trem que passava.

24. Nós somos os parasitas

Vamos recapitular:

Os parasitas são maus.

Eles sugam sangue do revestimento do seu estômago. Eles crescem até virarem cobras de 60 centímetros e se enfiam na pele da sua perna. Eles infectam seu gato e depois entram pelo seu nariz para viver em cistos no interior do seu cérebro, transformando você num irresponsável adorador de gatos. Eles dominam seus glóbulos vermelhos com intuito de infectar mosquitos, deixando seu fígado e seu cérebro deteriorados pela falta de oxigênio. Eles provocam seu sistema imunológico e o levam a destruir seus globos oculares. Eles tiram vantagem, inescrupulosamente, de caracóis, pássaros, formigas, macacos e vacas, apoderando-se de seus corpos, de sua comida e de seu futuro evolucionário. Eles quase fizeram morrer de fome 20 milhões de pessoas na África.

Basicamente, eles querem dominar o mundo e são capazes de modificar espécies inteiras para levar seus planos adiante. Eles nos transformam em mortos-vivos, hospedeiros devastados que servem apenas à sua reprodução.

Isso tudo é mau. Mas...

Os parasitas também são bons.

Eles obrigaram os bugios a viver em paz. Seus genes desprezíveis ajudam a retraçar a história da espécie humana. Eles impedem que as vacas comam demais e transformem pastos em desertos. Eles amansam seu sistema imunológico para que este não destrua o revestimento do seu próprio estômago. E eles *salvam* aqueles 20 milhões de pessoas na África, botando ovos naqueles *outros* parasitas, que estavam tentando matá-las de fome.

E tudo isso é bem legal.

Então os parasitas são maus e bons. Dependemos deles, como acontece em todas as outras situações de equilíbrio na natureza. Predadores e presas, vegetarianos e carnívoros, parasitas e hospedeiros — todos precisam uns dos outros para sobreviver.

A questão é a seguinte: eles fazem parte do *sistema*. Como a burocracia governamental, com todos aqueles formulários que devem ser preenchidos em três vias, eles são um saco, mas não temos escolha. Se um dia todos os parasitas desaparecessem de repente da Terra, o desastre seria muito maior do que você possa imaginar. A ordem natural entraria em colapso.

Em resumo, os parasitas estão aqui para ficar, o que é algo bom. Nós somos o que comemos. E consumimos parasitas todos os dias: os vermes alojados em pedaços de carne malpassada ou os esporos de toxoplasma subindo às nossas narinas da caixa de areia dos gatos. E eles também nos comem todos os dias. De carrapatos sugando nosso sangue a invasores microscópicos modificando nossas células. A troca continua indefinidamente, tão certa como a Terra girando em torno do Sol.

De certa forma, nós somos os parasitas.

Aceite esse fato.

25. O exército de Morgan

Quando subimos de volta à plataforma da estação, todos abriram espaço.

Foi uma reação compreensível. Estávamos cobertos de poeira e suor, nossas mãos estavam vermelhas de ferrugem e tínhamos expressões de malucos. E o mais curioso: não largávamos um do outro. A luta contra o verme havia intensificado meus desejos implacáveis, e, de alguma forma, Lace também tinha sido afetada. Parávamos a todo momento só para nos cheirarmos, darmos as mãos ou sentirmos o gosto dos lábios um do outro.

— Isso é esquisito — comentou ela.

— É mesmo. Mas é bom.

— Hum. Vamos para algum lugar mais reservado.

Concordei.

— Onde?

— *Qualquer* lugar.

Subimos as escadas correndo e chegamos à Union Square. Cruzamos o parque sem destino certo. A cidade parecia estranhamente fora de foco ao nosso redor. Minha ligação com Lace era tão intensa que todas as outras pessoas estavam apagadas e distantes. O impulso do parasita se misturava a seis meses de celibato. O resultado era impetuoso e insistente.

311

Pensei em arriscar ir ao apartamento de Lace — afinal, ela teria de pegar roupas em *algum* momento — e passei a levá-la na direção do Hudson. No caminho, porém, meus olhos começaram a ver traços deles. O cheiro começou a se tornar mais intenso em meio à corrente de humanidade nas ruas.

Predadores.

Eles estavam espalhados entre a multidão, andando não muito mais rápido do que as pessoas normais, mas ainda assim de modo distinto. Moviam-se como leopardos no mato alto, deixando um rastro quase imperceptível. Possivelmente, uns doze, todos mais ou menos da minha idade.

Embora ninguém mais os percebesse, seus movimentos fora do comum faziam minha cabeça latejar. Eu nunca tinha visto tantos portadores num só lugar. Os caçadores da Patrulha Noturna sempre trabalham sozinhos; aquilo era um bando.

E o engraçado era que eles eram muito sensuais.

— Cal...? — disse Lace, em voz baixa.

— Eu sei. Estou vendo eles.

— O que são eles?

— São como nós. Infectados.

— A Patrulha Noturna?

— Não. Algo diferente.

Quando identifiquei Morgan Ryder, ela já estava parada diante de nós, bloqueando a passagem, toda vestida de preto e com uma expressão satisfeita no rosto.

— O que vamos fazer agora? — perguntou Lace, apertando minha mão com força.

Respirei fundo e a fiz parar.

— Acho que o jeito é conversar com eles.

— Como nos encontraram?

Morgan sorriu, tomando um gole d'água antes de responder. Ela havia nos levado ao bar de um hotel na Union Square.

Os outros continuavam andando, à exceção de um que estava parado na porta do lugar, segurando um celular. De vez em quando, ele olhava para ela e fazia um sinal.

Mesmo com Lace ao meu lado, era difícil não ficar olhando para Morgan. Lembranças da noite em que eu tinha sido infectado vinham à minha mente. Finalmente lembrei que seus olhos eram verdes. E o cabelo preto formava um contraste e tanto, em grandes mechas que caíam sobre sua pele clara.

— Não encontramos vocês — respondeu ela. — Quer dizer, não estávamos procurando vocês. Estávamos atrás de outra coisa. Uma coisa lá embaixo.

— O verme — disse Lace.

Morgan confirmou com um gesto.

— Vocês sentiram o cheiro? — perguntou.

— Nós o *vimos*. Também arrancamos um belo pedaço dele — contou Lace.

— Estava na antiga estação da rua 18 — informei.

Morgan acenou para o portador na entrada e ele começou a falar ao celular.

Nossas cervejas chegaram. Morgan ergueu seu copo.

— Parabéns, então.

— O que está acontecendo? — perguntei.

— Como? Você finalmente vai me escutar, Cal? Não vai sair correndo?

— Estou escutando. Já sabemos a respeito da antiga e da nova linhagem e que temos de enfrentar os vermes. Mas o que vocês estão fazendo é maluquice. Sair infectando pessoas aleatoriamente não é uma boa maneira de cuidar disso.

— Não é tão aleatório quanto você acha, Cal. — Ela se recostou no sofá estofado. — Os sistemas imunológicos são complicados. Podem causar muito estrago.

Concordei ao me lembrar da Wolbachia deixando as células T e B malucas, fazendo o sistema imunológico devorar os olhos do seu próprio dono.

Mas Lace não tinha a ajuda de seis meses de aulas de parasitologia.

— O que você quer dizer com isso?

Morgan encostou a cerveja gelada na bochecha.

— Digamos que você tenha uma febre mortal. A temperatura do seu corpo está passando do limite, chegando a um nível capaz de causar danos ao cérebro. Esse é o seu sistema imunológico em ação, torcendo para que a doença frite antes de você. Vale a pena perder algumas células do cérebro para matar o invasor.

Lace piscou.

— Cara, o que isso tem a ver com os monstros?

— Somos o sistema imunológico da nossa espécie, Lace. A humanidade precisa de muitos de nós, e para já. Os vermes são um mal muito maior do que a existência de mais alguns peeps. E o caos é razoável em troca da nossa proteção. É como perder células do cérebro quando você tem uma febre alta. — Morgan virou-se para mim. — E não é aleatório, Cal. Na verdade, é algo bem elegante. Ao se aproximarem da superfície, os vermes criam pânico nas ninhadas do Submundo. Uma reação nervosa se espalha pelos reservatórios de ratos que carregam a antiga linhagem. Os ratos sobem pelos esgotos, túneis do trem da PATH e ralos de piscinas. Então, algumas pessoas de sorte, como eu, são mordidas e começamos a espalhar a linhagem. Está acontecendo no mundo inteiro, neste exato momento.

— E o que a Patrulha Noturna está fazendo nessa história? Quem elegeu *você* a rainha dos portadores? Ou o que quer que seja?

314

— Estou no comando porque minha família sabia o que fazer assim que viu no que eu tinha me transformado. Assim que senti o subsolo me chamar, me atraindo para baixo. — Suas pálpebras quase se fecharam, tremendo, e ela respirou profundamente. — Eu sabia que o planeta inteiro estava em perigo... e me sentia tão *excitada*.

Eu e Lace nos entreolhamos.

— Em relação à Patrulha Noturna — prosseguiu Morgan, revirando os olhos —, nunca passou de uma medida temporária. Vamos lá, Cal. Se vocês estivessem realmente lutando para salvar o mundo dos vampiros, não manteriam o assunto em segredo, manteriam?

— Foi isso que eu disse — observou Lace. — Doenças não devem ser escondidas, devem ser divulgadas. Assim, em algum momento, alguém descobre uma cura.

Morgan assentiu.

— Os antigos portadores temiam justamente isso: a *ciência*. Uma cura para o parasita aniquilaria tanto peeps quanto portadores. Como resultado, quando os vermes voltassem a sair do Submundo, a humanidade não teria ninguém para protegê-la. Seria como desligar seu próprio sistema imunológico. — Ela riu e tomou um longo gole de cerveja. — Só existe uma razão lógica para se manter uma organização governamental secreta encarregada de caçar vampiros: se *você quiser que os vampiros sobrevivam*.

— Ahn. — Segurei meu copo de cerveja com firmeza, vendo minhas certezas ruírem por todos os lados. Visualizei as fileiras de arquivos enferrujados, os antigos tubos pneumáticos, as pilhas intermináveis de formulários. A ineficácia levada à perfeição. — Então, tenho trabalhado em nome de uma grande piada.

— Não seja reclamão, Cal. A Patrulha tinha sua utilidade. Ao conter a nova linhagem, ela permitiu que isso acontecesse. — Morgan apontou para as ruas movimentadas do outro lado do vidro. — Grandes cidades antigas são como castelos de cartas: gigantescos caldeirões de infecção esperando para acontecer. Esse é o plano desde o início: imensos reservatórios de seres humanos, um *exército* em potencial de portadores para enfrentar o inimigo ancestral. — Os olhos de Morgan brilhavam enquanto ela esvaziava o copo de cerveja. — Somos apenas o começo.

Ela bateu com o copo na mesa, rindo, orgulhosa de ter sido escolhida como um dos arautos do apocalipse. Eu sentia o cheiro do parasita zumbindo dentro dela, atraindo a atenção de todos os homens e mulheres do lugar, fazendo suas mãos suarem. Sem saberem, todos queriam se juntar ao exército de Morgan.

Aquilo tudo era loucura, mas, em meio à insanidade, uma coisa me incomodava.

— Por que não me contaram? Afinal, sou portador da antiga linhagem.

Por um momento, Morgan pareceu envergonhada.

— Você foi... ahn, um acidente.

— Um *o quê*?

— Uma pequena imprudência da minha parte. Sabe, não é fácil ser um vetor sexual.

— Eu sei bem disso. Mas quer dizer que fui um *acidente*? Ela suspirou.

— Não queríamos que os cientistas da Patrulha Noturna se inteirassem do assunto, não até alcançarmos a massa crítica. Então, começamos num modo controlado; pelos nossos gatos e por algumas crianças das famílias antigas. Você foi uma exceção,

Cal. Eu só queria tomar um drinque naquela noite. Mas seu sotaque é tão *bonitinho*.

— E aí você simplesmente me infectou? — Fechei os olhos, percebendo como aquilo era desagradável. — Meu Deus, está me dizendo que perdi minha virgindade *para o apocalipse*?

Morgan suspirou outra vez.

— A coisa toda foi constrangedora: meus pais me mandaram para o Brooklyn quando descobriram. Achei que fosse seguro ir a um bar gay. Aliás, o que *você* estava fazendo lá?

Lace me olhou de lado.

— Você estava onde?

Tomei um gole de cerveja.

— Eu, ahn, tinha acabado de chegar à cidade. Não sabia que era um bar gay.

— Ah, calouros. Ainda bem que você acabou se mostrando um portador natural. — Morgan sorriu e bateu no meu joelho. — Tudo bem.

— Claro, é fácil para você falar — resmunguei. — Você não podia, pelo menos, ter me contado a verdade um pouco antes?

— Depois que os *nerds* da Patrulha Noturna encontraram você antes de mim, *não podíamos* contar nada imediatamente. Só deixaria sua cabeça confusa.

— Então quando vocês pretendiam me contar? — gritei.

— Ei, Cal, você se esqueceu dos últimos dois dias? Eu estava tentando. Mas *você* não parava de fugir.

— Ah, é mesmo.

— Calouro? — perguntou Lace. — Quantos anos você tem?

— Ah, tenho certeza de que ele está muito mais amadurecido agora — disse Morgan, batendo na minha perna de novo. — Não está, Cal?

317

— E o que vai acontecer agora? — perguntei, tentando mudar de assunto.

Morgan deu de ombros.

— Vocês dois podem fazer o que quiserem. Fugir. Ficar. Transar pela cidade inteira. Mas o ideal é que se juntassem.

— Nos juntássemos... a você?

— Claro. Podem ser úteis à Nova Patrulha. — Ela acenou para a garçonete. — E uma cerveja pode ser útil neste momento. Passamos o dia inteiro atrás daquele verme idiota.

Olhei para Lace, e ela para mim. Como sempre, eu não sabia o que dizer, mas a possibilidade de lutarmos juntos, a satisfação que havíamos compartilhado no túnel, certamente superava a idéia de fugir para Montana. Aquela, afinal, era nossa cidade. Nossa espécie.

— O que você quer fazer, Cal? — perguntou Lace, em voz baixa.

Respirei fundo, pensando se não estaria indo rápido demais, mas resolvi dizer de qualquer maneira:

— Quero ficar aqui, com você.

Ela concordou, com os olhos fixos nos meus.

— Eu também — disse.

— Meu Deus, vocês dois — disse Morgan. — Vão arrumar um quarto.

De repente, me dei conta de que estávamos no bar de um hotel, e que o Brooklyn e o West Side pareciam muito distantes naquele momento. Movi a sobrancelha de leve.

Lace sorriu.

— Por que não?

EPÍLOGO
INFLAMAÇÃO

O tom alaranjado começava a sumir do céu, mas, através do meu binóculo, as águas do Hudson ainda reluziam como dentes de ouro. A superfície em movimento guardava os últimos resquícios do pôr-do-sol poluído, que se tornava vermelho-sangue, à medida que desaparecia por trás da paisagem entrecortada de Nova Jersey.

Um corpo quente e insistente se jogava contra meus tornozelos, fazendo barulhos. Olhei para baixo.

— O que foi, Cornélio? Achei que gostasse aqui de cima.

Ele me encarou com olhos esfomeados, deixando claro que seu incômodo não tinha nada a ver com medo de altura. Era apenas impaciência: a papinha prometida estava demorando muito.

No início, fiquei nervoso com a idéia de levar Cornélio ao terraço. Mas a Dra. Rato diz que os gatos peep têm um senso apurado de autopreservação. Ela também fala muito da síndrome dos arranha-céus em felinos, a habilidade mágica que os gatos possuem de sobreviver a quedas de qualquer altura. Aliás, considerando-se o tempo que a Dra. Rato passa falando de gatos atualmente, talvez ela precise de outro apelido.

— Não se preocupe, Cornélio. Ela vai voltar logo.

Naquele exato momento, ouvi o barulho de botas no concreto. Uma mão apareceu na extremidade do terraço, depois outra, e Lace surgiu, com o rosto levemente avermelhado devido ao esforço.

— Não acha que ainda está meio claro para ficar escalando prédios?

— Olha só quem fala! — disse Lace. — Pelo menos não vim pelo lado da rua.

— Como se não houvesse um milhão de pessoas no píer.

Ela não deu importância.

— Estão todos assistindo ao pôr-do-sol.

Cornélio miou, percebendo que nossa discussão estava atrasando a papinha.

— Oi, Cornélio, eu também amo você — murmurou Lace, tirando a mochila.

Ela pegou uma sacola de papel, de onde saía um aroma de hambúrgueres malpassados de dar água na boca.

Cornélio começou a ronronar, enquanto Lace tirava o alumínio, deixando de lado o pão e a folha murcha de alface. Da maionese ele gostava. Lambeu os dedos de Lace, enquanto ela jogava a carne no chão escuro do terraço. Finalmente, Cornélio pôde se esbaldar no prato principal.

Lace olhou para os dedos cheios de baba de gato.

— Que ótimo. Agora vou comer com isso aqui?

Dei uma risada, pegando meu hambúrguer na sacola.

— Relaxa. Cornélio não tem nenhuma doença. Nenhuma que você já não tenha, pelo menos.

— Não me diga. — Ela olhou lá para baixo. — O que a Dra. Rato vive dizendo mesmo? Sobre os gatos poderem cair de qualquer altura?

— Ei! — gritei.

Fiquei de joelho para proteger Cornélio. Ele continuou mastigando, sem prestar atenção às ameaças de Lace.

— Acho que você tem razão — disse ela. — Um gato gordo como esse provavelmente abriria um buraco na calçada, grande o suficiente para monstros passarem. Manny não gostaria nada disso.

Mas Manny gostava de Cornélio. Embora, oficialmente, animais de estimação não fossem permitidos no prédio, ele e os outros funcionários tinham começado a abrir exceções. Com tantas pessoas reclamando de barulho de ratos nas paredes, nós vivíamos emprestando Cornélio. Vários dos moradores aceitavam a oferta quando explicávamos que, depois de um gato deixar sua descamação num apartamento, os roedores somem por um bom tempo. E eles só tinham de se acostumar a acordar com Cornélio sentado no peito.

Afinal, aquele prédio estava na linha de frente; eu e Lace o havíamos transformado num projeto pessoal.

Além disso, Lace permanecia no apartamento, com direito a aluguel barato e vista privilegiada. Depois que o Departamento de Saúde e Higiene Mental emitiu comunicados alarmantes sobre a questão dos ratos, os proprietários haviam decidido prorrogar os contratos do sétimo andar por prazo indefinido. Aquelas pessoas já tinham dinheiro suficiente; eram donos de terras na cidade de Nova York por quase quatrocentos anos.

Obviamente, sabemos que permanecer na cidade não será fácil. Nova York pode ser muito estressante. Dias duros nos esperam no futuro próximo. Temos de nos acostumar a ir ao Bob's para um bife apimentado e conversar inocentemente com Rebecky sabendo o que está por vir: o colapso, o fim da civilização, o apocalipse dos zumbis.

Ou, como dizem na Nova Patrulha agora, a Inflamação.

— Acho que devíamos voltar ao trabalho — disse, depois de comermos os hambúrgueres.

Lace revirou os olhos, sempre pronta a demonstrar sua incredulidade diante do fato de que eu havia assumido oficialmente um posto mais alto que o dela na Nova Patrulha. Apesar disso, ergueu os binóculos e os apontou para o rio tingido de vermelho.

— O que estamos procurando mesmo?

— Sinais de vermes — respondi.

— Eu sei disso. Acontece que nunca me explicaram quais são exatamente os sinais de um verme.

— Verminosidade?

Ela afastou-se da vigília por um momento para me mostrar a língua. Sorri e também levantei meu binóculo.

— Você vai reconhecê-los quando os vir. Sempre reconhecemos.

— Claro. Mas pelo menos eles *gostam* de água?

Outra boa pergunta. Afinal, o túnel do trem da PATH não chega a passar *pela* água, só por baixo dela.

Direcionei minha visão para as torres de exaustão, os dínamos de ar fresco subterrâneo que haviam provocado toda aquela agitação no verme. Acima da coluna de tijolos, algumas formas voavam em círculos na luz que se esvaía, com suas penas levemente alaranjadas pelo pôr-do-sol. A nuvem de gaivotas que pairava ininterruptamente sobre as torres era uma novidade. Ninguém sabia o que aquilo significava.

Seria um novo vetor pelo ar? Apenas coincidência? Carniceiros prevendo uma morte iminente?

— Às vezes acho que não sabemos realmente de nada — disse, dando um suspiro.

— Não se preocupe, Cal. Ainda estamos no início.

Ouvimos o berro de uma sirene vindo da rua e corremos para o outro lado, espiando em meio à escuridão. O brilho das luzes do carro da polícia espalhou-se pela caverna formada pelo nosso prédio e o da frente. Os ruídos dos rádios ecoavam pelo lugar. Com certeza, uma prisão.

— Está com seu distintivo? — perguntei.

— Sempre. É a melhor parte do trabalho.

Às vezes, somos obrigados a intervir, quando a polícia está prestes a levar um novato confuso e violento para a cadeia. Mostramos nossos distintivos da Segurança Doméstica, dizemos alguma besteira sobre armas biológicas e todo mundo se afasta rapidamente. Dez horas depois, o peep está em Montana, ligado a um soro de alho e recebendo as informações todas de uma vez.

É claro que, hoje em dia, tornou-se muito mais fácil convencer os novatos. Os sinais estão por toda parte.

Ajustei o foco do binóculo para a multidão em torno do carro da polícia. Os policiais estavam algemando um sujeito, e uma mulher gritava com ele, agitando a bolsa com a alça arrebentada. Havia uma carteira e outros objetos espalhados pela calçada. Uma viatura de reforço aproximava-se sem pressa.

Suspirei e baixei o binóculo.

— Parece um roubo de bolsa. É só um ladrão, não um peep.

Uma coisa é certa: os peeps não roubam, a não ser um pedaço de carne, ocasionalmente. Eles não conseguem pensar tão à frente para ir atrás de dinheiro. É curioso como, mesmo com a Inflamação em andamento, os crimes comuns continuam acontecendo. Talvez até em maior número. Com o fim do mundo ou não, as pessoas não vão mudar *tanto* assim.

— É mesmo — disse Lace, afastando o binóculo também.

— Isso é uma droga.

Ela mordeu o lábio inferior.

— Não esquente. Vamos ter ação esta noite. Sempre temos.

— Tanto faz — disse ela, balançando a cabeça. — Estou meio cansada.

— Por quê?

— Efeitos colaterais.

— Dos comprimidos?

— Não, da doença. — Lace virou-se para mim e fez uma careta. — Não gosto mais de salada de batatas.

Não consegui segurar o riso.

— Não se preocupe. É que carboidratos não servem para o parasita — expliquei.

— Eu sei, mas e se for... você sabe, o anátema? E se eu estiver começando a odiar as coisas?

— É com isso que você está preocupada? Talvez seja melhor fazermos alguns testes, só para termos certeza.

Cheguei perto dela e nos beijamos. Um vento frio apareceu. Cornélio começou a passar por entre nossas pernas, fazendo oitos, mas nossas bocas permaneceram coladas, quentes e inseparáveis. Havia tanta coisa mudando ao nosso redor que era bom saber que aquela sensação permanecia a mesma.

Seu perfume continuava maravilhoso.

324

— Já está me odiando? — perguntei, depois de um tempo.

— Não. Na verdade... — Ela parou no meio da frase. — Ei. Você sentiu isso?

Ajoelhei-me e botei a mão no chão. Senti um tremor bem suave através dos catorze andares do prédio.

— Dois bem grandes, enfraquecendo agora.

— Vou avisá-los — disse Lace, pegando o telefone e digitando uma mensagem de texto para o centro de rastreamento.

Farejei o ar e identifiquei vestígios das bestas. Era impressionante que o cheiro chegasse lá em cima, como se a Terra estivesse se tornando mais porosa a cada dia.

Mas eu só queria abraçar Lace novamente.

— É engraçado. Estamos sempre nos beijando, ou quase, quando eles aparecem.

Depois de enviar a mensagem, ela levantou a cabeça e sorriu.

— Você também percebeu isso?

— Lembra? Morgan disse que sentia alguma coisa quando estava aqui, depois de ser infectada. Ela ia até o subsolo e ficava excitada com a escuridão. Ficava maluca.

— É o controle da mente feito pelo parasita, não é? Deixar os portadores excitados para que espalhem a doença mais rapidamente quando é mais necessário?

Lace sorriu, satisfeita com a análise que havia feito. Ela estava começando a entender o lado biológico da coisa.

— Isso, controle da mente. Mas eu e você já estamos infectados. Por que ele se importaria com o que fazemos?

— Talvez ele apenas goste de nós — disse Lace.

Ela me puxou para perto de novo, e nossas bocas se reencontraram. O cheiro dos vermes começou a sumir, sobrepujado pelo perfume de jasmim de Lace e o ar salino do Hudson. Ficamos no terraço por um tempo, deixando o calor crescer entre nós, movidos por nada além do que nossos corpos desejavam um do outro. Os monstros tinham ido embora.

Mesmo assim, parte de mim sempre espera que os tremores de terra reapareçam.

E logo eles reaparecerão.

Talvez você já tenha visto os sinais. Os montes de lixo se acumulando nas ruas. Ratos brancos correndo pelos trilhos do metrô. Estranhos tentando se aproximar nos bares. Um reflexo vermelho nos olhos do seu gato. Ou aquele peso no seu peito pela manhã.

Porém, isso não é nada. Quando a epidemia realmente tiver início, a civilização cairá, o sangue correrá pelas ruas e talvez alguns dos seus vizinhos tentem comê-lo. Mas resista à tentação de comprar uma espingarda e começar a estourar os miolos deles. Apenas dê-lhes alho e muitas salsichas — eles acabarão se acalmando. Eles não são os verdadeiros inimigos. Comparados aos monstros que virão em seguida, esses canibais famintos não são tão maus. Na realidade, estão do seu lado.

O verdadeiro inimigo virá logo atrás, e a espingarda não servirá de nada. Nada no arsenal da ciência terá utilidade contra essas criaturas. Muitos de nós morreremos.

Mas não entre em pânico. A natureza já cuidou de tudo. Sempre existiu uma defesa contra os vermes, uma doença escondida nos esgotos e nas fissuras mais profundas, correndo pelas veias de algumas famílias antigas, à espera do momento de emergir.

Então, armazene algumas garrafas de água e latas de molho de tomate, de preferência com bastante alho. Separe bons livros e DVDs e compre uma tranca decente para sua porta. Tente não assistir à TV por alguns meses — você só ficará preocupado. Não pegue o metrô.

E deixe o resto conosco, os vampiros. Estamos na retaguarda.

FIM

PALAVRA FINAL
COMO EVITAR PARASITAS

Os parasitas descritos nos capítulos deste livro são reais. Todos aqueles processos terríveis estão acontecendo neste exato momento num campo, lago ou sistema digestivo perto de você. Possivelmente no seu próprio corpo.

Como este livro pode assustar alguns leitores, com seus detalhes biológicos explícitos, sinto-me obrigado a compartilhar certas medidas preventivas que descobri durante minha pesquisa. Sem dúvida, os parasitas são parte do ecossistema, da nossa evolução, blá, blá, blá. Mas isso não significa que você queira ancilóstomos no seu estômago, mastigando o revestimento interno e sugando seu sangue. Certo?

Portanto, siga estas orientações simples e correrá um risco muito menor de ser invadido por parasitas. Mas não há garantias. (Sinto muito.)

1. Cante "Parabéns pra você"

Existem muitos parasitas microscópicos (e outros germes) no ar e em superfícies comuns. Eles grudam em suas mãos e, quando você as encosta na boca, olhos ou comida, aproveitam a oportunidade para entrar no seu corpo. Então, lave as mãos com freqüência, e quando o fizer:

a) Use água quente.

b) Use sabão.

c) Cante "Parabéns pra você" no andamento normal. *Não* pare de lavar as mãos até terminar a música.

E, aproveitando o assunto, pare de coçar tanto os olhos!

(Agradeço a Yvette Christiansë por essa.)

2. Se você come carne, cozinhe-a bem

Um dos principais vetores dos parasitas é a predação: um animal comendo o outro. Isso acontece porque, ao comer um animal, você se expõe a todos os parasitas adaptados à vida no interior desse animal — e a todos os parasitas adaptados a tudo que esse animal come.

Parasitas transmitidos pela carne incluem ancilóstomos, solitárias, esquistossomos e outros. Há milhões deles. Este humilde autor é vegetariano (por razões não relacionadas a parasitas), mas você não precisa chegar a esse ponto. Não faz mal comer alguns vermes de vez em quando, desde que tenham sido bastante cozidos. Portanto, não coma carne malpassada. E memorize esta rima:

Se rios de sangue do seu bife escorreram
Mande-o de volta; os vermes não morreram.

3. Não nade em rios tropicais

Os trópicos são os lugares mais quentes do mundo, e a água quente é um ótimo lugar para os parasitas passarem o tempo quando não estão num hospedeiro. Geralmente, os parasitas tropicais saem dos hospedeiros para um rio; depois, nadam em busca de outro hospedeiro para invadir. Eles podem entrar no seu corpo através da pele, da boca, dos olhos e de outros orifícios. Esses parasitas incluem as famosas filárias, aquelas cobrinhas que se enfiam na sua perna e têm de ser retiradas como espaguete num garfo. Eca.

Não há problemas com o mar (água salgada) e as piscinas (água com cloro), mas não nade em rios tropicais. E, se você *tiver* de nadar nesses rios, pelo amor de Deus, *não urine*! Sua urina vai atrair uma criatura espinhosa chamada candiru, que nada furiosamente na direção de qualquer urina que fareja e se aloja no seu... Bem, onde ela se aloja depende se você for homem ou mulher, mas, de uma forma ou de outra, você não vai querer isso.

Simplesmente não urine em rios tropicais. Confie em mim.

4. Não faça sexo sem proteção

Parasitas, vírus e bactérias que evoluíram para viver dentro de seres humanos são geralmente encontrados em... *seres humanos*. Por essa e muitas outras razões óbvias, tenha cuidado com seu corpo quando se aproximar de outra pessoa.

5. Você tem parasitas — encare esse fato

Muito bem, eis a verdade: não importa quanto cuidado tome, você vai acabar com um parasita. Alguns cientistas consideram todas as bactérias e vírus como parasitas; por essa definição, ter um simples resfriado significa que há milhões de pequenos parasitas *vivendo dentro de você*. Mas não fique paranóico. Faz tudo parte do rico tecido da vida, blá, blá, blá.

Que azar. A natureza não se resume ao conjunto de fazenda que você ganhou aos 5 anos de idade: porcos, vacas, cabras e um cachorro. Também inclui vermes do fígado, filárias e ácaros.

Todas as criaturas da natureza precisam se alimentar. E, por acaso, algumas se alimentam de *você*. Mas não vale a pena perder o sono por causa disso. Nós, seres humanos, vivemos com esses pequenos amigos desde o nascimento da nossa espécie. Apenas encare esse fato. Ei, pelo menos a maioria dos parasitas é muito pequena para ser vista, e isso ainda é melhor do que ser comido por *leões*.

E não se esqueça: a maioria absoluta dos seres humanos que vivem em países desenvolvidos morre em acidentes de carro, de câncer e de doenças cardíacas, ou em conseqüência do fumo. E não por causa de esquistossomos, nematódeos de pulmão, peste bovina ou infestações toxoplásmicas do cérebro.

Só não urine em rios tropicais. Sério. Não faça isso.

É sério.

BIBLIOGRAFIA

Segue uma lista de livros para o caso de você querer ler mais sobre parasitas, ratos e outras coisas nojentas. E você sabe que quer.

Parasite Rex, de Carl Zimmer (Touchstone, 2000)
Praticamente todos os parasitas mencionados aqui — e muitos outros — são encontrados nesse agradável livro. Sem *Parasite Rex*, *Os primeiros dias* não poderia ter sido escrito. E o livro inclui fotos. Mas acredite em mim: se você não quiser perder o sono, não veja as fotos.

Rats: Observations on the History and Habitat of the City's Most Unwanted Inhabitants, de Robert Sullivan (Bloomsbury, 2004)
Uma história muito bem escrita sobre os ratos de Nova York. Como extra, há um guia de campo para observação de ratos na Ryder's Alley, um pequeno paraíso dos roedores no centro da cidade. E, sim, existe mesmo uma família chamada Ryder, e eu tenho certeza de que é composta de ótimas pessoas — e não de vampiros.

Bitten: True Medical Stories of Bites and Stings, de Pamela Nagami (St. Martin Press, 2004)
Tudo o que você sempre quis saber sobre doenças disseminadas através de mordidas e picadas. E mais alguma coisa. Você sabia que, se der um soco na boca de uma pessoa, uma bactéria pode passar dos dentes dessa pessoa aos nós dos seus dedos e devorar sua mão? Agredir as pessoas não é legal.

A origem das espécies, de Charles Darwin (vendendo bem desde 1859)

O livro que deu início a tudo. A chave para se entender a biologia moderna, do DNA aos dinossauros. De todos os grandes livros científicos, o mais fácil de ler. E quanto aos adesivos nos livros escolares dizendo que a evolução é "apenas uma teoria"? Não é verdade. Quando os cientistas usam a palavra *teoria*, não estão falando de "algo que não foi provado como fato". Estão falando de "um embasamento para o entendimento dos fatos". É um *fato* que os seres humanos evoluíram de outros primatas ao longo dos últimos 5 milhões de anos. (Você acha que compartilhamos 98% do nosso DNA com os chimpanzés *por acaso*?) O embasamento que usamos para entender esse fato é chamado de *teoria da evolução*, a fantástica mistura feita por Darwin de diversos conceitos: características herdadas, mutação e sobrevivência dos mais aptos. Portanto, sim, somos todos parentes distantes dos macacos modernos. Acha difícil acreditar nisso? Cara, olhe ao seu redor.

Este livro foi composto na tipologia Classical
Garamond, em corpo 11/15, e impresso em papel
off-white 80g/m² no Sistema Cameron da Divisão
Gráfica da Distribuidora Record.

Seja um Leitor Preferencial Record
e receba informações sobre nossos lançamentos.
Escreva para
RP Record
Caixa Postal 23.052
Rio de Janeiro, RJ – CEP 20922-970
dando seu nome e endereço
e tenha acesso a nossas ofertas especiais.

Válido somente no Brasil.

Ou visite a nossa *home page*:
http://www.record.com.br